心脑血管调控机制
的早期功能发育研究

Study on the Early Functional Development of the
Cardio Cerebrovascular Regulation Mechanisms

石丽君 著
Shi Li Jun

北京体育大学出版社
Beijing Sport University Press

责任编辑：刘玖占
审稿编辑：熊西北
选题策划：李 建
责任校对：刘亦飞
责任印制：陈 莎

图书在版编目（CIP）数据

心脑血管调控机制的早期功能发育研究 / 石丽君著. —— 北京：
北京体育大学出版社, 2011.6
  ISBN 978-7-5644-0727-8

  Ⅰ.①心… Ⅱ.①石… Ⅲ.①心脏血管疾病—防治②
脑血管疾病—防治 Ⅳ.①R54②R743

  中国版本图书馆CIP数据核字(2011)第118163号

心脑血管调控机制的早期功能发育研究　　　　　　　石丽君　著
出　　版：北京体育大学出版社
地　　址：北京市海淀区信息路48号
邮　　编：100084
邮 购 部：北京体育大学出版社读者服务部 010-62989432
发 行 部：010-62989320
网　　址：www.bsup.cn
印　　刷：北京昌联印刷有限公司
开　　本：787×960毫米　1/16
印　　张：12

2011年7月第1版第1次印刷
定　价：26.00元
（本书因装订质量不合格本社发行部负责调换）

中文摘要

心脑血管疾病严重威胁着人类的生命健康，且位居全世界人类致死病因首位。除了遗传和环境因素外，目前认为早期生命发育亦起着重要作用。过去十几年中，"胎源性"或是"发育起源"的成年疾病受到越来越多的关注。随着生活水平的提高和健身意识的增强，人们对妊娠期运动的态度也发生了积极的变化。关于妊娠运动的安全性问题以及妊娠期运动对子代出生前和后的个体健康的影响问题也受到学术界愈来愈多的关注。脑肾素—血管紧张素系统（RAS）和胆碱能系统对胎儿心血管、体液平衡和神经内分泌有着重要的调节作用。本书主要介绍心脑血管调控机制的早期功能发育方面的研究进展，并结合清醒在体动物实验方法和离体研究，介绍脑RAS和胆碱能系统重要组分在出生前的功能发育状况，并探讨脑动脉收缩机制，着重蛋白激酶C调控通路的功能发育。在体研究中，介绍独特的绵羊胎儿子宫内置管手术模型，即选用不同孕期的绵羊胎儿行子宫内置管手术，包括侧脑室插管、食管平滑肌吞咽电极安装、皮层电极安装、膀胱插管、血管插管等，术后行侧脑室注射，实时监测心血管功能、皮层电图、吞咽及泌尿功能等，并进行血浆神经垂体激素测定和脑c-fos表达检测。离体脑血管实验选用绵羊胎儿和成年大脑中动脉进行血管收缩和细胞内钙浓度检测。实验证实，脑内局部RAS和胆碱能系统在出生前已发展到相当的水平，至少在妊娠后1/3阶段已具备功能，可以发挥心血管和体液平衡调控作用；另外，成熟与未成熟的脑动脉平滑肌在收缩机制上存在多处发育学差异。鉴于心脑血管调控机制的发育不仅关系到胎儿，也关系到出生后乃至成年的生命健康，因此对于它们在正常及异常环境下的早期功能发育进行研究对阐明"编程效应"有着重要意义。

ABSTRACT

Cardio cerebrovascular—related diseases are the major threat to the health of people and are the leading cause of death in the world. In addition to the environmental and genetic factors, early life conditions are now also considered important contributing elements to these pathologies. The concept of 'fetal' or 'developmental' origins of adult diseases has received increased recognition over the last decade. With the improvement of the living standard and the enhancement of the awareness of physical fitness, people's attitude towards exercise during pregnancy has a positive change. More and more attention has attracted by the security of exercise during pregnancy and the impact of exercise on the prenatal and postnatal health of the offspring. Brain renin—angiotensin system (RAS) and cholinergic system play important roles in the control of fetal cardiovascular responses, body fluid balance, and neuroendocrine regulation. This book focuses on the early functional development studied to date of cardio cerebrovascular regulation mechanisms. Combine the *in vivo* study on conscious animals with the *in vitro* study, we present the progress on the ontogeny of the local RAS and cholinergic system components in the developing brain *in utero* as well as their functional development before birth. Furthermore, we introduce the investigation of the functional development of the protein kinase C in the regulation of cerebral arterial contractility. In *in vivo* study, ovine fetuses were chronically prepared with thyrohyoid, nuchal and thoracic esophagus, and diaphragm electromyogram electrodes, as well as lateral ventricle and vascular catheters. Electrodes were also implanted on the parietal dura for determination of fetal electrocorticogram (ECoG). After recovery, fetal cardiovascular responses, ECoG, swallowing activity and renal excretion were monitored during basal period and the experimental period following intracerebroventricular injection. Plasma arginine vasopressin and oxytocin concentrations and $c-fos$ expression in the brain were examined, too. In *in vitro* vessel study, vascular tension and $[Ca^{2+}]_i$ responses were simultaneously measured in segments of main branch middle cerebral arteries from near-term fetal and nonpregnant female adult sheep. The results indicate that the brain RAS and cholinergic system have developed and are functional at least at the last third of gestation. There are various developmental differences of vasoregulation mechanisms between mature and immature cerebral arteries. Given that the central cardio cerebrovascular regulation mechanisms are important not only to the prenatal but also to the postnatal health, we presumed that studies on the development of these systems in normal and abnormal patterns should shed light on "programming" mechanisms for adult cardio cerebrovascular diseases in fetal origins.

目 录

第一章 概 论

心脑血管疾病严重危害着人类的生命和健康。据统计，我国每年因心脑血管疾病死亡者占死亡病因的半数左右。欧美日等国家，公众疾病致死原因中心脑血管疾病也位居首位。心脑血管疾病的形式多种多样，其中最常见的是高血压、冠心病和脑卒中。高血压是指血压升高超过该年龄正常血压水平的状况；冠心病主要是指冠状动脉发生粥样硬化，致使动脉变硬变窄，并导致心肌缺血缺氧而引发的心脏病，其主要形式有心绞痛和心肌梗塞；脑卒中俗称中风，则是向脑部供血的脑动脉发生了病变的一种疾病，主要形式有脑梗塞（缺血性脑卒中）和脑部出血（出血性脑卒中）。

心脑血管疾病的病因错综复杂，目前人们已经掌握的罹患心脑血管疾病的危险因素包括吸烟、肥胖、静坐少动的生活方式、高胆固醇血症等。但是，并非所有心脑血管疾病患者都具备这些危险因素，用它们来预测成年心脑血管疾病的能力有限。世界卫生组织（WHO）曾报道这些传统的风险因素只能对25%心脑血管病的死亡做出解释，因而探索和发掘业已存在的未知病因对于心脑血管疾病的早期预防显得尤为关键，它已成为当今生命科学领域的重要研究课题。

上个世纪八十年代，英国南安普顿大学的David Barker教授首次提出了"胎源性成人疾病"学说（也称为"Barker学说"），这为研究心脑血管等慢性疾病的发病机制开启了一个新的窗口，目前这项理论受到越来越多的关注。这一学说认为胎儿在母体内发育的关键时期，子宫内的不良生长环境对个体组织和器官发育会产生"印迹（imprinting）效应"，从而"编程（programming）"某些成年疾病。迄今为止，许多国家的流行病学调查及动物实验已经为其提供了有力的支持。很多威胁人类健康的慢性疾病，如高血压、Ⅱ型糖尿病、冠心病和脑卒中等，都与子宫内营养不良、胎儿时期生长发育迟缓或低体重儿密切相关。

人类在几十年漫长的生命历程中，生长和发育期相对较短，细胞、组织、腺体、器官和系统的发育成熟主要集中在胎儿时期和出生后若干年的生命早期，其中3/4以上的细胞分裂发生在子宫内的胎儿期。从受精到婴儿出生的近十个月中，胎儿期（从受精卵的第9周至分娩前）约占80%。个体器官形成、功能成熟大多发生在此期，而许多胎源性疾病则可以理解为发育的分支产物。这是因为胎儿期是个体发育的敏感期，此时各种外来刺激将导致胎儿个体特定的发育程序产生永久性改变。在我国每年出生的上千万婴儿中，缺陷儿数目约为80～100万。为此，了解和重视胎儿的发育和生理学，对于优生优育和胎源性慢性心脑血管疾病的防治具有重要意义。

胎儿发育生理学的发展史可追溯到大约100年前。早在1920年，伦敦大学圣玛丽医院Huggett博士就首次发现胎羊动脉血中的氧分压显著低于母羊动脉血中的氧分压水平，成为医学史上第一个对母体和胎儿血氧分压进行研究的科学家。随后，剑桥大学的Barcroft博士在Huggett创立的实验模型基础上，开展了大量有关胎儿发育与生理功能的实验工作，由此开创了胎儿发育生理学这门新学科，并为之奠定了基础。

但是不难发现，在1960年之前，所有关于胎儿发育生理学的动物实验研究都是在麻醉动物身上实施的。其基本的实验模型与Huggett的实验模型相似，即将妊娠动物麻醉后，打开子宫，取出胎儿放在接近体温的氯化钠溶液中，对其进行实验研究。尽管实验中研究人员采取各种方法使动物所处环境尽可能接近其自然生理状态，但毕竟还是存在相当大的差异。后来，超声波诊断被引入临床生殖医学，它开创了胎儿生长发育研究的新局面，无创性的优势使其可以安全地用于人类宫内发育学研究，可以及时了解孕期某个阶段胎儿出现的病理问题。然而，超声波诊断对胎儿的功能发育方面的研究则束手无策。例如，对于宫内胎儿的血压反应状况，血氧和血二氧化碳的代谢状况及体内的激素水平，超声波技术根本无法监测。

那么如何更好地进行早期的功能发育学研究呢？这个问题直到胎羊宫内置管术的建立，才得到比较理想的解决。此技术是由耶鲁大学的Don Barron教授发明的。他对宫内胎羊进行血管插管并留置，待术后恢复后对母羊和胎羊在无麻醉和无应激条件下进行生理功能的动态检测。之后，来自各国的科学家们在此模型基础上又相继发明和发展了一些新的研究技术，使得心血管生理、神经发育生理、内分泌、血液、消化和泌尿功能等早期功能发育研究成为可能。目前这种胎羊实验模型在学术界被广泛认可和接受。无疑，这种在体、清醒、动态生理功能监测方法为早期功能发育学研究做出了卓越贡献。

上个世纪80年代Barker理论的提出为胎儿发育生理学赋予了新的内涵，使其受到越来越多的关注。2003年，美国NIH在亚特兰大召开了"Barker学说"专题研讨会。近几年来，许多国际著名杂志纷纷以专栏或综述等形式介绍胎源性疾病的研究现况和发展趋势。相比国外的大量细致而深入的研究，我们必须承认我国对胎源性疾病的研究要滞后很多，在目前世界上每年发表的众多胎源性疾病的病因、机制等研究论文中，我国所占的比例极少。然而，我国是人口大国，促进优生优育，增强国民体质是我国的基本国策，提高出生人口素质实际上是提高中华民族素质的前提与根本。随着我国经济快速发展，人们的生存与生活方式产生了巨大的变化，对健康的认识与需求也随之提高。人们越来越多地意识到体质的增强不仅要从出生后做起，胚胎及胎儿时期的正常发育与否也直接关系到个体出生后乃至成年的健康状况，所以体质的根本改善需从子宫内着手进行。近年来，随着生活水平的日益提高，运动已成为许多妇女日常生活的重要组成部分。许多女性希望在妊娠阶段继续或开始从事体育锻炼。虽然运动有利于健康，但是对于妊娠这一特殊时期，运动对孕妇的影响，尤其是运动对子代健康的影响就成为了人们关注的焦点。不当的运动是否会造成胎儿宫内应激，给子代的生命健康产生"印迹效应"，这些问题都需要深入的探索。因此，研究早期功能发育就显得更加重要了。我们不仅要保证孕期母婴生存及健康，更重要的是还要对成年期的疾病和健康负责。

对于早期的发育生理学的研究工作首先是要了解和认识在正常生理条件下，胎儿发育的各个阶段中的功能变化和各系统、器官乃至细胞与分子的正常生理状况。在认识了胎儿正常的独特生理情况后，就有可能对胎儿病理过程加以比较。

在心血管功能调控方面，除了外周机制之外，中枢机制如脑肾素—血管紧张素系统（renin-angiotensin system，RAS）、脑胆碱能系统等都对心血管和体液平衡有重要的调节功能，而且在细胞生长、组织纤维化等方面也起着关键的作用。了解它们的正常发育状况对于预防RAS相关的和胆碱能相关的胎源性心血管疾病的发生非常重要。另外，血管局部也存在RAS，它在心脑血管疾病的发生中也扮演着重要角色。血管紧张素（angiotensin，Ang）Ⅱ是一种多功能的血管活性肽，其受体及血管紧张素转化酶（angiotensin converting enzyme，ACE）广泛分布于血管的内皮细胞和血管平滑肌细胞（vascular smooth muscle cell，VSMC），血管局部RAS产生的主要活性物质——AngⅡ通过与其受体结合能够促进血管收缩，发挥局部血管张力和血流量的调节作用。AngⅡ对VSMC的作用非常复杂，它可以通过不同的信号转导途径影响VSMC的生物学行为。在其短期效应中，蛋白激酶C（protein kinase C，PKC）是其中的一条重要信号转导途径。虽然对血管平滑肌的PKC收缩机制的研究很多，但是对脑血管PKC收缩机制的研究较少，对于脑血管PKC收缩机制的发育学研究更少。然而，PKC在血管平滑肌收缩中的作用至关重要，它是许多血管激活物包括Ang诱导血管收缩的必经途径。因此，对其收缩机制的研究，以及对比胎儿发育时期和成年脑血管收缩中PKC作用机制的差异，不仅对于了解胎儿脑血管发育生理学，而且对于预防胎源性的脑血管疾病的发生都具有重要意义。

　　本书中我们从心脑血管调控机制的早期功能发育着手，介绍这种独特的绵羊清醒、在体、动态实验模型，并结合我们近年来的实验结果，对胎儿心脑血管调控机制的RAS和胆碱能系统的功能发育进行介绍。我们的研究目的并非验证"Barker学说"本身，而是为与中枢调控机制相关的心脑血管疾病的宫内起源提供发育学上的依据，期望对胎源性的慢性心脑血管疾病的防治提供基础研究资料，也期望能对妊娠运动对子代健康影响的深入研究提供一点思路。

第二章 心血管调控机制的早期
发育学研究方法

胎儿在子宫内的不同发育阶段，对其功能学的研究，以往在人及小动物上，由于没有合适的监测技术，根本无法进行。我们采用怀孕绵羊为实验对象，建立了适合研究目的的胎儿和母亲子宫内置管手术模型，包括股动、静脉插管、侧脑室插管、膀胱插管、食道吞咽电极安装、脑电极安装等，可于清醒、无应激状态下对母体和胎儿的各项功能进行动态监测，这种研究技术目前在国际上也只有为数不多的一些科研单位能够从事，但已成为被学术界认可的、非常有力的胎儿功能发育学研究手段。

第一节 胎羊模型及在体动态功能监测

一、实验动物

一般选用单胎绵羊（总孕程145±5天），根据需要选择不同妊娠阶段，饲养于室内研究专用的不锈钢笼中，灯光照明，明暗各12小时。自由饮水、进食，术前一天禁食。所有实验方案均须符合实验动物保护和管理规定并获得许可。

二、手术及术后护理

手术采用严格无菌操作。怀孕母羊肌内注射盐酸氯胺酮（ketamine hydrochloride，20mg/kg）和硫酸阿托品（50 µg/kg）进行麻醉诱导，之后气管插管，呼吸机通以1 L/min 氧气和 3% 异氟烷（isoflurane）进行麻醉维持。母羊一侧股动脉和股静脉插管（ID = 1.8mm，OD = 2.3mm），分别至腹主动脉和下腔静脉。

腹部正中切口，暴露子宫。子宫内手术主要分三部分进行，图2-1为胎羊子宫内手术示意图：

（一）胎羊后肢和腹部手术：选取合适位置，切开子宫，取出胎羊后肢，做一侧股动脉和股静脉插管（ID = 1.0mm，OD = 1.8mm），并放置子宫内导管测定羊水压力；缝合子宫切口；

（二）胎羊头部手术：再次选取适当位置，切开子宫，暴露胎羊头部。侧脑室插管(18 gauge)，位置：矢状缝旁开1cm，人字缝前0.5cm，硬脑膜下约0.8cm，当进入侧脑室后可见脑脊液流出；颅骨钻于颅骨上打洞，于顶骨硬脑膜安装脑电极，用螺丝固定，用于皮层电图（electrocorticogram，ECoG）的监测；之后将插管和脑电极用牙科水泥固定于颅骨上；缝合子宫（图2-2A）；

（三）胎羊颈部手术：颈部正中切口，进行吞咽电极安装（型号：AS632，Cooner Wire，Chatsworth，CA）于甲状腺部位，食道平滑肌上、下各安装一对电极，用于监测胎儿肌电图，反映胎羊的吞咽状况。

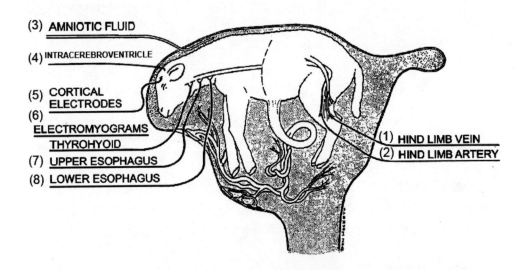

图2-1　子宫内绵羊胎儿插管示意图

(1) 一侧股静脉插管（用于外周给药）；(2) 一侧股动脉插管（用于血压监测、采血）；(3) 羊水插管（监测羊水压力）；(4) 侧脑室插管（用于侧脑室给药）；(5) 脑电极安装（监测皮层电图）；(6-8) 食道平滑肌三对肌电电极安装（监测胎儿吞咽活动）。

　　所有插管从母羊一侧腹部打洞穿出，置于固定于腹侧的小包内，术后即刻及3-4天内于静脉内给予抗菌素。母羊每日70mg庆大霉素和1g苯甲异噁唑青霉素（新青二）；胎羊每日5mg庆大霉素和30mg新青二。术后恢复四至五天，开始测试。

三、生理功能测试

　　所有实验在动物清醒状态下进行，妊娠母羊静立于笼中，自由饮水进食（图2-2B）。随机分为对照组和实验组，每组n至少为5。实验采取连续监测，一般先记录1h基础状态（−60～0min），然后进行药物干预（静脉注射或侧脑室注射），之后继续记录1.5～2h（0～90或0～120min）。药物剂量根据文献及前期实验选定。

　　胎儿体重根据公式推测（Robillard et al.，1979）：

　　胎儿体重(kg) = 0.0961 × 妊娠天数 − 9.228

　　实验中，采用生理记录系统连续监测母亲、胎儿的收缩压和舒张压，羊水压力和心率采样频率为500 Hz（图2-3）。胎儿平均动脉压（mean arterial pressure, MAP）由羊膜腔压力校准。于不同时间点（如−30min、0min、15min、30min、60min、90min）分别由母亲和胎儿的股动脉插管采血约3.5ml。取0.5ml用于测定PO_2、PCO_2、血红蛋白（hemoglobin, Hb）及pH，仪器为Nova analyzer (Nova Biochemical, Model pHOx Plus L, Waltham, MA)，校正于绵羊深部温度39°C。剩余血液低温离心，分离出血浆，除用于血浆渗透压和电解质浓度的测定外，均于−20°C冻存，以便用于血浆激素测定。所采胎儿血液用等量滤过后母亲血液（测试前抽取）替代，所采母亲血液用等量生理盐水替代。

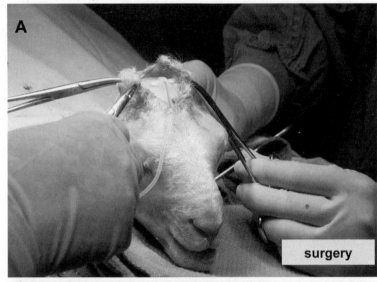

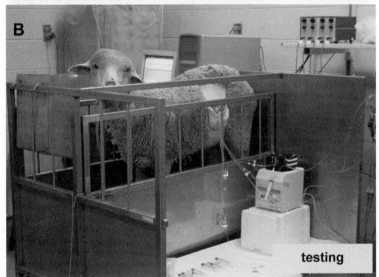

图2-2　子宫内绵羊胎儿侧脑室插管及功能测试

A：绵羊胎儿侧脑室插管，可见脑脊液流出。B：清醒无麻醉状态下的功能监测。

实验中根据需要动态连续监测ECoG和食道平滑肌肌电图。手术中在胎羊颈部由上而下在甲状腺部位及食道平滑肌上埋设的三对电极可以记录食道平滑肌的肌电图（electromyography，EMG），EMG电活动的出现从上至下有时间上的先后关系（图2-4）。胎儿的ECoG可以分为高电压（high-voltage，HV）低频和低电压（low-voltage，LV）高频时相。大约有5%左右的区域既不属于HV，也不属于LV，被认为是中间ECoG活动。发生在HV和LV时相的吞咽活动，用此时相的吞咽总个数除以其时间段，以每分钟LV或HV的吞咽个数表示。

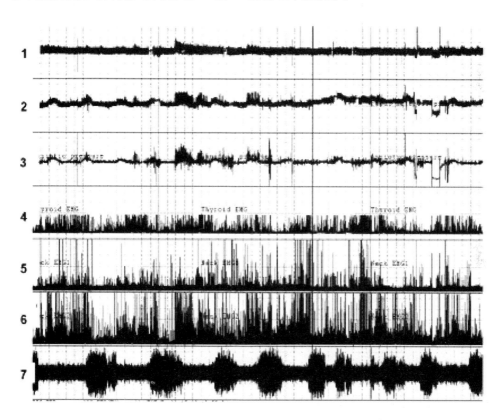

图2-3 孕羊母亲及胎儿动态生理功能监测

图中所示1-7为7道生理信号连续记录。1，母羊血压；2，胎羊血压；3，羊水压力；4-6，胎羊食管平滑肌肌电图（上，中，下）；7，胎羊皮层电图。

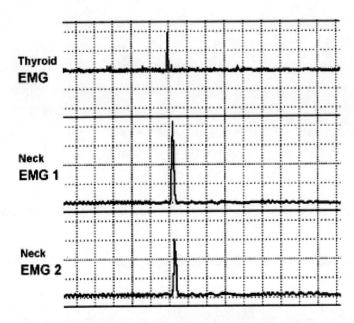

图2-4　食管平滑肌肌电图反映的胎羊吞咽活动

图中上、中、下三条曲线分别代表胎羊颈部由上至下（甲状腺部位、颈部食道平滑肌的上和下）埋设的三对电极记录到的食道平滑肌的EMG，EMG电活动的出现从上至下有时间上的先后关系。

四、血浆激素测定

实验中收集的母亲和胎儿的血浆采用放射免疫测定方法测定精氨酸加压素（arginine vesoprssin，AVP）和催产素（oxytocin，OT）的浓度。血浆AVP和OT采用Sep-pak C_{18}层析柱提取（Waters Associates，Milford，MA）测定。主要步骤如下：血浆样品用1NHCl酸化，慢慢加入层析柱；用0.1%三氟乙酸（trifluoroacetic acid，TFA）淋洗，去除部分杂质；用洗脱剂（含50% 甲醇和0.1% TFA）将吸附在层析柱上的生物活性肽洗脱下来，收集在塑料指形管中；将洗脱液吹干，低温保存待测。测定时加入一定量的缓冲液溶解，所有样本同时测定。

五、免疫组化实验

（一）c-fos免疫染色

实验结束后，麻醉动物，方法如前所述。母羊腹部正中切口，切开子宫，暴露胎儿头颈部，做一侧颈动脉插管（16gauge），0.01M 磷酸盐缓冲液（PBS）和4%多聚甲醛（paraformaldehyde，PFA）灌流5～7min。取出胎脑，用PFA固定12h后，置于20%蔗糖过夜。低温下从前脑到后脑进行冠状切片，厚度20μm。采用亲和素-生物素-过氧化物酶复合物技术（avidin-biotin-peroxidase complex technique，简称ABC法）进行FOS蛋白免疫活性（FOS-immunoreactivity，FOS-ir）检测。脑片先在4℃于第一抗体（1∶15000，Santa Cruz Biotechnology，Santa Cruz，CA）中孵育过夜，轻摇。FOS蛋白的第一抗体为多克隆抗体，来自兔（或小鼠），其作用为抗FOS蛋白的N端序列。继而在第二抗体羊抗兔（或抗鼠）血清（1∶400）中孵育1h，之后用Vectastain ABC kit室温下作用1h（Vector Labs，Burlingame，CA），加入1mg/ml盐酸-3,3'-二氨基联苯胺（3,3'-diaminobenzidine tetrahydrochloride，Sigma）（0.02% H_2O_2）。所有脑片铺于载玻片上，用乙醇脱水，加盖玻片并胶水固定。FOS-ir阳性细胞采用盲法于显微镜下计数。

（二）双重免疫染色

为检测下丘脑视上核（supraoptic nuclei，SON）和室旁核（paraventricular nuclei，PVN）的AVP和OT神经元的FOS免疫活性，有时还需进行FOS-ir和AVP-ir（或OT-ir）的双重免疫染色。基本方法有两种，第一种为FOS蛋白免疫采用普通方法（DAB显色），在进行上述FOS蛋白免疫染色后，将此脑片用AVP或OT抗体（1∶5000，Diasorin，USA）孵育过夜，然后给予结合有异硫氰酸荧光素（fluorescein-isothiocyanate）的抗兔抗体（1∶200，Vector Laboratories，USA）。另一种方法为，FOS-ir的检测也采用荧光抗体，AVP-ir或OT-ir检测同上，亦采用荧光抗体。最后脑片铺于载玻片上，乙醇脱水，加盖玻片并胶水固定。使用荧光抗体的脑组织切片需在荧光显微镜下观察。

除此之外，部分实验还可进行了FOS-ir和AT1R-ir双重免疫染色，AT_1R-ir和OT-ir双重免疫染色，AT_1R 抗体1∶100（Santa Cruz，，CA，USA）。

六、RT-PCR

检测胎脑内的某基因表达水平。以ACE基因在胎羊脑内的mRNA表达谱为例，首先组织研磨后酚氯仿-乙醇沉淀法提取总RNA，用Eppendorf紫外分光光度计测量OD_{260}与OD_{280}。以OD_{260}/D_{280}的比值确定RNA的完整性与纯度，以OD_{260}值确定RNA的浓度（μg/μl）。用Invitrogen公司试剂盒（SUPERSCRIPTTM First-Strand Synthesis System, Invitrogen, CA)进行逆转录和PCR过程。用Primer3软件设计引物，引物设计时跨越至少两个内含子以保证PCR产物中没有基因组DNA的污染。PCR反应设计两个对照：一是阴性对照（无模板）；二是用DNAase处理RNA以确定有无基因组DNA污染的对照组。引物序列如下：

上游引物：5' CTGCAGTACAAGGACCAGCA 3'

下游引物：5' CGTCAAAGTGGGTTTCGTTT 3' （扩增产物349bp）

ACE基因的PCR反应条件：预变性，94℃×5min；变性94℃×1min，复性60℃×1min，延伸72℃×1min，循环数35；延伸，72℃×7min。内参18S的PCR反应的循环数为28，其余同上。1.5%琼脂糖凝胶电泳记录结果，用IS-1000 数字成像系统 （version 2.00, Alpha Innotech, CA）扫描定量。

第二节 脑内神经通路早期功能发育研究方法

脑内神经通路的发育对于行为、心血管和神经内分泌功能都起着非常重要的作用。但是由于技术方法的限制，研究胎儿的中枢神经通路的功能发育一直以来都非常困难。我们这里介绍一种思路或方法，用以检测胎儿的中枢神经通路是否或何时具备功能。这种方法结合了胎儿置管手术和即刻早期基因c-fos的检测，并且基于缺乏血脑屏障的脑结构——室周器官（circumventricular organ, CVO）。这是一种很好的实时检测方法（清醒、无应激、无麻醉状态），特别是在检测胎儿CVO和脑内其他区域的神经通路的功能建立方面，有其独到之处。

成年动物研究发现，脑内存在重要的心血管调控神经网络（图2-5）。

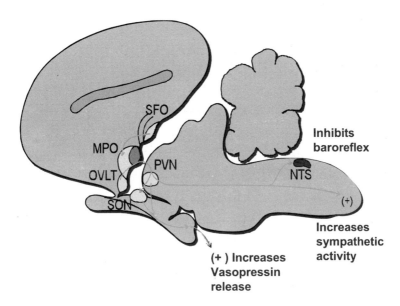

图 2-5 中枢心血管调控神经网络示意图

穹隆下器（SFO）、视前正中核(MnPO)、终板血管器（OVLT）、室旁核（PVN）、视上核（SON）、孤束核（NTS）等之间的投射构成神经网络。升压物质如Ang Ⅱ可通过自主神经功能增强（交感激活）、加压素释放、抑制减压反射等途径导致升压反应。

　　即刻早期基因（包括*c-fos*，*c-jun*和 zif268）被公认为神经元激活的指示物。尽管运用即刻早期基因并非新技术，但是用它来检测胎儿脑内神经通路的功能发育却是一种新的思路。

　　成年动物的CVO和脑内其他核团之间有着丰富的联系。CVO位于第三、四脑室壁上，哺乳动物脑中至少有七个部位被称为CVO，包括穹隆下器（subfornical organ，SFO）、终板血管器（organum vasculosum of the lamina terminals，OVLT）、松果体、正中隆起、垂体后叶、最后区（area postrema，AP）以及脉络丛。其毛细血管有很多窗孔，血脑脊液屏障不完整。CVO的神经元可接受外周的激素及化学信号，进而完成神经化学和神经内分泌功能。其中，SFO、OVLT和AP可监测血液中的渗透压、离子浓度、激素和化学成分的变化，将信息传入中枢。如在脱水或Ang Ⅱ的刺激下，第三脑室前腹侧区[anterior third ventricle，AV3V，包括视前正中核（median preoptic nucleus，MnPO）和（OVLT）]向SON及PVN有功能性投射。

Dr．Xu和Dr．Herbert在1996年曾做过一个实验，将成年大鼠AV3V损毁后，观察24小时脱水引起的神经元激活情况，以*c-fos*表达为标志（图2-6）。实验发现，单侧损毁AV3V（包括OVLT）可以抑制脱水或AngⅡ诱发的同侧SON和PVN的*c-fos*表达。此结果提示SON和PVN对渗透压和AngⅡ的细胞反应需要来自AV3V区域的投射，且此投射是位于同侧的。另外，许多研究表明SFO、OVLT和AP向其他脑内核团也有丰富的投射，如MnPO、弓状核、穹隆旁区、中央杏仁核、终纹床核、蓝斑、红核、延髓腹外侧区、孤束核等。然而，在胎脑中，这些核团之间的功能发育情况，由于技术的限制是很难了解的。我们将胎儿置管手术和即刻早期基因*c-fos*结合起来则使之成为可能。

血脑屏障的结构基础是位于脑室脉络丛的上皮细胞之间的紧密连接和毛细血管内皮细胞之间的紧密连接。胎儿研究表明，在脑发育的早期阶段即出现这些紧密连接，可以有效地限制外周血中的蛋白质分子进入脑和脑脊液。有资料显示在绵羊孕程60%时血脑屏障就对低分子量的氨基酸具有相对不通透性。因此，从孕中期之后，正常生理状况下，许多化学物质包括肽类、激素和神经因子就已经不能透过血脑屏障了。那么胎儿的CVO在对血源性信号分子的感受和整合上就起着关键性的作用。

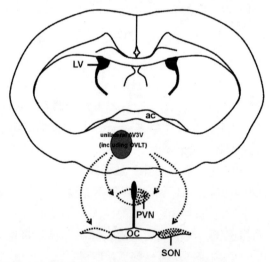

图 2-6 AV3V单侧损毁对脱水诱发的SON和PVN *c-fos*表达的影响

成年大鼠脑左侧OVLT损毁后同侧SON和PVN无*c-fos*表达，而右侧则不受抑制。右侧SON和PVN中的黑点代表细胞激活，以*c-fos*表达为标志。ac：前联合；LV：侧脑室；OC：视交叉。

　　我们给孕晚期绵羊胎儿进行子宫内插管手术，如前文所述。待恢复4～5天后，给胎儿股静脉注射Ang Ⅱ(3.5μg/kg，10ml)，进行心血管等功能监测。实验结束后，取胎脑进行*c-fos*表达检测。结果显示，静脉注射Ang Ⅱ前后，胎儿和母亲的动脉血指标如pH、PO_2、PCO_2、血红蛋白、血细胞比容及血浆渗透压或Na^+浓度都无显著变化，均在正常范围内。对照组（静脉注射生理盐水组），在胎儿前脑无或很少有FOS-ir。但是静脉注射Ang Ⅱ（3.5μg/kg）可诱发胎脑某些区域出现较强FOS-ir（图2-7），不仅局限于SFO和OVLT，还表现在SON的强FOS-ir。这提示胎脑CVO和SON之间的中枢神经通路至少在孕晚期已经相对比较完整并已具备功能。

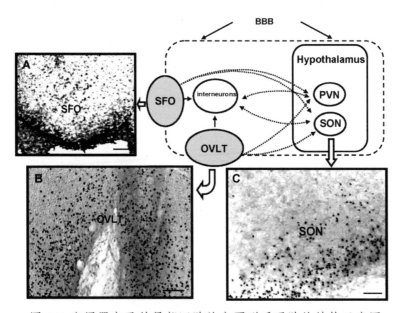

图 2-7　室周器官及其局部回路的主要联系通路的结构示意图

A，B，C 分别示胎儿静脉注射Ang Ⅱ后SFO、OVLT和SON的FOS-ir。BBB，血脑屏障。标尺= 0.1mm。

　　这里介绍的方法可以检测胎儿脑内是否或何时建立具备功能的神经通路。当外周循环中的药物、激素或是其他肽类信号刺激SFO和OVLT等CVO时，如果通路建立则可以向脑内其他部分投射。简单地说，如果不仅仅是SFO和OVLT有细胞激活表现，而且在脑内其他部位也同时可以检测到细胞活动增强，则可以说明在此孕期阶段，胎脑SFO、OVLT和其他部位的神经通路已经建立且具备功能。

显然，这种方法的关键在于这些CVO（如SFO、OVLT和AP）含有特定受体，是激素、递质和其他信号分子的作用和结合位点。例如，它们富含肽类受体或结合位点，包括AngⅡ、心房钠尿肽、降钙素、胆囊收缩素、内皮素、胰岛素、生长抑素、P物质、血管加压素、血管活性肠肽、阿片肽、神经肽Y、甾类物质（如醛固酮、雌激素、糖皮质激素和孕酮）、生物胺（如儿茶酚胺和5-羟色胺）及氨基酸（如GABA和甘氨酸）等。此外，SFO、OVLT等还富含毒蕈碱受体。只要能作用于CVO的外周循环中的化合物足够大，不能通过血脑屏障，我们即可通过用它们来检测胎儿脑内的中枢神经通路的功能建立状况。

第三章 肾素-血管紧张素系统的早期发育

系统性RAS对体液及心血管平衡具有重要的调节作用。肾素是由肾球旁细胞合成和分泌的一种酸性蛋白酶，经肾静脉进入血循环。血浆中的肾素底物，即由肝脏合成和释放的血管紧张素原，在肾素的作用下水解，产生一个十肽，为AngⅠ。在血浆和组织中，特别是在肺循环血管内皮表面，存在有ACE，在后者的作用下，AngⅠ水解，产生一个八肽，为AngⅡ。AngⅡ在血浆和组织中的氨基肽酶A的作用下，再失去一个氨基酸，成为七肽AngⅢ。RAS的生理功能主要是对体液平衡、摄盐和血压的调节，特别是在体内细胞外液量减少和血压降低的情况下通过调节血流阻力和肾脏排钠量，使器官组织仍能得到一定的血液灌注。

近年的研究证实，除了上述全身性的RAS外，在脑和其他一些器官中，如肾脏、肾上腺、心脏、血管壁等，也存在RAS的各个组成成分，总称为肾外RAS。脑内RAS的功能主要也是参与对水、盐平衡和血压的调节，并引起渴觉、饮水和钠需求。研究表明，脑RAS不依赖于全身性的RAS，而是独立存在的。对体内多数组织、细胞来说，AngⅡ是血管紧张素中最重要的活性物质。血管平滑肌、肾上腺皮质球状带细胞以及脑、心脏和肾脏等器官的细胞上存在血管紧张素受体。AngⅡ与血管紧张素Ⅱ受体（angiotensin Ⅱ receptor，ATR）结合，引起相应的生理效应。依据ATR对洛沙坦（losartan，AT_1R特异性拮抗剂）和PD123177（AT_2R特异性拮抗剂）结合特性的不同，将ATR主要分为两型：AT_1R和AT_2R。在成年动物，AngⅡ通过AT_1R介导血管和心脏的收缩、促进醛固酮、AVP、促肾上腺皮质激素（adrenocorticotropic hormone，ACTH）等激素的合成和释放；通过AT_2R介导抑制细胞生长，促进细胞凋亡、细胞分化、血管舒张等。

近年来，研究还发现了RAS的许多新组分，如肾素原受体，血管紧张素1-7[Ang (1-7)]，血管紧张素转化酶2（ACE2）及G蛋白耦联受体Mas等，这使得RAS远比人们先前了解的复杂得多。其中ACE2是2000年发现的一种ACE的同源体。与ACE的全身广泛分布不同，ACE2主要分布于心脏、肾脏和睾丸，即主要位于心脏和肾脏血管的内皮细胞，在远端肾小管的上皮细胞和冠状血管、肾内血管的平滑肌细胞也有少量分布。后来还在胃肠道、脑、肺里发现有少量ACE2。ACE2与ACE既有相同的底物（其中最重要的是 Ang I），也有不同的底物。ACE2为单羧肽酶，仅有一个酶活性位点，作用于底物的脯氨酸和疏水氨基酸之间，它仅能水解Ang I的羧基端亮氨酸残基，生成九肽的血管紧张素1-9[Ang(1-9)]；而ACE是一种二肽酶，它每次可以从底物的羧基端裂解掉一个二肽。Ang（1-9）也是ACE的底物，能竞争性抑制ACE其他底物，在ACE的作用下能转化成有活性的七肽Ang（1-7），如图3-1。另外，ACE2还能水解AngⅡ，脱去它的一个羧基端残基，生成Ang（1-7）。体外实验表明，ACE2水解AngⅡ的活性是Ang I的400多倍。Ang（1-7）可结合于Mas受体，使血管扩张，对心血管系统有着良好的调节作用。ACE2-Ang（1-7）-Mas构成一个功能轴，它的作用与以往研究较多的ACE-AngⅡ-AT₁R功能轴相反。许多研究发现，ACE2-Ang（1-7）-Mas对心血管疾病有预防和治疗作用。

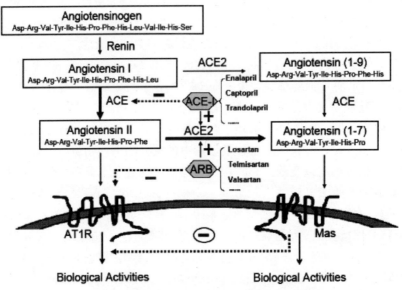

图 3-1 肾素-血管紧张素系统结构示意图

血管紧张素原（angiotensinogen）在肾素（renin）的作用下被转变成血管紧张素Ⅰ（Ang Ⅰ）。Ang Ⅰ继而在血管紧张素转化酶（ACE）的作用下被转变成血管紧张素Ⅱ（Ang Ⅱ），或者是在血管紧张素转化酶2（ACE2）的作用下转变成Ang (1-7)。ACE2也可以裂解Ang Ⅰ转变成Ang (1-9)，然后再在ACE作用下转变成Ang (1-7)。Ang Ⅱ作用于AT₁R产生生理和病理反应。Ang (1-7)则可作用于Mas受体，减弱ACE-Ang Ⅱ-AT₁R功能轴的作用。实线和虚线分别代表正性和负性作用。ACE-I：ACE 抑制剂；ARB：AT₁R阻断剂。

第一节 胎儿脑RAS的组成

一、血管紧张素原

在成年和胎儿动物模型上人们对血管紧张素原都进行了较为广泛的研究。其mRNA和蛋白均在成年脑组织中被检测出，而且其基因序列和肝脏相同。在胎儿脑组织，大鼠胎儿在孕第19天（embryonic day，E19）时可以检测到血管紧张素原的免疫活性。也有研究报道，在E18的大鼠胎儿的第三脑室内面的脉络膜和室管膜细胞上有血管紧张素原的存在。

人们用含有人血管紧张素原基因（human angiotensinogen，HAGT）的转基因小鼠来研究HAGT表达的发育调节。HAGT表达最早可以在胎儿E8.5检测到，从E9.5之后表达日趋增强。E16.5以上的胎鼠脑的HAGTmRNA呈中度表达。也有报道，胎鼠脑血管紧张素原mRNA在E15时可被检测出，其水平比E17~19时低大约10倍。Kalinyak等报道，从E15到E20，脑血管紧张素原mRNA比肝脏丰富，出生后12小时内，其水平增至胎儿水平的3倍，而肝脏则增至30倍。脑血管紧张素原mRNA及其蛋白表达量随发育程度而改变，提示很可能脑血管紧张素原对中枢神经系统的分化和/或增殖具有重要作用。

如上所述，在E18的大鼠胎儿的第三脑室内面的脉络膜和室管膜细胞上可检测出血管紧张素原的免疫活性。之后，在室旁核、视中核、弓状核的星形细胞都发现有血管紧张素原的免疫活性表达。在E20至出生后第0天，其免疫阳性的细胞密度和强度都快速递增，出生后其增长速度逐渐减慢。从脑血管紧张素原出现的时间来看，中枢RAS应该是在孕晚期才建立起来的。从其表达部位来看（脑血管紧张素原主要在胎儿下丘脑、丘脑、小脑及皮层神经元表达），提示它在胎儿的体液平衡，感觉运动的发育和脑成熟方面起重要作用。

二、肾素

在成年脑组织中，人们对肾素活性、蛋白及其mRNA都进行了深入细致的研究。但是在胎儿，这方面的研究十分有限。由于RAS的其他组分，如血管紧张素原，AT_1R和AT_2R在E19胎鼠都已经被检测到（见下文），说明胎儿脑肾素可能在此发育阶段或更早时期已经出现。的确，Sood等人采用免疫化学方法在E19胎鼠脑中检测到了肾素活性、血管紧张素原、ACE及Ang II，但是发现胎儿脑的肾素亚型与外周循环中的不同。

三、血管紧张素转化酶

血管紧张素转化酶（ACE，肽基二肽酶 A；EC 3.4.15.1） 是一种膜结合的金属蛋白酶，为RAS中的关键酶，可以将Ang I 转化为 Ang II（图3-1）。它不但存在于胎儿的外周系统，而且存在于胎儿的中枢系统。研究表明：人类脑的ACE免疫活性在胎儿时期已经出现，在大鼠和兔胎儿许多脑区可以检测到ACE mRNA和蛋白。在E19的胎鼠脑组织，可于脉络膜、SFO、垂体前叶检测到ACE。出生后，在尾状核发现有ACE活性。但是，ACE是否具有功能以及何时开始具备功能还有待于进一步研究。

有研究发现在成年动物，有些酶如褪黑素、糜酶、组织蛋白酶D等也与Ang II生成有关，但在胎儿时期这些酶的起源和功能还未见报道。

四、血管紧张肽

在成年大鼠、兔、灵长类动物的脑中，已证实有AngI、Ang II、AngIII和Ang-(1-7)的存在，且大鼠脑血管紧张肽的氨基酸序列和血浆中的相同。在成年鼠和狗中，人们对Ang II和Ang-(1-7)的研究最多。大鼠E20 的胎脑原代培养神经元可形成并释放Ang II。过去十年，对胎儿的系列研究证实了孕中晚期的绵羊胎脑中的Ang II已具备心血管和神经内分泌调控作用，详见后文介绍。

五、血管紧张素 II 受体

（一）脑血管紧张素 II 受体的发育

以往在成年模型上，人们对脑ATR也进行了系统的研究。ATR主要分为两类：AT_1亚型和AT_2亚型。RAS的重要生理功能如心血管功能调节、水钠平衡调节及激素分泌调节主要由AT_1R介导。AT_1亚型受体又可进一步分为AT_{1a}和AT_{1b}两种。胎脑的薄核、SFO、视前区、下丘脑PVN都有AT_1R分布。在胎儿发育中期，垂体中的AT_{1a}与AT_{1b} 受体表达量呈动态变化。在胎儿期和刚出生的大鼠脑垂体中，AT_{1a}表达为主；随后以及成年大鼠的脑垂体中AT_{1b}mRNA的表达加强。在孕期第15天，胎鼠大脑中就可检测出AT_{1a}mRNA，第19天AT_{1a}mRNA的量达到高峰，出生后逐渐减少，而同时AT_{1b}mRNA的表达逐渐增高。

AT_2R在胎儿时期也已经有表达。AT_2R在胎儿的感觉系统中的表达很丰富，如中间膝状体（为听觉接替核），腹侧和背侧膝状体（整合来自视网膜的信号），上丘体（定位眼和头部的反射中心），副丘和下丘中（整合从脑干和脊髓的信号，从而维持运动协调）。在胎鼠发育期间，AT_2R还出现在大脑的动脉、下橄榄核、舌下神经核的尾部、正中小脑核；在孕期13天，大鼠脑内的AT_2mRNA在外侧下丘脑也有表达。此后，在前脑和后脑均有AT_2R的表达。

有学说认为AT_2R在胎儿体内占主导，而出生后逐渐变成AT_1R在体内占主导。对于这一学说的正确理解应该是：其一，尽管有学说认为AT_2R在胎儿体内占主导，但不等于胎儿体内所有部位中都一定是AT_2R占主导。这种现象在胎脑中可能尤为突出。比如，对孕后期的胎脑下丘脑的SON和PVN，其中AT_1R表达明显增高。其二，功能学研究也提示，在脑内局部注射Ang II 引起的胎儿心血管反应和神经内分泌活动与AT_1R的作用有关。我们对胎儿和成年脑AT_1R和AT_2R进行了比较，如图3-2。

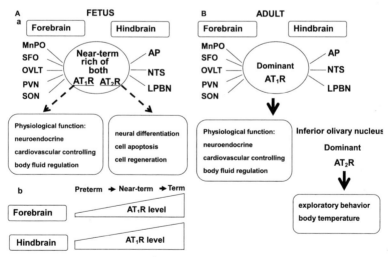

图3-2 胎儿与成年脑的AT_1R和AT_2R分布和功能

Aa，B：胎儿与成年脑的AT_1R和AT_2R分布；Ab，随孕程增加，绵羊胎脑中AT_1R的蛋白密度变化。AP：最后区（area postrema）；LPBN：臂旁侧核（lateral parabrachial nucleus）；MnPO：视前正中核（median preoptic nucleus）；NTS：孤束核（nucleus of tractus solitarius）；OVLT：终板血管器（organum vasculosum of the lamina terminalis）；PVN：室旁核（paraventricular nuclei）；SFO：穹隆下器（subfornical organ）；SON：视上核（supraoptic nuclei）。

（二）胎儿AT₁R和AT₂R在中枢神经系统中分布

表3-1 总结了胎儿脑中AT_1R和AT_2R的分布情况。

表3-1 大鼠胎儿脑中血管紧张素受体（AT_1R，AT_2R）的发育

脑 区	AT₁ mRNA	AT₂ mRNA
端脑Telencephalon		
前嗅核Anterior olfactory nucleus	✓(21)	
扣带皮质Cingulate cortex	✓(21)	
梨形皮质Piriform cortex	✓(21)	
海马隔核Septohippocampal nucleus	✓(21)	
外侧隔核Lateral septal nucleus		✓(21)
内侧杏仁核Medial amygdaloid nucleus		✓(21)
间脑Diencephalon		
视前正中核Median preoptic nucleus	✓✓(19)	
室旁核Paraventricular nucleus	✓✓(19)	
丘脑Thalamus		✓✓(19)
内侧膝状体Medial geniculate body		✓(21)
底丘脑核Subthalamic nucleus		✓(15)
视上交叉床核Bed nucleus of the supraoptic decussations		✓(19)
分化中的丘脑外侧区Differentiating lateral hypothalamic area		✓✓✓(13)
中脑Mesencephalon		
导水管周围灰质Periaqueductal gray matter (raphedorsal)	✓✓(19)	
红核Red nucleus	✓✓(21)	✓✓(15)
上丘Superior colliculus		✓(21)
脚桥核Pedunculopontine nucleus		✓(17)
桥脑Pons		
外侧丘系核Nucleus of the lateral lemniscus		✓(19)
蓝斑Locus coeruleus		✓(19)
膝状体上核Supragenual nucleus		✓✓(15)
三叉神经运动核Motor nucleus of the trigeminal nerve		✓✓(21)
三叉神经感觉主核Principal sensory nucleus of the trigeminal nerve		✓✓(17)
上橄榄核复合体 Superior olivary complex		✓✓(19)
小脑Cerebellum		✓✓(17)
延髓Medulla oblongata		
中缝苍白核Nucleus raphe pallidus	✓✓(19)	

脑 区	AT₁ mRNA	AT₂ mRNA
面神经运动核Motor facial nucleus	√√(19)	√√(17)
孤束核Nucleus of the solitary tract	√(19)	
疑核Ambiguus nucleus	√(19)	
巨细胞网状核Gigantocellular reticular nucleus		√√(17)
髓质网状核Medullary reticular nucleus		√(19)
外侧网状核Lateral reticular nucleus		√√(17)
三叉神经脊束核Spinal nucleus of the trigeminal nerve		√(21)
下橄榄核复合体Inferior olivary complex		√(17)
孤束旁核Parasolitary nucleus		√(19)
舌下神经运动核Motor hypoglossal nucleus		√(15)
外楔束核External cuneate nucleus		√(21)
室周器官Circumventricular organs		
终板血管器Organum vasculosum of the lamina terminals	√√(19)	
穹隆下器Subfornical organ	√√(21)	

"√，√√，√√√"分别代表免疫强度：轻，中，重。括号中数字代表大鼠胎龄天数。

（三）胎脑中的Ang（1-7）和 Ang IV

在绵羊胎儿的研究表明，Ang（1-7）对胎儿的水电解质平衡起着重要调节作用。血管紧张素蛋白耦联的原癌基因Mas，可能是Ang（1-7）内在的结合位点。成年中枢神经系统中，Mas与SON和PVN中的AVP共存，在利尿-抗利尿和利钠-抗利钠平衡中发挥重要作用。

与AT₁R和AT₂R比较，有关Ang IV的受体亚型AT₄R的研究主要集中在成年脑中。现认为Ang IV主要在成年的学习、记忆和神经可塑性上起重要作用。但是在胎儿其存在、分布及相关功能还不清楚。最近有研究指出脑RAS的一些非经典的生理作用是由Ang IV受体系统AT₄R介导的。AT₄R亚型激动对学习记忆具有易化作用，提示脑RAS对正常的认知过程以及其在记忆相关功能障碍的治疗中的潜在作用。但是，对于Ang IV及其受体AT₄R在胎儿的解剖和生理起源及功能还需要进一步的研究。

第二节 胎儿脑RAS的功能发育 （一）

——Ang II受体的早期功能发育

二十多年前，为了探讨中枢神经系统对胎儿血压调控是否具有作用，Macdonald和同事们用猪进行实验研究。他们在猪怀孕40～43天时对其胎儿实施断头术，并另其在子宫内存活。然后对这些断头的胎猪和正常胎猪在孕35～112天（总孕程114天）期间进行血压监测并比较。实验发现，完整胎儿动脉血压从35天的0.8±0.1 KPa显著增加到112天时的5.8±0.2 KPa，而断头的胎儿动脉血压在孕70天的时候与完整对照组并无显著差异（分别为2.7±0.4 KPa和2.5±0.1 KPa），但是后来随胎龄增长就变化不大了。因此，在孕晚期（90～100天）断头胎儿的动脉血压比完整胎儿要低很多。这证实的血压调控随胎龄的变化而变化，且在孕程100天后胎儿血压的调控需要脑机制的参与。尽管实验中将猪胎儿在子宫内断头会引起起诸多其他反应，但毕竟是在心血管中枢调控机制的研究方面中迈出了可贵的一步。

在心血管中枢调控机制中，研究发现脑RAS和外周系统的RAS 都能对心血管和体液平衡产生重要的调控作用。因此，在胎儿研究领域，脑RAS也受到了极大关注。而且，近年来的研究发现，胎儿时期的RAS的发育关系到子代出生后乃至成年的血压调控。

一、胎儿脑AT$_1$R和AT$_2$R的发育

研究发现，Ang II受体在胎儿主要分布与下丘脑、丘脑、小脑及皮层等部位。从出现的时间上可以看出脑RAS的建立应当是在孕后期的。如果胎儿下丘脑部位Ang II受体受到破坏，将导致胎儿组织成熟障碍且显著影响出生后的健康。

（一）胎儿脑AT$_1$R和AT$_2$R的蛋白表达

以往对胎脑中的Ang II受体研究的实验，多采用大鼠胎儿为标本，但是由于胎鼠脑组织太小，对于脑不同区域的AT$_1$R和AT$_2$R分布和表达检测存在困难。近期，Hu等（2004）选用绵羊模型，运用蛋白免疫印迹分析、RT-PCR和免疫组化三种方法分析了不同孕期、不同脑区的AT$_1$R和AT$_2$R的表达和分布。研究发现，从孕中晚期（preterm，～95天）到孕晚期（near term，～130天），再到足月（term，～95天）阶段，绵羊胎儿脑中AT$_1$R和AT$_2$R在心血管和体液平衡调控相

关中枢中的中表达呈递增趋势，证实了在孕后1/3阶段胎脑中的AngⅡ受体已经发育到相当的水平，这可能为AngⅡ的作用提供了很好的结构基础。

AT$_1$R和AT$_2$R蛋白分子量分别为44kDa和41kDa，在孕中晚期的时候均在脑中可被检测到。在OVLT、MnPO、SFO、SON和PVN中，AT$_1$R蛋白的表达随胎龄增加而呈现明显的增长趋势（图3-3），而AT$_2$R蛋白则从孕中晚期至足月的表达均较AT$_1$R蛋白为低（图3-4）。在后脑，AT$_2$R蛋白在臂旁侧核（lateral parabrachial nucleus，LPBN）、孤束核（nucleus of tractus solitarius，NTS）、AP和腹外侧核（ventrolateral medulla，VLM）的表达水平相对AT$_1$R蛋白较高。

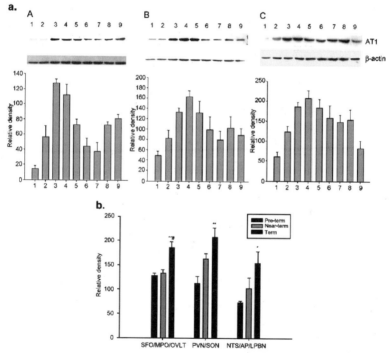

图3-3 蛋白免疫印迹分析测定的绵羊胎儿脑内不同区域AT$_1$R的表达

（a）不同孕期的AT$_1$R蛋白在脑内的表达，经β-actin 标准化，A：孕中晚期（Preterm）；B：孕晚期（Near term）；C，足月（Term）。(1) 皮层；(2)嗅球；(3) 终板血管器（OVLT），穹隆下器（SFO），视前正中核（MnPO）；(4) 室旁核（PVN），视上核（SON）；(5)纹状体；(6)杏仁核；(7) 小脑；(8) 孤束核（NTS），臂旁侧核（LPBN），最后区（AP）；(9) 腹外侧核（VLM）。(b)不同孕期绵羊胎儿AT$_1$R蛋白在脑内相对密度比较（孕中晚期，孕晚期，和足月）。$^*P < 0.05$: term $vs.$ preterm；$^\#P < 0.05$: term $vs.$ near term；$^{**}P < 0.01$: term $vs.$ preterm。（Hu et al., 2004）

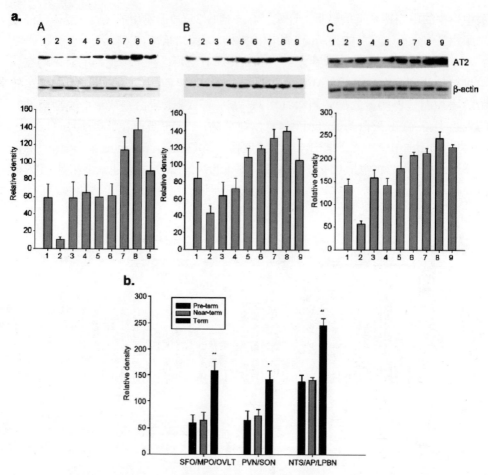

图3-4 蛋白免疫印迹分析测定的绵羊胎儿脑内不同区域AT₂R的表达

（a）不同孕期的AT₂R蛋白在脑内的表达，经β-actin 标准化，A：孕中晚期（Preterm）；
B：孕晚期（Near term）；C，足月（Term）。1-9所代表脑区同图3-3。(b)不同孕期绵羊
胎儿AT₂R蛋白在脑内相对密度比较（孕中晚期，孕晚期，和足月）。$^{*}P < 0.05$: term *vs.*
preterm和near term. $^{**}P < 0.01$: term *vs.* preterm 和near term。

（二）胎儿脑AT₁R和AT₂R的免疫组化

选用AT₁R和AT₂R的特异性抗体进行免疫组化实验，结果显示在near term的
绵羊胎儿脑中均表现出免疫染色阳性。在CVO和下丘脑，AT₁R的免疫活性很高。
在OVLT、MnPO、SFO、SON和PVN中，AT₁R的分布较多（图3-5 A-F）。

后脑中LPBN、NTS、AP的分布也较多，VLM和杏仁核则相对较弱些（图3-5 G-J）。AT₂R在SON、PVN和OVLT呈现出中等强度的免疫活性，而在NTS和 VLM则表现出强免疫活性，在SFO和MnPO则相对较弱（图3-6）。

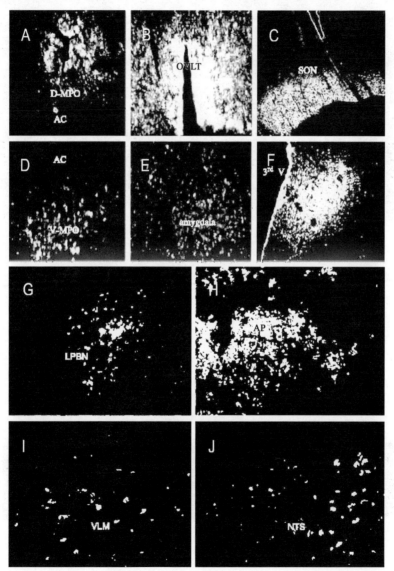

图3-5 AT₁R在孕晚期绵羊胎儿脑内不同区域的蛋白免疫活性

A-F：前脑；G-J：后脑。D－MnPO，背侧MnPO；OV－MnPO，腹侧MnPO。AC：前连 合；OC：视交叉；3rd V：第三脑室。

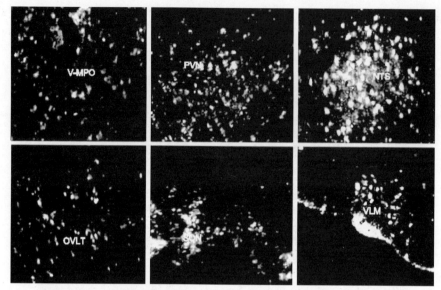

图3-6 AT₂R在孕晚期绵羊胎儿脑内不同区域的蛋白免疫活性

（三）胎儿脑AT₁R和AT₂R的mRNA

RT-PCR结果显示，在足月绵羊胎儿的SON、PVN、SFO、MnPO、OVLT、NTS、LPBN、AP、VLM、皮层、嗅球、杏仁核、纹状体和小脑均可以检测到AT₁R和AT₂R的mRNA（图3-7）。

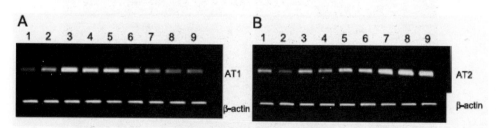

图3-7 AT₁R 和AT₂R在孕晚期绵羊胎儿脑内不同区域的mRNA

（1）皮层；（2）嗅球；（3）终板血管器（OVLT），穹隆下器（SFO），视前正中核（MnPO）；（4）室旁核（PVN），视上核（SON）；（5）纹状体；（6）杏仁核；（7）小脑；（8）孤束核（NTS），臂旁侧核（LPBN），最后区（AP）；（9）腹外侧核（VLM）。

二、 胎儿脑RAS对心血管功能的调节

（一）侧脑室注射Ang Ⅱ对胎儿血压的调控作用

以上实验证实AT$_1$R和AT$_2$R至少在70%孕程时在胎脑中不同区域有所表达。随之而来的问题是即使受体有表达、也能检测出免疫活性，但是受体是否具备功能及何时开始具备功能的呢？给孕晚期（~130天）或孕中晚期（~95天）的绵羊胎儿侧脑室注射Ang Ⅱ，进行心血管功能监测。实验发现侧脑室注射Ang Ⅱ均可引起胎儿收缩压、舒张压和MAP的显著升高。孕中晚期时，给予不同剂量的Ang Ⅱ引起的胎儿升压反应呈现出剂量依赖关系（图3-8）。提示胎儿脑局部RAS已经发育，Ang Ⅱ受体至少在70%孕程时已经开始具备功能，能对外源性Ang Ⅱ发生反应，从而调控胎儿血压。

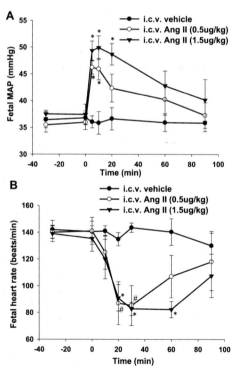

图3-8 侧脑室注射Ang Ⅱ对孕中晚期绵羊胎儿平均动脉压及心率的影响

i.c.v.: 侧脑室注射；MAP: 平均动脉压。0min: i.c.v.时间点。$^{#}$, $^{*}P<0.05$: 与基础水平比。

　　为研究中枢AngⅡ激活的中枢通路，我们采用了即刻早期基因*c-fos*检测方法。研究表明，胎儿前脑的SON、PVN、SFO、OVLT、MnPO、AP、NTS和LPBN都有强FOS蛋白免疫活性。免疫组化双重染色表明侧脑室注射AngⅡ可以激活胎儿下丘脑AVP神经元，使FOS蛋白表达增加（图3-9和图3-10）。

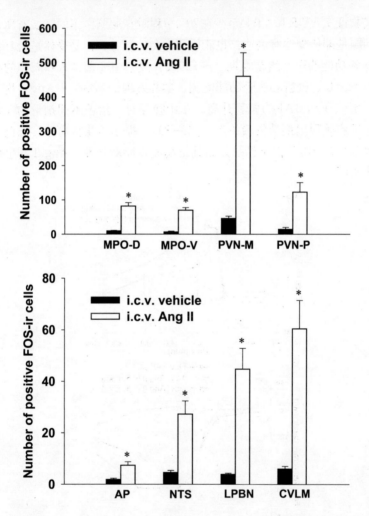

图3-9 侧脑室注射AngⅡ对孕中晚期绵羊胎儿脑FOS-ir的影响（统计图）

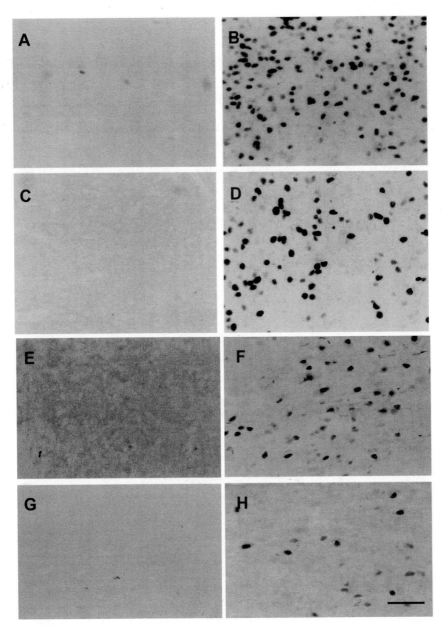

图3-10 侧脑室注射AngⅡ对孕中晚期绵羊胎儿脑FOS-ir的影响（照片）

A，B：SFO； C，D：OVLT；E，F：LPBN；G，H：AP；A，C，E，G：
i.c.v.0.9%NaCl；B，D，F，H：i.c.v. AngⅡ（1.5μg/kg）。标尺=50um。

（二）中枢和外周AngⅡ致胎儿升压效应的比较

近期研究表明在孕晚期，静脉注射AngⅡ也可以诱发升压反应，但是和侧脑室注射AngⅡ导致的升压反应不同（图3-11），机制也不同。外周给予AngⅡ导致的胎儿血压升高潜伏期很短，且升压效果非常显著，血压恢复在30min内基本完成。伴随着急剧的升压反应，胎儿心率呈一过性显著下降，提示胎儿的减压反射产生了效应。而侧脑室注射AngⅡ导致的升压反应较为缓和，潜伏期较长，升压幅度显著低于外周静脉注射AngⅡ，但是维持时间长，可以在1h内一直保持高水平。由于AngⅡ是强烈的缩血管药物，它引起的胎儿血压升高可能更多的是源于血管平滑肌收缩，导致的外周阻力增加。

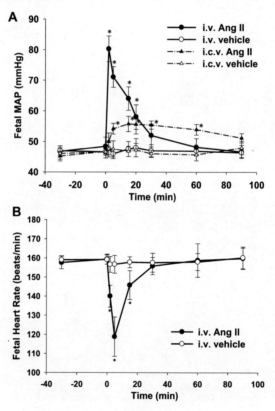

图3-11 侧脑室注射AngⅡ和静脉注射AngⅡ对孕晚期绵羊胎儿心血管功能的影响 A，i.v.：静脉注射AngⅡ（3.5μg/kg）；i.c.v.：AngⅡ（1.5μg/kg）。*P<0.05与基础水平比较。

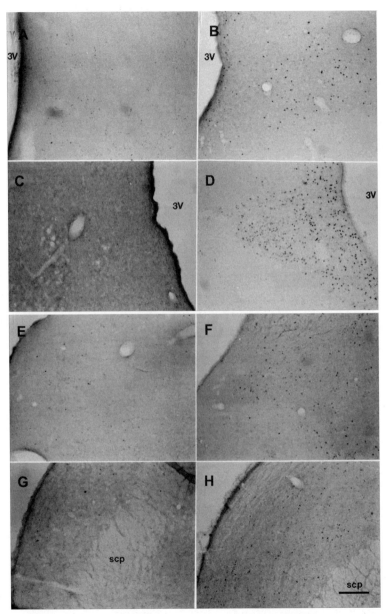

图3-12 侧脑室注射Ang Ⅱ和静脉注射Ang Ⅱ对孕晚期绵羊胎儿脑中FOS-ir的影响

A-D: PVN；E/F: NTS；G/H: LPBN。A/B、E/F、G/H: i.v. Ang Ⅱ（3.5μg/kg）；C/
D: i.c.v.Ang Ⅱ（1.5μg/kg）。A/C/E/G: 0.9% NaCl；B/D/F/H: Ang Ⅱ。标尺=200um。

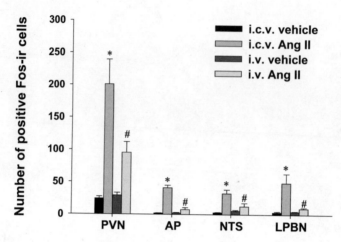

图3-13 侧脑室注射AngⅡ和静脉注射AngⅡ对胎脑中FOS-ir影响的比较图

在孕晚期外周给予AngⅡ也可以在脑内诱发$c-fos$表达，主要表现在下丘脑的PVN及后脑的AP、NTS和LPBN（如图3-12和图3-13）。如前所述，血脑屏障在60%孕程时已经形成，可以限制外周循环中AngⅡ进入脑内。然而，胎儿脑中仍然有神经元被激动的表现，提示外周AngⅡ可以通过血脑屏障缺如的CVO发挥中枢作用，而前期实验已经证实CVO上是富含AngⅡ受体的。这也很好地证实了在孕后期，胎儿CVO（如SFO/OVLT/AP）向其他脑区（如下丘脑PVN核团）的神经投射通路已经形成。

中枢侧脑室给予AngⅡ引起的胎儿脑中$c-fos$表达比外周给予AngⅡ要强烈许多（图3-13）。成年动物研究表明，动脉血压升高可以直接诱发后脑的减压反射相关中枢NTS的激活，但是实验中外周AngⅡ引起的胎儿升压反应比侧脑室注射的要显著许多，而后脑NTS的$c-fos$表达却不如后者多，提示侧脑室注射AngⅡ引起的胎儿后脑$c-fos$表达增多并不主要源于血压升高的继发反应，而是中枢AngⅡ对核团上AngⅡ受体的直接作用。PVN/AP/NTS/LPBN都是交感激活的主要部位，之间也有神经通路的复杂联系。孕晚期侧脑室注射AngⅡ引起的升压效应中交感激活可能起着重要作用。

通过比较中枢与外周给予AngⅡ后引起的升压效应的差异，不难发现孕晚期中枢与外周AngⅡ可以通过不同的机制进行胎儿心血管功能的调控。

（三）中枢AngⅡ致胎儿升压作用中的加压素机制

成年动物，中枢给予AngⅡ引起的升压反应机制涉及自主神经机制（交感激活）、神经内分泌的激素作用以及行为改变（饮水）。在孕后1/3期的胎儿，中枢给予外源性AngⅡ也可导致升压反应，并可导致下丘脑PVN和SON神经元的大量激活，表现为c-fos表达增多。由于PVN和SON是AVP的主要分泌部位，同时测定血浆中的AVP也表现出显著增加，见后文。为探讨AVP分泌是否在升压反应中起作用，我们选用AVP受体拮抗剂进行了以下实验，结果提示在胎儿中枢AngⅡ诱导的升压效应中，AVP确实发挥着重要作用。

胎儿AVP受体至少分为两个亚型（V1亚型受体和V2亚型受体）。V1亚型受体主要分布于血管平滑肌细胞，引起血管收缩效应；V2亚型受体主要分布于肾脏，调节水的重吸收。实验发现，静脉灌流V1亚型受体拮抗剂（[deamino-Pen[1], O-Me-Tyr[2], Arg[8]]-vasopressin）或V2亚型受体拮抗剂（[Adamantaneacetyl[1], O-Et-D-Tyr[2], Val4, Aminobutyryl[6], Arg[8,9]]-Vasopressin）都不影响胎儿基础血压，但V1亚型受体拮抗剂可以部分抑制中枢AngⅡ引起的胎儿血压升高，提示侧脑室注射AngⅡ在胎儿引起的升压效应中，部分由神经内分泌机制即下丘脑释放AVP介导。V2亚型受体拮抗剂则无显著影响（图3-14）。

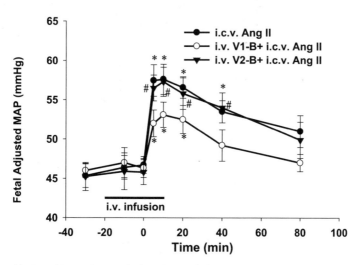

图3-14 静脉注射V1-或V2-受体阻断剂对中枢AngⅡ致胎儿升压反应的影响

i.c.v. AngⅡ (1.5μg/kg)；i.v. infusion：静脉灌流V1-B或V2-B的时间。$^{*/\#}p<0.01$，与基础水平比较。V1-B: V1-受体拮抗剂；V2-B: V2-受体拮抗剂。

（四）胎儿脑AngⅡ受体与心血管活动的调控

如前所述，近年来我们及其他实验室对胎儿中枢RAS通路中的AT_1R和AT_2R的mRNA和蛋白表达进行了研究，发现在至少在孕中晚期以后在胎儿脑的不同部位，如前脑的SFO、OVLT、MnPO、PVN、SON及后脑NTS、AP、LPBN等处都有丰富的AT_1R和AT_2R表达。但是，胎儿侧脑室注射AngⅡ引起的升压效应是究竟是由何种受体介导的呢？因此，我们选用AT_1R和AT_2R特异性阻断剂进行了以下实验，实验中发现了很有趣的现象。

1. 静脉注射losartan对胎儿的血压的影响

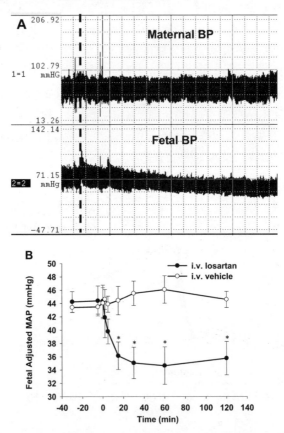

图3-15 静脉注射losartan对胎儿平均动脉压的影响

给孕晚期绵羊胎儿静脉注射AT_1R特异性阻断剂losartan（10 mg/kg），引起胎儿持久的动脉血压下降。*P<0.01，与对照组比较。0 min：i.v.注射losartan的开始时间，持续15min。

  Losartan 是一种非肽类的AT_1R高效能特异性阻断剂，临床上多用于治疗原发性高血压和充血性心衰，但是以往有关的losartan药理作用的报道基本来自成年动物实验。我们近期研究发现，给孕晚期的绵羊胎儿静脉注射losartan（10 mg/kg）也可引起长时程的降压反应，在2个小时的监测过程中一直保持持续的血压下降（图3-15）。这提示外周内源性Ang Ⅱ在维持胎儿正常血压上起到重要作用，而且主要是通过AT_1R发挥效应的。

  2. 侧脑室注射losartan 对胎儿血压影响的多样性

  中枢给予losartan引起的效应与外周给药明显不同（图3-16）。

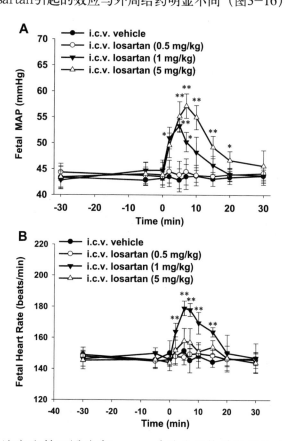

图3-16 侧脑室注射不同浓度losartan对胎儿平均动脉压和心率的影响

给孕晚期绵羊胎儿侧脑室注射不同浓度losartan（0.5mg/kg，1mg/kg，5mg/kg），胎儿动脉血压和心率呈现多样性的变化。**$P<0.01$，*$P<0.05$，与基础水平比较。0 min: i.c.v.注射losartan的时间。

给孕晚期绵羊胎儿侧脑室注射不同浓度losartan（0.5mg/kg，1mg/kg，5mg/kg），胎儿动脉血压和心率呈现多样性的变化。中等和高剂量losartan（1-5mg/kg）引起浓度依赖性的血压升高，表现为迅速而短暂，losartan（0.5mg/kg）则不影响动脉血压。中等浓度losartan（1mg/kg）侧脑室注射时表现为心率加快，而小剂量和大剂量losartan（0.5mg/kg和5mg/kg）均对心率无显著影响。

3. 侧脑室注射losartan 对胎儿脑 *c-fos* 表达的影响

胎儿侧脑室注射中等剂量losartan（1mg/kg）不但可以升高血压和心率，而且在脑中心血管调控中枢中也表现出神经元的活动增强（图3-17）。胎儿中枢给予losartan为什么会引起这样的心血管反应和中枢神经元反应，我们还无法解释，但这的确与成年动物的表现不一致。

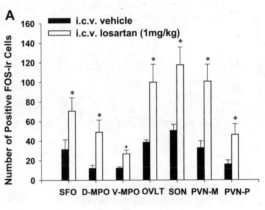

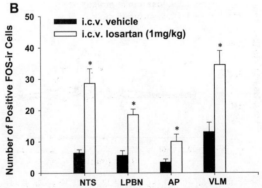

图3-17 侧脑室注射losartan（1mg/kg）对胎儿脑 *c-fos* 表达的影响
A：前脑； B：后脑。*P<0.05，与对照组比较。

4．侧脑室注射PD123319对胎儿血压的影响

侧脑室注射AT_2R特异性阻断剂PD123319（0.8 mg/kg）并不影响孕晚期胎儿动脉血压和心率。说明基础状态下胎儿的动脉血压的维持与中枢AT_2R无关。

5．侧脑室注射losartan 对胎儿中枢Ang Ⅱ诱导升压反应的影响

在成年动物已经证实，尽管中枢存在AT_1R和AT_2R，但是中枢Ang Ⅱ引起的升压反应是由AT_1R介导的。胎儿中枢给予Ang Ⅱ可引起的升压反应是由哪种受体介导的呢？另外losartan本身也会对胎儿血压产生不同的影响，那么中枢给予losartan究竟会对对Ang Ⅱ诱导的升压反应产生怎样的影响呢？

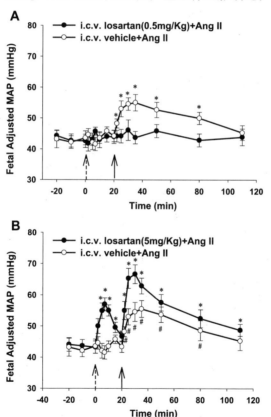

图3-18 侧脑室注射不同浓度losartan对胎儿中枢AngⅡ诱发升压反应的影响

losartan低浓度为0.5mg/kg（A），高浓度为5 mg/kg（B）。**/##: $P < 0.01$；*/#: $P < 0.05$，与基础水平比较。虚箭头代表i.c.v. losartan的时间；实箭头代表i.c.v. losartan+ AngⅡ的时间。

　　实验中先给孕晚期绵羊胎儿侧脑室注射losartan（低浓度0.5mg/kg、高浓度5mg/kg），观察记录 20min后再给予相应浓度losartan+ Ang Ⅱ（1.5μg/kg）。可以发现，低浓度losartan本身不影响胎儿基础血压，但能抑制Ang Ⅱ诱发的升压反应，对心率无影响；而高浓度losartan自身可引起胎儿血压短暂升高，20min内即可恢复，但它使Ang Ⅱ诱发的升压反应更加显著，且持续时间长，同时还伴有心率的下降（图3-18和图3-19）。

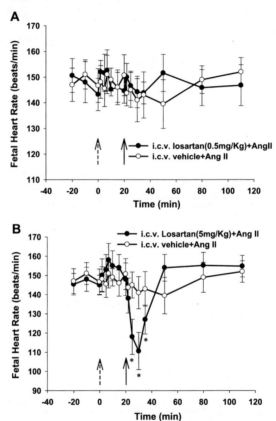

图3-19 侧脑室注射不同浓度losartan对胎儿中枢Ang Ⅱ诱发心率变化的影响

　　6. 侧脑室注射PD123319对胎儿中枢Ang Ⅱ诱导升压反应的影响

　　侧脑室注射AT$_2$R阻断剂PD123319对胎儿中枢Ang Ⅱ诱导的升压反应没有显著影响（图3-20）。

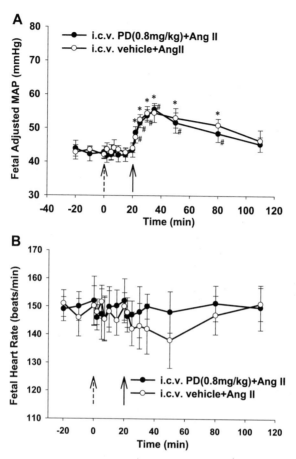

图3-20 侧脑室注射PD123319对胎儿中枢AngⅡ诱发心血管反应的影响

PD123319：0.8mg/kg。A，胎儿血压；B：胎儿心率。$^*P < 0.05$，与基础水平比较。虚线箭头代表i.c.v. PD的时间；实线箭头代表i.c.v. PD + AngⅡ的时间。

　　结合上述低浓度AT_1R阻断实验，可以知道孕晚期胎儿AngⅡ诱发的升压反应主要也是由AT_1R介导的。而且也可以看出胎儿内源性AngⅡ对其基础血压并不起主要调控作用，和成年是一致的。但是高浓度losartan自身的升压作用，以及它增强AngⅡ诱发的升压反应的作用，无论是在胎儿和成年，都是从未见报道的，这是一个新的发现。

　　多数报道认为中枢AngⅡ可引起升压效应，但是也有少数报道AngⅡ有降压效应。这可能与AngⅡ与中枢的降压相关受体结合有关。有人认为可能作用于后脑的

CVLM和RVLM，使交感活性下降，从而降压。那么高浓度losartan的升压作用我们考虑是否有以下两种可能：一是高浓度losartan有更多的机会进入后脑，阻断后脑的CVLM等降压区，使血压升高；二是高浓度losartan本身是一个AT_1R激动剂。以往曾有报道Ang Ⅱ受体拮抗剂如saralasin可以诱发短暂的、剂量依赖的升压效应；内侧隔核－内侧视前区离子电渗losartan可以引起类似与Ang Ⅱ样的神经元激活作用。但这仍需要进一步研究。

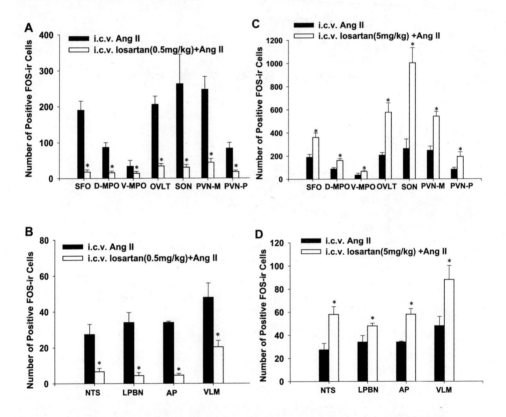

图3-21 侧脑室注射losartan对胎儿中枢Ang Ⅱ诱发的*c-fos*表达的影响

A，B：低浓度losartan（0.5mg/kg）；C，D：高浓度losartan（5 mg/kg）；A，C：前脑；B，D：后脑。$^*P < 0.01$，与对照水平（i.c.v. Ang Ⅱ）比较。

7. 侧脑室注射losartan对中枢Ang Ⅱ诱导c-fos表达的影响

我们还观察了losartan对 中枢AngⅡ诱发的胎儿脑神经元激活的影响。发现低浓度和高浓度losartan的作用也截然不同，这也是从未见报道的。如图3-21、图3-22和图3-23所示，孕晚期胎儿侧脑室给予AngⅡ可诱发心血管调控相关区域c-fos表达增加，表现在SFO、MnPO、OVLT、PVN、SON、NTS、LPBN、AP和VLM等，低浓度losartan可以显著抑制这里的FOS-ir，而高浓度losartan则使这些区域的FOS-ir大大增强。但是，值得注意的是在脑室周围和中央管周边特定的区域，是一"无FOS区"，这种现象亦为首次报道，说明在脑内不同区域，同样的高浓度losartan可以引起不同的反应，部分表现为抑制，部分又表现为兴奋，原因尚需进一步探讨。

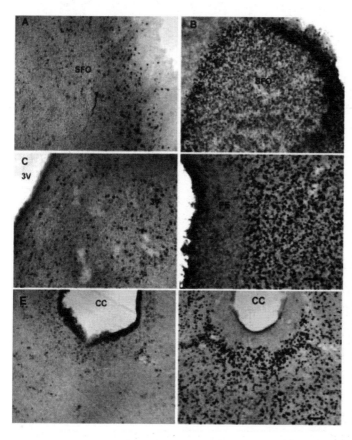

图3-22 侧脑室注射高浓度losartan对胎儿中枢AngⅡ诱发的c-fos表达的影响

A，C，E：i.c.v. AngⅡ诱发的脑c-fos表达；B，D，F：i.c.v. losartan（5 mg/kg）＋AngⅡ（1.5 g/kg）诱发的脑c-fos表达。A，B：SFO；C，D：PVN；E，F：NTS。CC：中央管。注意：在脑室周围和中央管周围有一"无FOS区"，完全没有c-fos表达，而在其临近区域为c-fos高表达区。标尺＝50μm。

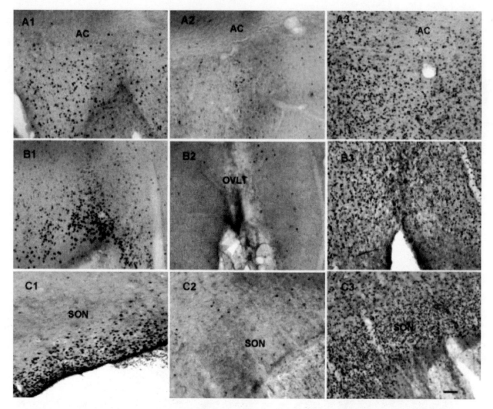

图3-23 侧脑室注射低或高浓度losartan对胎儿中枢AngⅡ诱发的*c-fos*表达的影响
A，MnPO；B，OVLT；C：SON。A1，B1，C1：i.c.v. Ang Ⅱ (1.5μg/kg)；A2，B2，C2：
i.c.v. losartan (0.5 mg/kg) +Ang Ⅱ；A3，B3，C3：i.c.v. losartan (5 mg/kg)+ Ang Ⅱ。标尺
=50μm。

相关AT_1R和AT_2R拮抗剂的实验证实，中枢AngⅡ诱发的升压效应以及中枢神经网络的激活都是由AT_1R介导的。侧脑室注射AT_1R拮抗剂losartan能抑制中枢AngⅡ引起升压效应，而AT_2R拮抗剂PD123319则无此作用。但是非常有趣的是，我们发现侧脑室注射高剂量losartan本身可以升高胎儿动脉血压，这与成年动物上的研究结果截然不同。尽管我们目前还不清楚其内在机制，但是胎儿脑组织中AT2R的丰富表达也可能与胎儿与成年动物上的losartan的不同实验结果有关。

有报道，破坏小鼠AT_2R的基因，同样可以引起显著的升压效应，并增加AngⅡ升压作用的敏感性。提示AT_2R可能介导降压反应，并可以拮抗AngⅡ诱发的由AT_1R介导的升压作用。在胎儿脑组织中，AT_1R和AT_2R都广泛分布，特别是到孕晚

期。这与成年脑局部RAS不同。尽管对中枢RAS介导的胎儿的心血管功能调节已经有一系列研究，但是仍然存在很多问题。例如，为什么侧脑室注射losartan在高剂量时，胎儿与成年会有不同的反应？为什么在胎儿仅仅是脑室周围和中央管周围出现无FOS区，而其他部位是高表达？这些问题还有待于进一步研究。

三、胎儿脑RAS对体液平衡的调节

（一）胎儿吞咽活动

胎儿通过吞咽可以自发地摄取羊水。实际上，吞咽所摄入的液体是羊水、肺液和唾液的混合物。羊水量的净平衡取决于胎儿体液的生成和吸收，前者主要是尿和肺液的生成，后者主要是胎儿吞咽和羊膜对液体的吸收。许多有关胎儿吞咽的研究都是在绵羊胎儿模型上进行的。1973年，Bradley and Mistretta首次在孕晚期的绵羊胎儿食管平滑肌上安装了电磁流体探头，并且记录到胎儿羊水日摄入量是44 ml/kg/day。研究发现胎儿吞咽和神经行为有关，因此，凡是影响胎儿神经行为的因素均会影响胎儿的吞咽活动。现已证实孕期后三分之一阶段，胎儿吞咽伴随着呼吸运动，并且主要发生在低压高频的皮层电活动时相。现在较为成熟的吞咽研究模型是在手术中于胎羊食道平滑肌的上、中、下段各埋设三对电极，并将一超声流体探头放置在胎儿胸段食道周边，以测定肌电活动和食道液体流。此技术使人们对胎儿吞咽行为和"渴"的研究成为可能。

（二）胎儿脑RAS与体液平衡

中枢RAS介导的行为和内分泌是体液平衡调节的两条主要途径，包括水、盐的摄入，肾脏排泄和重吸收。在成年人或成年动物的脑内存在渴中枢。渴中枢中有对AngⅡ的感受器。尽管在成年对此方面的研究已经很多，但是在胎儿，有关脑RAS对体液平衡调节作用的功能发育方面的研究成果还主要来自近些年的工作。对孕后1/3期绵羊胎儿进行置管手术，侧脑室注射AngⅡ可导致胎儿吞咽频率明显增加（图3-24）；侧脑室注射Ang 受体拮抗剂可以阻断AngⅡ诱发的胎儿吞咽活动，提示胎儿脑RAS在刺激调控吞咽功能方面在妊娠后1/3期已基本出现。

进一步的研究表明至少在孕晚期，AngⅡ作用的相关中枢神经网络已经基本完整。我们前期的绵羊胎儿实验提示，侧脑室注射AngⅡ激活的神经核团包括前脑的

SFO、MnPO、OVLT、SON、PVN，以及后脑的NTS和LPBN。值得注意的是，这些区域都是已知的AngⅡ作用的关键部位。基于侧脑室注射AngⅡ能刺激胎儿吞咽活动并伴随上述核团的激活，我们可以有以下两个推论：第一，脑AngⅡ对胎儿体液平衡调节的行为发育具有重要作用；第二，胎儿脑RAS相关的中枢通路在出生前已基本完整。

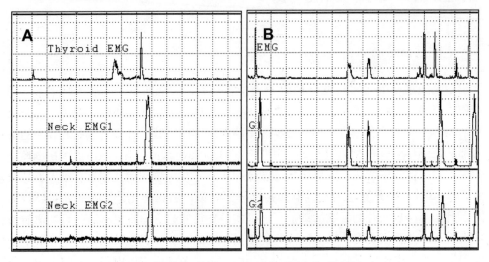

图3-24 侧脑室注射AngⅡ诱发的胎羊吞咽活动

图中所示为食管上、中、下段的肌电图EMG信号，由上而下依次出现，表示是典型的吞咽活动。A，i.c.v. 0.9%NaCl所观察到的胎羊吞咽频率，平均1次/min，与人胎儿吞咽频率相近；B，i.c.v. AngⅡ（1.5ug/kg）后所观察到的胎羊吞咽频率，可达到4～5次/min。A和B所示时间为1min。

四、胎儿脑RAS对神经内分泌的调节

（一）血管加压素和催产素

1. 下丘脑SON和PVN的加压素能和催产素能神经元的结构发育

下丘脑SON和PVN是AVP和OT的主要合成部位，合成的激素通过神经垂体束运送到神经垂体贮存，在受到适当刺激如高渗、失血等刺激时诱发神经垂体激素释放。在成年动物有关下丘脑的结构和功能的研究报道很多，但是在胎儿时期，

AVP能和OT能神经元何时出现、分布情况如何、与成年有何差异等都没有报道。我们采用免疫组化实验方法，于不同胎龄的绵羊胎儿的下丘脑组织切片上进行染色，观察了SON和PVN的AVP能和OT能神经元的发育情况。实验发现，孕中晚期（～95GD）、孕晚期（～130GD）和足月胎儿（～140GD）三个时期，SON和PVN部位均有清晰的AVP和OT免疫活性细胞，且分布有相同的特征。在PVN部位，AVP-ir主要分布在大细胞区的中央部分，OT-ir则散在于周边。在SON部位，AVP-ir主要集中在腹侧区域，而OT-ir主要散在分布在背侧区域（图3-25和图3-26）。这提示至少在孕后1/3期，胎儿下丘脑SON和PVN的AVP能和OT能神经元已经具备类似与成年的结构分布模式，为神经激素的正常分泌无疑奠定了结构基础。

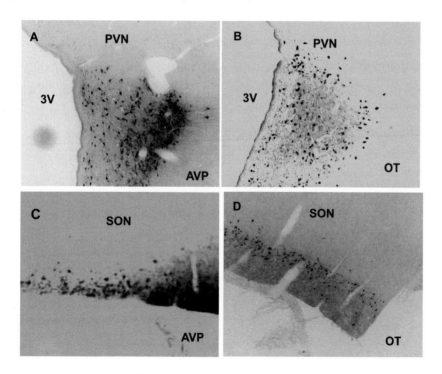

图3-25 孕95天绵羊胎儿下丘脑PVN和SON部位的AVP-能及OT-能神经元免疫活性 A，C：AVP-ir；B，：OT-ir。 3V：第三脑室。标尺＝200 μm。黑点代表AVP或OT免疫阳性的细胞。

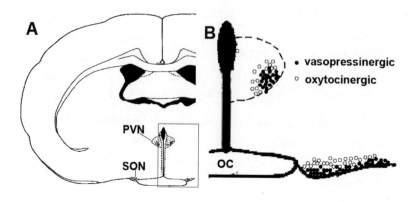

图3-26 绵羊胎儿下丘脑PVN和SON部位的AVP-及OT-能神经元分布示意图

2. 侧脑室注射Ang Ⅱ对胎儿AVP分泌的影响

在成年动物模型上已经证实下丘脑的SON和PVN对体液平衡的维持非常重要，很多刺激包括中枢给予AngⅡ都可以诱发SON和PVN的AVP和OT释放。近期的胎儿研究证实，侧脑室注射AngⅡ能引起孕中晚(~95GD)或晚期(~130GD)绵羊胎儿血浆中AVP水平显著增加（图3-27），但是不改变胎儿血浆渗透压、钠离子浓度和血细胞容积。如上所述，血浆AVP的增加，还部分参与AngⅡ诱发的升压反应。

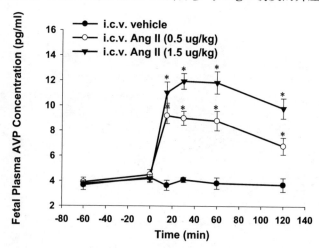

图3-27 孕中晚期绵羊胎儿侧脑室注射AngⅡ对其血浆AVP浓度的影响

侧脑室注射AngⅡ（0.5和1.5 μg/kg）使其血浆AVP浓度升高，且呈浓度依赖性。*P<0.01，与基础水平对比。

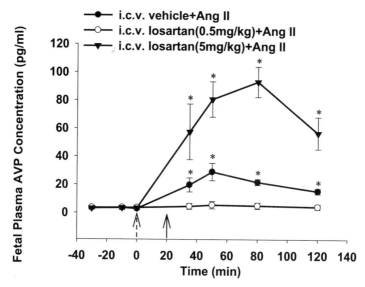

图3-28 侧脑室注射losartan对孕晚期绵羊胎儿AngⅡ诱发的血浆AVP浓度升高的影响

低浓度和高浓度losartan分别为0.5和5mg/kg；Ang Ⅱ：1.5 μg/kg。虚箭头：i.c.v. losartan的时间；实箭头：losartan + AngⅡ。

　　侧脑室注射不同浓度AT$_1$R拮抗剂losartan对胎儿AngⅡ诱发的血浆AVP浓度升高产生不同的效应（图3-28）。低浓度losartan（0.5mg/kg）可引起AngⅡ诱发的AVP释放反应；而高浓度losartan（5mg/kg）则增强了AngⅡ诱发的AVP释放增多。侧脑室给予PD123319并不影响AngⅡ诱发的AVP释放反应。这提示孕晚期胎儿中枢Ang Ⅱ可诱发加压素释放反应，而且是通过AT$_1$R介导的。

　　3．侧脑室注射Ang Ⅱ对胎儿下丘脑AVP神经元的作用

　　进一步研究发现，胎儿中枢AngⅡ在引起AVP释放的同时，还伴随着下丘脑SON和PVN内的 c-fos 表达增加。由于下丘脑有很多功能各异的神经元，为确定AVP能神经元是否真正被激动，我们进行了AVP免疫（AVP-ir）和FOS免疫（FOS-ir）双重染色。结果发现，孕中晚期胎儿下丘脑SON和PVN中有许多AVP-ir（+）的细胞，但是很少表现为FOS-ir(+)（图3-29）。而侧脑室注射AngⅡ后，有大约50～60%左右的AVP-ir（+)的细胞同时表现出FOS-ir(+)。提示中枢给予AngⅡ可直接刺激下丘脑AVP神经元的生理活动，这种中枢AngⅡ对AVP释放的调控功能在妊娠后期已基本建立。

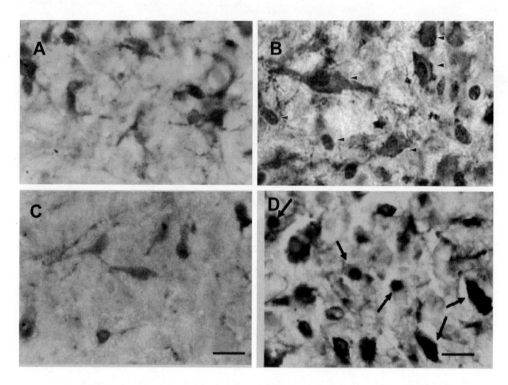

图3-29 绵羊胎儿下丘脑SON和PVN部位的AVP和FOS的双重免疫染色

A，C：对照组，i.c.v. 0.9% NaCl；B，D：i.c.v. AngⅡ(1.5 μg/kg)。A，B：SON；C，D：PVN。箭头代表双重免疫阳性的细胞，即AVP-ir (+)和FOS-ir(+)。标尺=50μm.

　　另外，来自外周血液循环中的AngⅡ也能使胎羊脑内的CVO，MnPO和SON的*c-fos*表达增多。而且，SON相当部分AVP神经元中的*c-fos*表达也增多。来自外周血循环的AngⅡ是通过CVO作用于胎羊下丘脑的AVP神经元参与体液平衡的调节。

　　尽管近年来，已经有一些研究探讨了中枢AngⅡ对胎儿AVP释放的影响，但是胎儿中枢AngⅡ对OT的影响以及OT在体液平衡中的作用还有待进一步阐明。

（二）下丘脑-垂体-肾上腺轴

在成年，除了Ang Ⅱ介导的AVP和OT反应外，Ang Ⅱ在脑内也可以刺激ACTH的释放。Ganong证实了循环中的Ang Ⅱ也可以作用于CVO增加ACTH的分泌，提示Ang Ⅱ可能对下丘脑-垂体-肾上腺轴（hypothalamic-pituitary-adrenal，HPA）具有重要调节作用。

随着胎儿发育，其HPA轴逐渐成熟。在绵羊，胎儿逐渐增加的血浆ACTH和皮质醇浓度可以始动分娩。孕后期的胎儿HPA轴在母亲应激时也有所反应。但是有关孕后期的胎儿脑RAS和HPA轴之间的功能联系还缺乏确切的实验依据。

有研究发现在胚胎小鼠的脑中存在 Ⅰ 型促肾上腺皮质激素释放因子（CRF-R1）。Keiger等证实在绵羊胎脑中的CRFmRNA水平受到皮质醇的调节，且表现出区域特异性。胎儿血浆皮质醇水平从70%GD至90%GD缓慢升高，说明HPA轴的逐渐成熟。70%GD时，皮质醇处理可以导致胎儿延髓CRF mRNA水平升高3.5倍，提示此时，皮质醇可以使绵羊胎儿脑干CRF基因表达上调。

Keller-Wood等分析了第二妊娠阶段的绵羊胎儿HPA轴中的关键组分的基因表达情况。他们从妊娠80、100、120、130和145天的绵羊胎儿的垂体、下丘脑、海马及脑干中分离出CRFmRNA。他们证实了在垂体和海马部位，糖皮质激素和盐皮质激素受体呈高表达，下丘脑的CRF表达在妊娠后期表达增多。胎脑中糖皮质激素受体和盐皮质激素受体的表达对HPA轴的调控十分重要。

我们近期也尝试观察胎儿在中枢给予Ang Ⅱ后对下丘脑CRF神经元的激动情况，采用135GD的绵羊胎儿侧脑室注射Ang Ⅱ（1.5μg/kg）。实验发现中枢给予外源性Ang Ⅱ引起下丘脑PVN部位大量神经元被激动，其中有部分是CRF神经元，表现为CRF免疫阳性。这些CRF神经元中确实部分被激活，表现为FOS免疫阳性（图3-30）。这也初步证实了在妊娠后期胎儿脑RAS和HPA轴之间的功能联系，但仍需要进一步的实验依据。

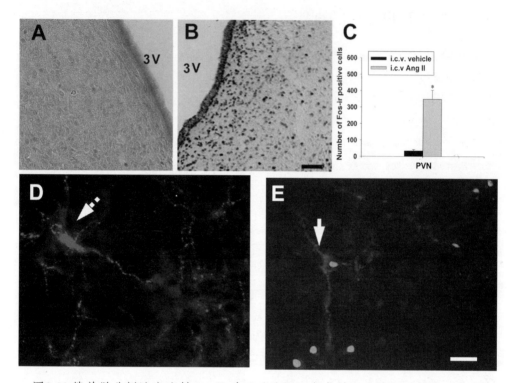

图3-30 绵羊胎儿侧脑室注射AngⅡ对下丘脑PVN部位的CRF神经元的激活作用

A，D：对照组，i.c.v. 0.9% NaCl；B，E：i.c.v. AngⅡ（1.5 μg/kg）。A，B，C：PVN的c-fos表达。实箭头代表双重免疫阳性的细胞，即CRF-ir (+)和FOS-ir(+)，虚箭头代表仅CRF-ir (+)。标尺=50um。

（三）其他激素

在成年动物，有大量实验证实了中枢血管紧张素和其他激素系统之间的相互作用。侧脑室注射AngⅡ对催乳素（prolactin，PRL）、生长激素（growth hormone，GH）和促甲状腺激素（thyroid stimulating hormone，TSH）有抑制作用。为确定内源性AngⅡ在对下丘脑－垂体激素释放中的作用，Franci等给清醒、去卵巢大鼠第三脑室微注射特异性AngⅡ抗血清，发现PRL、GH和TSH水平升高，提示脑内源性AngⅡ对那些下丘脑神经激素有抑制作用。

体外有实验发现在成年和新生动物，AngⅡ能引起PRL从腺垂体释放。在罗非鱼的培养腺垂体中，也发现AngⅡ能引起快而短暂的PRL释放。在培养于地塞米松的垂体前叶细胞集落中，Ang II 对GH表现出双重作用，即可以刺激2周龄大鼠的细胞集落释放GH，又抑制成年大鼠细胞集落释放GH。这提示Ang II 对GH释放的调控作用有糖皮质激素依赖性，在未成熟细胞表现为刺激作用，而在成熟细胞主要表现为抑制效应。

由于上述的RAS和HPA的联系，我们知道RAS在妊娠后期的胎儿脑中已发育到相当的程度，且PRL、GH和TSH也相对完整。虽然成年动物脑RAS和其他激素之间表现出完整成熟的相互作用，但是在发育中的胎儿是怎样的情况还不甚明了，这需要进一步的研究。我们将Ang II 对成年和胎儿下丘脑的生理作用总结如图3-31。

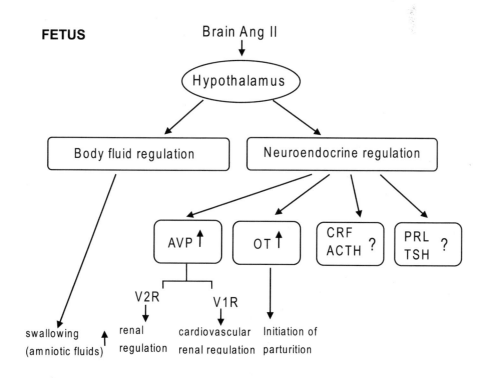

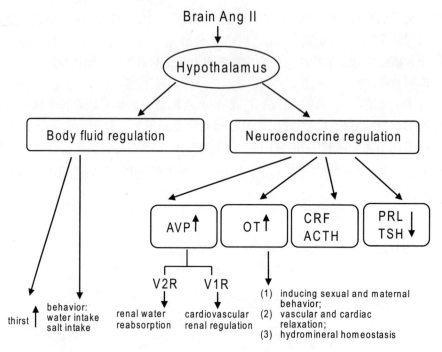

图3-31 Ang II 对成年和胎儿的下丘脑生理作用比较

第三节 胎儿脑RAS 的功能发育 (二)

— ACE的早期功能发育

如前所述，除了经典的系统性RAS外，脑也有自己独立的内源性RAS。脑内存在所有的RAS组分包括血管紧张素原、肾素、ACE、Ang II 等。Ang II 是RAS系统中主要活性分子，许多生理和病理作用都是通过Ang II 介导的。ACE是羧肽酶的一种，能够催化Ang I 去掉C端2个氨基酸生成有活性的Ang II，所以ACE是RAS中的关键酶之一。在成年哺乳动物中已经证实，脑内给Ang II 或其前体可以引起升压、饮水、盐欲等反应，还可以刺激ACTH，醛固酮和AVP的释放。在以往的绵羊胎儿研究中，我们发现胎儿中枢给予Ang II 也可以诱发其升压反应和AVP释放，且AVP释放在升压反应中起到部分作用。伴随心血管反应，胎儿中枢心血管神经网络包括下丘脑的PVN和SON等都被激活，即刻早期基因$c-fos$表达显著增加。我们也证实了在此心血管反应中AT$_1$R起着重要作用。但是所有这些实验都是中枢给予外源性AngⅡ引起的，这意味着胎儿脑Ang 受体在出生前已经具备功能。然而是否胎儿脑内源性的RAS其他组分已经具备功能还不清楚。ACE作为RAS的关键酶之一，以往许多研究已经表明它在胎儿脑内已经存在，但是由于实验技术的限制，对于胎儿中枢ACE在其心血管和水盐平衡调控中的功能发育尚未见报道。

因此，近年来，我们选用绵羊胎儿实施子宫内置管手术，采用清醒、在体、动态研究方法观察胎儿脑内局部ACE在心血管、水盐平衡、神经内分泌调节中的作用。实验中侧脑室注射ACE作用底物AngⅠ，观察胎儿血压、吞咽、神经激素分泌状况，并选用ACE抑制剂captopril，观察它对AngⅠ诱导反应的影响。我们的工作假设为孕晚期绵羊胎儿的脑内源性ACE已经具备功能，可以将AngⅠ转化为AngⅡ，从而诱发AngⅡ样的心血管和神经内分泌反应。此工作假设的验证不仅对于我们了解胎儿脑内源性RAS在血压和体液平衡调节中的 功能发育有重要意义，而且对于我们理解与中枢RAS相关的胎源性成年高血压的发生和预防具有重要价值。

实验选用单胎绵羊（孕130±3天）。完成子宫内置管手术，包括股动、静脉插管、侧脑室插管、膀胱插管、食道吞咽电极安装、脑电极安装、羊水插管等。具体方法如第二章所述。术后抗菌素处理，恢复4~5天，开始测试。

所有实验在动物清醒状态下进行，妊娠母羊静立于笼中，自由饮水进食。随机分为三组，每组$n=5$。实验连续监测3h，先记录1h基础状态（$-60~0$min），然后进行侧脑室注射，之后继续记录2h（0~120min）。第一组（对照组），0 min开始侧脑室注射生理盐水（1ml）；第二组（实验组1），0min开始侧脑室注射AngⅠ（5μg/kg，溶解于1ml生理盐水）；第三组（实验组2），-10min时侧脑室注射captopril（1.25mg/kg），0min时再给captopril（1.25mg/kg）+AngⅠ（5μg/kg，溶解于1ml生理盐水），缓慢注射均于5分钟内完成。药物剂量根据文献报道和预实验选用。实验中，连续监测母亲、胎儿的收缩压和舒张压，羊水压力和心率。动态连续监测ECoG，食道平滑肌EMG。

一、胎儿脑内不同区域ACE mRNA检测

为了研究的完整性，首先要确定ACEmRNA在胎儿脑内是否存在。我们选用2只GD127的绵羊胎儿进行检测。PCR结果证实没有基因组DNA污染，扩增产物大

小为349bp，ACE基因在胎羊下丘脑、嗅球、小脑、大脑皮质及脑干中存在表达，如图3-32。

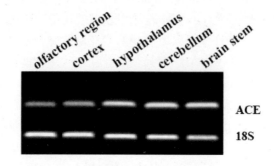

图3-32 孕晚期绵羊胎儿脑ACE mRNA表达

二、血液指标

胎儿侧脑室插管经后期组织学鉴定均准确插入侧脑室内。胎儿对照组（侧脑室注射生理盐水）和实验组（侧脑室注射Ang I 或captopril+Ang I）对母亲和胎儿的动脉血指标（pH、PO_2、PCO_2、血红蛋白、血细胞容积、血浆渗透压、Na^+、K^+、和Cl^-浓度）均无显著影响，如表3-2和3-3。所有测试指标均在正常范围内，且对照组（侧脑室注射生理盐水）与实验组（侧脑室注射Ang I 或captopril+Ang I）之间无显著差异（$P>0.05$）。

表3-2 侧脑室注射前后胎儿动脉血参数

	baseline	15 min	30 min	60 min	90 min
pH					
(1)	7.37 ± 0.01	7.36 ± 0.01	7.38 ± 0.01	7.37 ± 0.01	7.37 ± 0.01
(2)	7.38 ± 0.01	7.38 ± 0.01	7.37 ± 0.01	7.36 ± 0.01	7.37 ± 0.01
(3)	7.38 ± 0.01	7.37 ± 0.01	7.37 ± 0.01	7.37 ± 0.01	7.38 ± 0.01
PCO_2 (mmHg)					
(1)	46.8 ± 1.9	45.8 ± 2.1	47.8 ± 1.7	46.7 ± 2.1	45.9 ± 2.1
(2)	46.3 ± 2.1	46.7 ± 2.0	45.7 ± 1.8	46.2 ± 2.1	45.6 ± 1.8
(3)	48.7 ± 1.8	48.0 ± 1.9	47.8 ± 1.9	48.2 ± 2.0	47.9 ± 1.9

PO₂ (mmHg)					
PO$_2$ (mmHg)					
(1)	22.4±1.1	20.9±1.0	22.2±0.9	21.3±1.1	20.5±1.2
(2)	20.9±1.3	21.0±1.2	21.0±1.1	20.5±1.4	22.1±1.3
(3)	20.5±1.4	21.3　1.3	20.6±1.2	21.9±1.2	21.6±1.3
Hct (%)					
(1)	29.0±1.1	28.8±1.0	29.2±1.2	28.1±1.5	26.4±1.5
(2)	27.8±0.9	26.3±1.1	26.9±1.3	27.5±1.4	27.4±1.2
(3)	28.5±1.2	28.3±1.3	28.0±1.5	27.6±1.6	28.0±1.3
Hb (g/dL)					
(1)	9.0±0.5	8.8±0.6	8.7±0.6	8.8±0.4	8.9±0.5
(2)	8.9±0.6	8.7±0.6	8.7±0.4	8.6±0.5	8.6±0.6
(3)	8.5±0.5	8.6±0.6	8.6±0.5	8.7±0.7	8.7±0.5
Saturation O2%					
(1)	70.0±3.2	65.8±4.1	65.4±4.5	67.9±3.4	68.8±5.1
(2)	66.7±3.6	70.1±2.4	66.9±4.2	65.8±4.1	66.4±4.2
(3)	65.7±4.9	68.6±4.4	67.8±4.8	66.9±4.4	67.9±5.2

(1) 侧脑室注射生理盐水; (2) 侧脑室注射 Ang I (5μg/kg)；(3) 侧脑室注射captopril (2.5mg/kg) + Ang I (5μg/kg)。Hct，血细胞容积；Hb，血红蛋白。

表3-3　侧脑室注射前后胎儿动脉血血浆参数

	baseline	15 min	30 min	60 min	90 min
Osmolality (mOsmol/kg)					
(1)	300.2±1.8	301.2±1.6	299.2±1.7	301.4±1.4	301.8±1.3
(2)	301.9±1.1	303.2±1.2	304.2±1.3	303.4±1.6	302.4±1.5
(3)	302.0±1.5	301.2±1.6	303.2±1.5	303.4±1.6	301.8±1.8
Na⁺ (mEq/L)					
(1)	142.8±1.1	141.5±1.2	141.9±1.3	140.9±1.5	141.3±1.3
(2)	143.2±1.3	142.8±1.4	142.8±1.4	143.0±1.4	143.1±1.6
(3)	141.6±1.4	141.9±1.3	142.1±0.9	142.0±1.2	142.5　1.2
K⁺ (mEq/L)					
(1)	4.7±0.1	4.6±0.2	4.7±0.1	4.5±0.1	4.7±0.2
(2)	4.7±0.2	4.7±0.1	4.6±0.2	4.6±0.2	4.6±0.2
(3)	4.7±0.2	4.7±0.2	4.7±0.1	4.6±0.2	4.7±0.2
Cl⁻ (mEq/L)					
(1)	108.6±1.1	108.8±0.9	108.5±1.1	108.6±1.0	108.8±1.0
(2)	110.2±1.0	109.0±1.0	109.3±0.8	108.8±0.9	109.1±0.9
(3)	111.3±0.9	110.2±0.9	108.8±0.9	109.5±1.0	108.3±1.1

三、心血管功能

　　侧脑室注射Ang I 显著升高胎儿收缩压，舒张压和MAP，如图3-33 A-C。胎儿的MAP在侧脑室注射Ang I 后15min升至最高峰（56.2±1.6mmHg），比基础水平（45.2±1.3mmHg）升高了~25%，此显著升高持续约60min，如图3-33C。然而，在侧脑室注射captopril+Ang I 组，胎儿收缩压、舒张压和MAP与生理盐水对照组比较并无显著变化。但是，胎儿MAP与侧脑室注射Ang I 组比较有显著差异。母羊收缩压，舒张压和MAP在三组之间无显著差异。

　　在对照组和实验组，无论是母羊还是胎儿心率在侧脑室注射前后均无显著变化，如图3-33D。

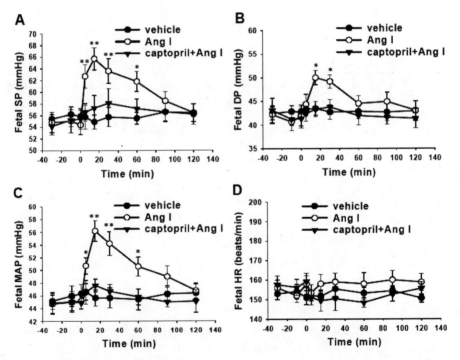

图3-33胎儿侧脑室注射生理盐水、Ang I 或captopril + Ang I
对其动脉血压和心率的影响

A：收缩压（SP）；B：舒张压（DP）；C：平均动脉压（MAP）；D：心率（HR）。
0min：侧脑室注射时间点。*P <0.01，与基础状态水平比较。

四、皮层电活动

胎羊ECoG监测显示，胎儿对照组（侧脑室注射生理盐水）和实验组（侧脑室注射Ang I 或captopril+Ang I）在基础状态下（侧脑室注射前）的LV和HV时相的时间分布百分比无显著差异。且各组在侧脑室注射前后的LV和HV时相的时间分布百分比也无显著差异。图3-34示侧脑室注射Ang I前后LV和HV ECoG的百分比分布。

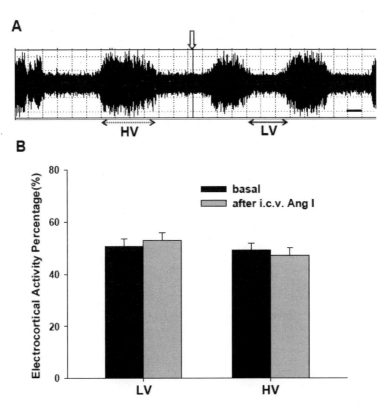

图3-34 胎儿侧脑室注射Ang I对其脑皮层电活动的影响

A：60 min ECoG记录，空心箭头表示侧脑室注射时间，标尺代表5分钟。B：胎儿侧脑室注射Ang I前后，其脑皮层电活动（LV和HV时相）分布百分比。i.c.v.，侧脑室注射；ECoG，皮层电图；LV，低电压；HV，高电压；虚线双箭头之间为HV ECoG时相；虚线双箭头之间为LV ECoG时相。

五、吞咽活动

以往研究表明，胎儿吞咽活动和皮层电活动密切相关，吞咽活动主要发生在LV ECoG时相。本实验中，在对照组和实验组的基础状态下，发生在LV和HV ECoG的胎儿吞咽活动频率在正常范围内，如图3-35。

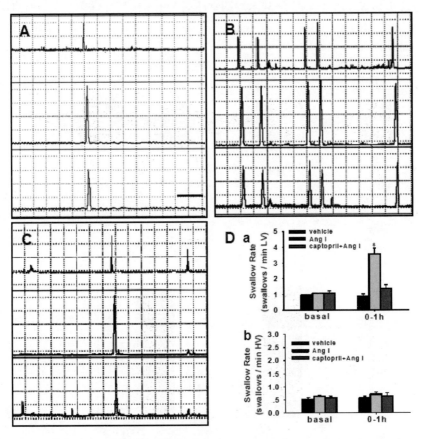

图3-35　胎儿侧脑室注射生理盐水、AngⅠ或captopril＋AngⅠ对
其吞咽活动的影响

A，B，C：胎羊以食道平滑肌的肌电图（EMG）记录的吞咽活动。A，胎儿侧脑室注生理盐水对其脑皮层LV ECoG吞咽活动的影响；B：侧脑室注射AngⅠ；C：侧脑室注射captopril＋AngⅠ。三图中的上、中、下三导记录信号分别对应食道平滑肌上、中、下段埋设的电极，其肌电信号具有时间上的先后关系。D：胎儿侧脑室注射生理盐水、AngⅠ或captopril＋AngⅠ对其吞咽活动的影响。*P<0.01，与基础水平比较。标尺=8s。

对照组，侧脑室注射生理盐水前后LV ECoG时相的吞咽频率始终维持在1.0 ± 0.1次/min LV ECoG，即每小时约60次（与人胎儿吞咽频率相近），如图3-35A；然而，侧脑室注射Ang I后1h中，胎儿LV ECoG时相的吞咽频率升高至3.5 ± 0.4次/min LV ECoG，如图3-35B。

侧脑室注射captopril+Ang I组，在注射前后胎儿LV ECoG时相的吞咽频率无显著变化，如图3-35C。

图3-35D总结了三组在侧脑室注射前后发生在LV和HV ECoG时相的吞咽频率，可见三组发生在HV ECoG时相的吞咽频率不因侧脑室注射而改变。

六、血浆AVP和OT

对照组和实验组在侧脑室注射前无论是母羊还是胎儿的血浆AVP和OT水平均无显著差异。对照组侧脑室注射生理盐水对母羊和胎儿的血浆AVP和OT水平均无显著影响。但是，组间比较发现，侧脑室注射Ang I的胎儿AVP和OT水平比生理盐水组显著增高（AVP：$F_{8,1}=29.6$，OT：$F_{8,1}=23.2$，$P<0.01$），如图3-36A和C。而且Ang I注射后的胎儿AVP和OT水平均比注射前显著增高（AVP：$F_{24,5}=21.3$；OT：$F_{24,5}=18.9$，$P<0.01$）。胎儿血浆AVP和OT峰值出现在中枢给药后的15min。AVP：从基础水平3.1 ± 1.3增至30.3 ± 2.7pg/ml；OT：从基础水平31.1 ± 4.4增至108.1 ± 6.8pg/ml。之后，升高的血浆AVP和OT开始下降，但是在侧脑室注射后的60min，两激素浓度仍比基础水平高。

在captopril+Ang I处理组，胎儿侧脑室注射captopril可以显著抑制Ang I诱发的胎儿血浆AVP和OT升高。尽管在15min时AVP和OT水平比基础水平仍有升高，但不具有显著性，且此组与对照组比较，不论是AVP还是OT均无显著性差异。Ang I或captoril+Ang I对母羊的AVP和OT均无显著影响，如图3-36B和D。

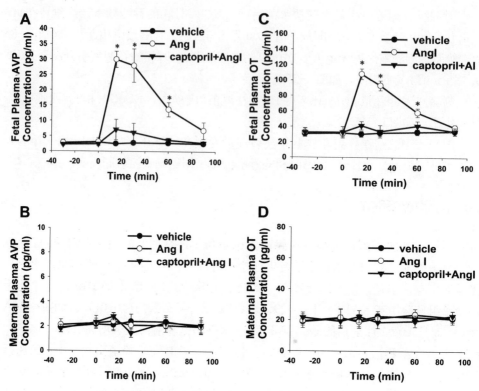

图3-36 胎儿侧脑室注射生理盐水、Ang Ⅰ 或captopril+Ang Ⅰ
对血浆AVP和OT浓度的影响

A和C：胎儿血浆AVP和OT；B和D：母亲血浆AVP和OT浓度。*$P<0.01$，与基础水平比较。AVP，精氨酸加压素；OT，催产素。0 min：侧脑室注射时间点。

七、c-fos测定

（一）c-fos免疫染色

为探讨侧脑室注射Ang Ⅰ 在脑内的作用位点，我们采用免疫组化方法测定原癌基因c-fos表达。c-fos的蛋白表达产物FOS免疫活性呈阳性一般认为意味着细胞被激动。结果发现，对照组胎儿前脑没有或仅有少量FOS免疫阳性细胞。胎儿侧脑室注射Ang Ⅰ，其前脑SFO，OVLT，MnPO，下丘脑的PVN和SON均有强烈的c-fos

表达，如图3-37和图3-38。与对照组比较，各核团FOS蛋白免疫阳性细胞计数显著增多；而侧脑室注射captopril+Ang I组与对照组比较，各核团FOS蛋白免疫阳性细胞计数无显著差异。

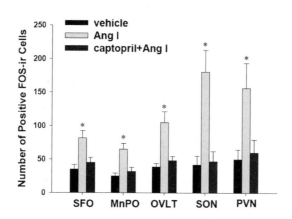

图3-37 胎儿侧脑室注射生理盐水、Ang I 或captopril+Ang I 对胎脑FOS-ir的影响

SFO，穹隆下器；MnPO，视前正中核；OVLT，终板血管器；SON，视上核；PVN，室旁核。FOS-ir，FOS蛋白免疫活性。$^*P<0.01$，与对照组比较。

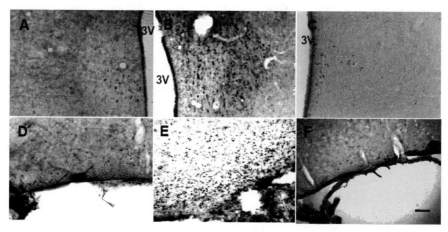

图3-38 胎儿侧脑室注射Ang I 或captopril + Ang I对其下丘脑
SON和PVN的FOS-ir的影响

A, B, C：PVN；D, E, F：SON。A和D：侧脑室注射生理盐水；B和E：侧脑室注射Ang I；C和F：侧脑室注射captopril + Ang I。标尺=100μm。3V: the third ventricle，第三脑室。

（二）双重免疫染色

1．FOS和AVP/OT双重免疫染色

为确定FOS蛋白免疫阳性细胞与下丘脑SON和PVN中的AVP和OT神经元的关系，我们进行了c-fos和AVP/OT的双重免疫染色。结果如下：无论对照组还是侧脑室注射Ang I组，AVP和OT免疫阳性细胞总数无显著性差异；对照组的胎儿AVP神经元和OT神经元FOS蛋白免疫阴性。但是，侧脑室注射Ang I的胎儿下丘脑双侧SON和PVN均有相当部分细胞呈双重免疫阳性，即FOS-ir（+）/AVP-ir（+）或者FOS-ir（+）/OT-ir（+）。在SON和PVN，分别有大约58%和53%的AVP神经元表现出FOS-ir（+）；大约60%和52%的OT神经元表现出FOS-ir（+）。尽管如此，仍有一些AVP-ir（+）或OT-ir（+）的细胞未呈现出FOS-ir（+）；反之，也有部分细胞FOS-ir（+），但是AVP-ir（-）或OT-ir（-），如图3-39和图3-40。

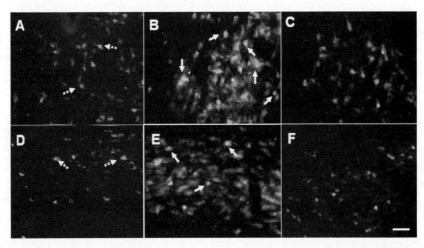

图3-39　胎儿侧脑室注射Ang I 或captopril + Ang I后其下丘脑SON和PVN的FOS和
AVP的双重免疫染色

A, B, C：PVN；D, E, F：SON。A和D：侧脑室注射生理盐水；B和E：侧脑室注射Ang I ；C和F：侧脑室注射captopril + Ang I。图中白色实心箭头所示为FOS和AVP双重免疫阳性的细胞；白色虚箭头所示为仅AVP免疫阳性的细胞。图中绿色荧光示FOS-ir免疫阳性；红色荧光示AVP免疫阳性。标尺=100μm。

2．FOS和AT₁R双重免疫染色

为观察AT₁R免疫活性和FOS免疫活性的共存性，我们还在侧脑室注射Ang I 组的绵羊胎儿下丘脑SON和PVN上进行了FOS和AT₁R双重免疫染色。如图3-41所示，强烈的AT₁R免疫活性表达遍及双侧SON和PVN。而且，在这些核团中，存在 FOS-ir和 AT₁R-ir双重免疫活性。

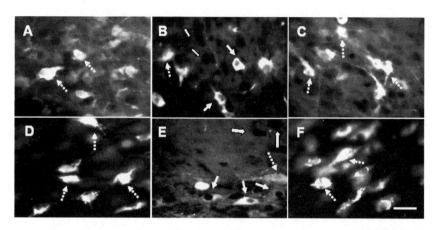

图3-40   胎儿侧脑室注射ANG I 或captopril + Ang I后其下丘脑SON和PVN的
FOS和OT的双重免疫染色

A, B, C：PVN；D, E, F：SON。A和D：侧脑室注射生理盐水；B和E：侧脑室注射Ang I ； C和F：侧脑室注射captopril + Ang I。白色实心箭头所示为FOS和OT双重免疫阳性的细 胞；白色虚箭头所示为仅OT免疫阳性的细胞；白色黑边框箭头所示为仅FOS免疫阳性的 细胞。标尺=100μm。

3．AT₁R和OT双重免疫染色

我们于2只妊娠128天的绵羊胎儿下丘脑的SON和PVN上观察了OT和AT₁R的 双重免疫活性。结果显示，AT₁R免疫活性遍及双侧SON和PVN，而且有较多的细 胞呈OT和AT₁R的双重免疫活性，图未示 。

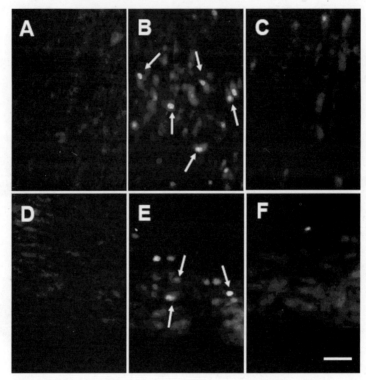

图3-41　胎儿侧脑室注射Ang I 或captopril＋Ang I后其下丘脑PVN和SON的
FOS和AT_1R的双重免疫染色

A, B, C：PVN；D, E, F：SON。A和D：侧脑室注射生理盐水；B和E：侧脑室注射Ang I；
C和F：侧脑室注射captopril＋Ang I。白色箭头示FOS和AT_1R双重免疫阳性的细胞。绿色荧
光示FOS-ir免疫阳性；红色荧光示AT_1R免疫阳性。标尺＝50μm。3V，第三脑室。

八、分析与讨论

在此研究中，我们主要证实了在孕晚期绵羊胎儿侧脑室注射Ang I 可以诱发
Ang II 样的升压、致渴、AVP和OT的释放反应，同时伴有心血管和体液平衡调控
中枢的激活，包括SFO、MnPO、OVLT以及下丘脑的SON和PVN。ACE竞争性抑
制剂captopril可以显著抑制Ang I诱发的上述心血管和神经内分泌反应。这提示胎
儿内源性中枢RAS的关键酶ACE在胎儿出生前（至少是孕后三分之一时期）已经
具备功能，可以将Ang I 转化为Ang II ，从而通过AT_1R作用于心血管和体液平衡

调控中枢发挥生物学效应。

RAS分布十分广泛，除人们熟知的全身性RAS外，很多组织也含有自己独立的RAS。以往研究已经证实脑含有RAS各个关键组分。其中，RAS的关键酶ACE的mRNA及蛋白免疫活性在胎脑（人、鼠、兔）的许多脑区均已得到证实。本研究中，我们在孕晚期绵羊胎儿的许多脑区，包括嗅球、皮层、下丘脑、小脑及脑干也检测到了ACEmRNA。但是，已经存在的ACE是否真正具有功能呢？在胎儿发育什么阶段具备功能？这些问题尚未见相关文献报道。在本部分研究中，我们首次证实了胎儿脑内源性ACE在孕晚期时对胎儿心血管、体液平衡及神经内分泌功能已经具有重要的调节作用。

（一）胎儿脑内源性ACE对血压调控的功能发育

近年来在胎儿发育生物学领域，越来越多的研究表明胎儿脑RAS与成年动物一样，在血压和体液平衡调控中起到十分重要的作用。Ang导致的升压反应中实际上包含有两个相互作用的机制，即自主机制和激素机制。一些激素反应，例如AVP在Ang介导的升压反应中起到一定的作用。AVP是一种有效的血管收缩剂，侧脑注射AngⅡ可以引起血浆AVP水平增高。我们以往有关胎儿脑RAS的研究已经证实，给孕程70%～90%的绵羊胎儿侧脑室注射AngⅡ可以显著升高其收缩压、舒张压和MAP，并且可以刺激AVP释放。这表明正常绵羊胎儿发育过程中，其RAS在出生前已经达到一定水平，至少在0.7～0.9孕程时可以对外源性的AngⅡ发生反应。本研究中，胎儿侧脑室注射AngⅠ也可以引起胎儿收缩压、舒张压和MAP的升高。在侧脑室注射后15min内，胎儿的MAP从基础水平（45.2±1.3 mmHg）升高到最高峰（56.2±2.3mmHg），增高了～25%，并且增高持续大约60mins。此升压反应与侧脑室注射外源性AngⅡ引起的血压反应类似。由于AngⅡ是RAS中起生物学效应的主要分子，AngⅠ需要被转化为活性肽AngⅡ才能发挥生理或病理学效应，因此侧脑室注射AngⅠ引起的AngⅡ样的升压反应很可能是在脑内生成了AngⅡ。为验证此项推测，我们采用了药理学阻断方法，选用ACE的有效抑制剂captopril重复上述实验。ACE可以防止AngⅠC端His-Leu的切除，从而阻断AngⅡ生成。实验发现，captopril完全阻断了中枢AngⅠ诱发的收缩压、舒张压和MAP的显著增高，提示胎儿脑内源性ACE被captopril抑制了。此项结果说明胎儿出生前脑内源性ACE在心血管反应调控中已经具备功能。

由于AVP释放在AngⅡ诱发的升压反应中也起着中重要作用，我们也观察了神经垂体激素的释放情况，讨论详见下文。

（二）胎儿脑内源性ACE对体液平衡调控的功能发育

Ang II 是渴和钠需求的有力刺激剂。当给成年动物脑敏感区直接注入 Ang II 时，可以立即引起饮水反应，随后有缓慢的 NaCl 摄取增加。吞咽反应是胎儿在子宫内发育中的一种行为，它不仅可以调节羊水量，而且在维持胎儿的体液平衡中发挥着重要作用。绵羊胎儿由于致渴刺激引起的吞咽反应在 0.85 孕程时发育完整并有功能。孕晚期胎儿侧脑室注射 Ang II 可以刺激其吞咽反应，提示胎儿脑 RAS 发育至此阶段可以对外源性 Ang II 产生反应。但是对于其内源性 RAS，尤其是 ACE 在体液调控中的功能发育情况仍然是个未知数。

以往研究表明，胎儿吞咽活动与皮层电活动密切相关，皮层电活动的改变可以影响胎儿的吞咽行为。由于胎儿吞咽活动主要发生在 LV ECoG 时相，改变 LV ECoG 时相的相对分布会影响吞咽速率。在本研究中，我们发现在侧脑室注射 Ang I 后，LV 和 HV ECoG 的时间分布百分比并无显著改变，这意味着 Ang I 对胎儿吞咽活动的作用是直接的，并非通过影响皮层电活动引起的。侧脑室注射 Ang I 使发生在 LV ECoG 时相的吞咽活动比基础水平增加了 3.5 倍，但是发生在 HV ECoG 时相的吞咽活动无显著变化。这种吞咽活动的改变和侧脑室注射外源性 Ang II 引起的吞咽活动改变非常相似。同样，由于 Ang II 是 RAS 中的主要活性生物学分子，Ang I 需要被转化为活性肽 Ang II 才能发挥生理或病理学效应，因此我们推测侧脑室注射 Ang I 引起的 Ang II 样的吞咽反应也是因为脑内局部生成的 Ang II。ACE 抑制剂 captopril 的实验结果为了我们的推测提供了有力支持。实验发现，captopril 显著抑制了中枢 Ang I 诱发的吞咽反应，提示胎儿脑内源性 ACE 在致渴反应调控中已具备功能。

胎儿的吞咽反应受到多因素的调节，包括致渴刺激、食欲、羊水量、行为状态等等。以往的功能学研究发现子宫内的致渴刺激，如细胞脱水（高渗）可以引起胎儿吞咽活动加强。但是在本研究中，胎儿的动脉血基本生理参数（特别是血浆渗透压和 Na^+ 浓度）在侧脑室注射 Ang I 前后都在正常范围内，无显著性改变，因此可以排除系统渗透压和 Na^+ 浓度在胎儿吞咽反应中的作用。PO_2 和 PCO_2 也无显著性变化，可以排除本研究中缺氧导致胎儿吞咽活动加强的可能性。

除了高渗和缺氧之外，低血容量和低血压也可以易化饮水行为。本研究中胎儿的平均动脉血压在侧脑室注射 Ang I 后并无降低，反而显著增高，同时吞咽活动也加强，这提示胎儿的吞咽行为调节并非由动脉血压变化间接引起的，而是对中枢Ang I 刺激的直接反应。

（三）胎儿脑内源性ACE对神经内分泌调控的功能发育

AVP和OT是下丘脑SON和PVN大神经内分泌细胞合成的两种神经肽，沿神经垂体束运输至神经垂体储存并释放。成年动物研究表明，中枢给予Ang II不但引起升压、致渴，还可以刺激AVP和OT的释放。近期我们在胎儿研究上也发现，给孕后三分之一阶段的绵羊胎儿中枢注入Ang II也使其血浆AVP和OT水平显著增高。在本研究中，我们为探讨ACE在神经内分泌调控中的功能发育情况，因此着重观察了侧脑室注射Ang I 对胎儿血浆AVP和OT的影响。

如上所述，AVP的释放Ang II介导的升压反应中起到部分作用。我们的实验发现，胎儿侧脑室注射Ang I 使胎儿血浆AVP水平显著升高。在注射后15min内AVP水平比基础水平增高约10倍。在captopril处理组，captopril显著抑制了Ang I 诱发的胎儿血浆AVP浓度增加。

在体液平衡的调节中，饮水和摄盐是两个不可缺少的生理行为。成年动物研究表明，中枢Ang II除可以引起即刻的"渴"外，随后是缓慢而持久的钠需求增加。然而，在胎儿研究中，由于技术的限制很难区分吞咽反应中的摄盐和饮水。神经垂体激素OT除了在妊娠分娩过程中起重要作用外，它也是一种调节钠需求的重要激素。尽管我们无法区别胎儿的水、盐需求，但是本研究中我们仍然观察了侧脑室注射Ang I 后对胎儿OT水平的影响。

成年动物研究报道，中枢给予OT可抑制摄盐。OT基因敲除小鼠跟正常小鼠相比，在限制饮水后其对盐的需求较高，提示OT对钠需求有抑制作用。另外，有报道中枢给予Ang II不仅可以刺激OT释放，而且可以激活中枢OT通路抑制盐需求，从而限制动物对盐水的饮用；如果预先给动物以OT受体阻断剂，则在中枢给予Ang II后其盐需求增加。本研究中，尽管无法辨别胎儿盐需求，但是可以肯定的在侧脑室注射Ang I 后，胎儿血浆OT水平显著增加了。和AVP反应类似，在15min内胎儿血浆OT水平上升至最高峰。母羊血浆OT水平无显著变化，说明胎儿增加的血浆OT是由其自身神经垂体释放的，而且OT不能通过胎盘屏障进入母体。

由于AVP和OT可以受到相似的刺激而释放，例如高渗、低血容量、低氧等，但是如上所述，胎儿动脉血基本参数并无显著改变，生理状态稳定，因此可以排除这些诱发因素。胎儿血浆AVP和OT水平的增高直接源自于中枢给予Ang I 的刺激。Captopril能显著抑制胎儿侧脑室给予Ang I所诱发的胎儿AVP和OT水平的升高，说明胎儿内源性ACE不仅在血压和水盐平衡调节方面已有功能，而且在神经内分泌调控方面也已经具备功能。

（四）胎儿侧脑室注射Ang I在中枢的作用位点

伴随着胎儿血浆AVP和OT水平的增高，我们推测在下丘脑SON和PVN的AVP神经元和OT神经元被激活。AVP主要来自于SON；OT主要来自于PVN。我们采用即刻早期基因c-fos的蛋白产物—FOS蛋白的免疫活性检测技术。即刻早期基因亦称快速反应基因，它是一类能被第二信使所诱导的原癌基因。这类基因是细胞经外部刺激后最先表达的一组基因，是联系细胞生化改变与细胞最终对刺激发生特异性反应的中介物。因此，又被认为是第三信使。目前已发现的即刻早期基因有十几种，按它们的结构和功能特征大致分为c-fos家族、c-jun家族、c-myc家族和egr家族。c-fos原癌基因的研究始于20世纪80年代中后期，大量研究发现，c-fos原癌基因及其蛋白产物不仅参与细胞的正常生长、分化过程，而且也参与细胞内信息传递过程和细胞的能量代谢过程，在生命活动中起着极为基本而重要的作用。

FOS免疫阳性表示神经元被激活。实验结果显示，侧脑室注射Ang I后，在SON和PVN有FOS-ir显著增强，提示这些部位的神经元被激活。由于存在于SON和PVN的神经元种类很多，AVP神经元和OT神经元是否被激活了呢？接下来的FOS和AVP/OT免疫双重染色给了我们答案。实验中发现有三种现象：(1) FOS-ir (+)，同时AVP或OT-ir(+)，即双重免疫阳性；(2) AVP或OT-ir(+)，而FOS-ir (−)；(3) FOS-ir (+)，而AVP或OT-ir(−)。第一种实验现象提示，SON和PVN部位，有许多AVP和OT神经元被激活；结合胎儿血浆AVP和OT水平的显著增高，可以发现外周与中枢结果相对应。第二种实验现象提示许多AVP和OT神经元在侧脑室注射Ang I后并不表达FOS-ir。尽管以往研究有许多都将FOS免疫阳性作为神经元激活的标志，但是当神经元FOS-ir (−)时要十分当心。这通常有两种可能性，一种为这些神经元的确未被激活；另一种为这些神经元被激活但未表现出FOS免疫活性。第三种实验现象提示c-fos基因的表达还存在于非AVP和OT神经元。

简言之，胎儿继侧脑室注射Ang I后，外周血浆AVP和OT水平显著升高，同时伴随着中枢下丘脑SON和PVN部位的AVP神经元和OT神经元的激活。而captopril的应用能显著抑制SON和PVN部位c-fos表达，再次证实了胎儿在孕后三分之一阶段其中枢RAS的内源性ACE在神经内分泌调控作用中已经具备功能。

以往实验证实，外源性Ang II诱发的心血管和体液平衡调控等生理反应主要是由AT_1R介导的，可以被AT_1R选择性阻断剂lorsantan阻断，但是AT_2R选择性阻断剂PD123319对此反应没有影响。那么中枢Ang I诱发的AVP和OT释放反应也是通过AT_1R吗？本实验中我们未采用相应的Ang II受体阻断剂，但是在侧脑室注射Ang I组，我们观察了FOS-ir和AT_1R-ir的双重免疫活性。以往我们的实验也在0.7孕程的绵羊胎儿的下丘脑的SON和PVN部位检测到了强AT_1RmRNA与其蛋白AT_1R。本实验首次揭示了侧脑室注射Ang I可以引发SON和PVN的FOS-ir和AT_1R-ir的双重免疫活性，提示内源性生成的Ang II介导的血压和神经内分泌调控作用很可能是通过位于下丘脑PVN和SON上AT_1R引起的。另外我们在两只孕128天的绵羊胎儿上也观察到了PVN和SON部位的AT_1R和OT双重免疫活性，这也是OT神经元的激活是通过其细胞膜上的AT_1R介导的基础结构证据之一。

另外，许多证据表明中枢Ang II可引起心血管和体液平衡调控作用，它在中枢的作用位点是多重的，这也和AT_1R的分布特性有关。AT_1R广泛分布于心血管和体液平衡调控神经网络。SFO和第三脑室前腹侧区（AV3V，包括MnPO和OVLT）是渴和钠需求的关键中枢，同时也是心血管调控的关键中枢，它们和下丘脑PVN和SON有广泛的联系，构成心血管和体液平衡调控的神经网络。有报道，损毁SFO和AV3V区域，可以降低Ang诱发的饮水。成年动物研究表明，这些区域都富含AT_1R。近年来的胎儿发育研究也表明，中枢Ang II受体在孕后三分之一时期已经在心血管和体液平衡调控的神经通路上有表达。在本研究中，继侧脑室注射Ang I后c-fos基因的表达在SFO、MnPO、OVLT以及SON和PVN都显著增强，这和中枢给予Ang II诱发的神经元激活模式一致。Captopril显著抑制Ang I诱发的这些区域的c-fos表达，提示这些神经元的激活实际上是通过Ang II（在ACE作用下由Ang I转化而来）作用于AT_1R引起的。结合外周的血压升高和吞咽反应增加，以c-fos表达增加为标志的神经元激活再次证明了胎儿脑内源性ACE在出生前已经具备功能，它可以将外源性Ang I在脑内转化为Ang II，作用于血压和渴的关键中枢，发挥心血管和体液平衡的调控作用。

综上所述，我们在实验中采用绵羊胎儿在体、清醒、动态的功能学研究手段，从外周到中枢，证实了我们的工作假设，即胎儿脑内源性ACE在孕后三分之一阶段已经发育并具备了心血管和体液平衡的调控功能。鉴于胎儿在子宫内的发育阶段，不良环境因素容易导致胎儿系统功能发育不良，从而编程成年某些疾病，我们在本部分实验中所获得的研究结果不仅对于我们了解正常的胎儿神经发育情况，而且对于了解与中枢RAS相关的成年高血压的发生和预防有着重要意义。

第四节 脑RAS与胎源性高血压

研究正常胎儿发育生理，对于我们探讨某些胎儿起源的成年疾病的发生同样非常重要。胎儿发育过程中脑RAS的改变不仅可能对胎儿本身造成影响，而且可能对其出生后的健康也会产生严重后果。近期研究提示，胎儿脑内和外周系统的RAS对某些成年高血压的形成具有"印迹效应"。在大鼠怀孕期间，给予低营养饮食，能导致胎儿的RAS发育延缓。放射自显影研究表明，在低营养饮食条件下，胎鼠出生后，脑内的SFO和OVLT的AT_1R表达会减少。这些胎鼠在成年后更易罹患高血压。由此提示，孕期营养不良导致的成年高血压发病风险增高可能与胎儿期RAS发育迟缓的"印迹效应"有关。

一、RAS在发育中的作用

越来越多的证据表明血管紧张素在生长和分化过程中起着重要作用。AT_2R能促进血管分化，并对血管发生、肾小管发育、神经细胞分化起到推动作用。AT_2R信号通路的改变会影响生长刺激与抑制间的微妙平衡，致使生长发育发生变化。研究表明在胎儿发育期，RAS呈上调趋势。另一方面，RAS受ACE抑制剂或其他阻断剂抑制后，可能引起组织和器官特异性的发育畸形。

使用离体受体放射自显影技术，Cook等（1993）发现125I–Sarl，Ile8 Ang II可结合于胎鼠多个脑区，并可观察到在不同年龄阶段，某些脑内核团的结合位点浓度有显著差异。已知RAS的组分在发育早期已出现，并与细胞生长密切相关。在神经发生过程中，细胞调控异常很可能导致发育畸形和继发性疾病（如高血压）。在胎儿组织，AT_2R丰富且广泛表达，但在成人体内，它们仅在一定的组织如闭锁卵巢中表达。尽管人们对AT_2R的作用远没有AT_1R那样了解，但其在胎儿大脑和创伤组织中的丰富数量表明它在生长发育中起到了一定作用。Mukoyama等（1993）克隆了cDNA编译一种特殊的含363个氨基酸的蛋白，该蛋白具备与AT_2R类似的药理学特异性、组织分布和发育模式。它与AT_1R有34%的同源性，包括7个跨膜结构域，提示该种受体可能属于一种特殊的具有七个跨膜结构域的受体门类，如生长激素抑制剂SSTR1，多巴胺D3和frizzled蛋白Fz。此类受体第三胞内袢的一个保守基序将其与传统的G蛋白耦联受体区分开来，并介导产生新的胞内效应。伴随细胞生长，位于−453和−225之间的负调控区可能对AT_2R表达的转录调控起到重要作用。在融合细胞，强化的干扰素调节因子1的表达与干扰素调节因子2的作用相互拮抗，并增加了AT_2R的表达。这些转录因子在一定程度上通过调节AT_2R受体的表达影响细胞生长。AT_2R受体在有关胚胎发育、细胞分化、组织修复和再生及细胞程序性死亡等复杂生物程序中起调节作用。

Li等人证明了AT_2R信号经由MMS2的的增加导致神经分化，MMS2是一种泛素结合酶变体。AT_2R、MMS2、SHP-1和最近克隆的ATIP（AT_2R-interacting protein）在胎鼠神经细胞中高度表达，在出生后下降。一项关于PC-12W细胞的研究表明AT_2R不仅能抑制生长因子诱导的细胞增殖，加强神经生长因子介导的生长抑制，还能减少神经细胞形态学分化。这些资料支持了AT_2R促进神经细胞分化的假说。Ang II诱导的MMS2表达在AT_1R阻断剂缬沙坦的作用下加强，但在AT_2R阻断剂PD23319的作用下受到抑制。AT_1P过表达使AT_2R诱导的MMS2 mRNA表达增加得到强化。在AT_1P和SHP-1复合体成形后，在AT_2R刺激下二者异位进入神经核。此外，MMS2表达的增多可能促进DNA结合抑制蛋白-1水解和DNA修复。这些结果为AT_2R刺激神经分化，经由反式激活并与ATIPHE和SHP-1的联合有关的MMS2表达提供了新的见解。

反义血管紧张素原mRNA能抑制离体成神经细胞瘤细胞生长，说明在细胞有丝分裂机能中，血管紧张素原起到了重要作用。综上，RAS在大脑发育中起到重要作用，AT_2R在细胞分化中的作用也愈发受到关注。

除了在血压调节和体液平衡中起到的典型作用，血管紧张素在大脑中涉及复杂机制，如学习和记忆时它能发挥更多微妙功能。血管紧张素诱导的行为，其深远影响引起了神经科学家的广泛兴趣。例如，迄今发现大多数Ang II诱发反应由AT_1R介导，AT_2R可能与大脑的行为控制机能的调节有关。胎儿自身脑RAS及其受体如何影响学习记忆和其他中枢神经系统机能的发育，影响程度如何尚待进一步研究。

二、胎源性高血压及脑RAS的异常发育

（一）营养与高血压

营养不良会危害胎儿发育并导致后代长期健康隐患。限制孕期大鼠食物中蛋白质含量能使后代血压升高$20 \sim 30 mmHg$。早期研究表明这与在体肾单位数量减少和肾小球对Ang II的敏感性增高有关。更多近期的研究提出肾发生损害，RAS活动降低与子宫内低蛋白饮食暴露大鼠的高血压发生有关。AT_1R受蛋白质限制的直接影

响表达增加，促进了该模型中血压的升高。有孕期蛋白质限制史的大鼠子代出生4周后，AT_1R表达提高62%，而AT_2R表达降低35%。肾脏肾素的活性，组织$Ang II$和血浆醛固酮浓度没有差异。肾脏AT_1R表达增多与在体$Ang II$血流动力学敏感性加强一致，这可能引起肾小球滤过率非正常性降低，水盐潴留和血压升高。

大量流行病学和实验数据证实"胎源性"在预测心血管和代谢疾病发展的风险方面起到重要作用。子宫内高血压程序伴随RAS活性的提高。给孕鼠低蛋白饮食（9%），其子代大鼠的MAP显著升高。静脉注射苯丙肾上腺素和硝普钠，动脉压力反射显著向更高的血压方向移动。静脉注射ACE抑制剂可使其MAP正常，并使其动脉压力反射向低压方向移动。

（二）糖皮质激素和与胎儿RAS有关的程序性高血压

在大鼠体内，母体受糖皮质激素——皮质酮干预引发子代肾单位不足合并高血压的发展。母体受皮质酮干预，其雄性子代肾单位减少21%，雌性减少19%。MAP在两种性别中均有显著升高。实时PCR显示母体皮质酮提高了胎儿外周组织中AT_1R和AT_2R的表达。RAS的改变可能会促进高血压发生。

任何破坏胎儿在子宫内发育的因素均可能导致胎儿产生"印迹效应"，导致出生后疾病的发生，这些因素包括缺氧、营养不良或糖皮质激素暴露等。脑是早期发育中最容易受到侵犯的器官，尤其是在发育的关键时期。绵羊在妊娠期接触高浓度皮质醇可导致胎儿（130GD）下丘脑的血管紧张素原和AT_1RmRNA上调，从而导致子代出生后血压升高。此结果是由Dodic等首先报道的。

除了营养不良和糖皮质激素暴露之外，许多其他环境因素也可以导致胎源性高血压的发生。例如，近期研究发现，孕期烟碱可以导致子代心脏$Ang II$受体水平的改变，从而使其对$Ang II$的反应增强。

自"胎源性疾病"提出以来，胎源性高血压和其他胎源性成年疾病的研究越来越多，其中RAS相关的机制受到极大关注。以往的研究还多集中在外周RAS，实际上中枢RAS和外周RAS一样对血压和体液平衡起着重要调控作用。因此对心血管中枢调控机制的早期功能发育进行研究显得非常必要。

第四章　胆碱能系统的早期发育

乙酰胆碱（acetylcholine，ACh）是中枢及周围神经系统中的重要神经递质。成年的胆碱能调节机制对血管机能和体液平衡的作用已得到广泛证实。胚胎至胎儿阶段的研究表明，胆碱能受体也广泛分布于胎儿的中枢和周围组织，包括脑、平滑肌、心血管上皮组织，消化和泌尿系统。胎儿烟碱受体及毒蕈碱受体的发育（数量及分布）与妊娠阶段有关。近期研究发现在妊娠后期，结构和功能上相对完善的胆碱能机制已经建立，能调控胎儿的心血管和体液平衡。由于子宫内发育能对个体出生前及出生后的健康产生影响，并就此提出了包括胆碱能机制在内的"胎源性疾病"相关假设机制。

这里我们简要介绍胆碱能受体发育研究的进展以及胆碱能机制是如何作用于胎儿血管和体液平衡调节的。

第一节　外周胆碱能系统的早期发育

一、胎儿心血管系统胆碱能系统的发育

ACh受体可分为两种：一种存在于交感和副交感神经节神经元的突触后膜和神经肌肉接头的终板膜上。ACh与这类受体结合后，引起神经节细胞和骨骼肌兴奋。这类受体也能与烟碱相结合，产生类似效应，因而称其为烟碱类受体。另一类受体广泛存在于副交感神经节后纤维所支配的效应细胞上，ACh与这一类受体结合后产生一系列副交感神经末梢兴奋的效应，如抑制心脏平滑肌的收缩、消化腺分泌增加等。这类受体也能与毒蕈碱结合，产生相似的效应，因而将这类受体称毒蕈碱受体。

ACh在人类心脏发育中起到递质作用。从受孕后出现首次心跳的第4周开始，胎儿便出现ACh的毒蕈碱反应。体外实验发现，人类心脏在第10～12周时已表现出毒蕈型胆碱能传递。在在体情况下，人类胎儿于第15～17周就表现出对阿托品的心动过速反应。此后，心脏副交感——胆碱能调控作用就开始表现出功能，在出生前个体心脏机能调控中起到重要作用。

有研究表明，毒蕈碱受体激动剂能抑制猪胚期心室肌细胞的起搏电流并能逆转β肾上腺素的刺激作用。大鼠胚胎心肌细胞毒蕈碱型ACh受体（muscarinic acetylcholine receptor，mAChR）与L型钙通道电流的抑制有关。从15GD的大鼠心房的神经组织到起可以观察到大鼠胆碱乙酰转移酶（choline acetyltransferase，ChAT）和乙酰胆碱酯酶（acetylcholinesterase，AChE）的表达。在有AChE及ChAT mRNA的部位也观察到了mAChR的亚型（M1、M2、M4）表达，并且M1和M4受体在胎儿时期心房肌层的表达水平较低。通常情况下，在大鼠心神经节上会同时存在ChAT，AChE以及mAChR（M1、M2、M4）（表4-1）。通过培养大鼠新生心室肌细胞M1、M2、M3及M4受体的检测发现，胎儿心脏中没有M3或M5受体的表达。低浓度的ACh（≤1nM）能够提高新生大鼠心脏的自律性，并产生经突触后膜M1受体兴奋介导的非神经支配的肌细胞兴奋反应。交感神经支配抑制了心肌突触后膜M1受体的功能性表达。有关M型ACh受体拮抗剂的药理学分析指出M1和M2受体是新生儿心房卡巴胆碱反应的重要介体。许多研究表明在不同种属上，胆碱能机制在至少妊娠70%时就已经能对胎儿心血管系统调控发挥作用。

二、胎儿消化和泌尿系统胆碱能系统的发育

吞咽是胎儿子宫内发育期间的重要行为。这种行为引起胎儿摄入羊水从而影响其体液和血容量。消化道的胆碱能系统在出生前的生命活动中已经出现。在接近足月的胎兔实验中，上胃肠动力的胆碱能调节已经出现。对妊娠晚期胎兔进行阿托品注射，发现其上胃肠动力受到抑制，提示妊娠晚期胎儿消化系统的胆碱能调节机制已起作用。大量成年研究证明，胆碱能刺激（如卡巴胆碱给药）在摄水和体液调节中起到重要作用。例如，早前一份研究表明下丘脑调节食物和水分摄取的区域包含两类神经元，能优先感知肾上腺素能和胆碱能刺激。在胎儿研究方面，关于血管紧张素和渗透压调节对胎儿吞咽（摄水）的机制研究较多，涉及子宫内胆碱能刺激引发的胎儿吞咽的研究罕有报道。

表4-1　不同种属不同妊娠阶段其胎儿心脏、泌尿、消化系统外周胆碱能组分的发育状况

	心脏	胃	结肠	膀胱
人类				
ChAT	10-12周			
mAChR	15-17周			3个月
大鼠				
ChAT	15天			
AChE	15天			
mAChR亚型	(M1,M2,M4)15天			
兔				
mAChR 亚型		(M2) 接近足月		M2,M3 (3周)
羊				
ChAT		接近足月		
mAChR			接近足月	65天

ChAT: 胆碱乙酰转移酶；mAChR: 毒蕈碱型胆碱能受体；AChE: 乙酰胆碱酯酶。

　　尽管胆碱能刺激胎儿吞咽的资料非常有限，但许多研究都证明了胎儿体内消化道胆碱能系统的发育。在胎兔胃平滑肌上，M2受体占据主导作用。给予胆碱能受体激动剂或拮抗剂能潜在调节胎儿胃肠道动力和羊水吸收。静脉内给予氨甲酰甲胆碱能提高胎儿结肠的电机械耦联。接近足月胎羊胎便排出中，胆碱能刺激引起结肠自身收缩/排泄机制。有报道指出患有先天性巨结肠（临床表现为胎便排出推迟）病的新生儿体内胆碱能系统有缺损现象，提示胆碱能机制可能在结肠动力调节中起到关键作用。

　　在体液调节中泌尿系统对于水盐重吸收和排泄同样起到重要作用。在相关肌肉的研究中发现，胎儿三个月的逼尿肌及四个月的括约肌对于氨甲酰甲胆碱的收缩反应可被阿托品阻断，表明胆碱能受体在人类胎儿膀胱中出现较早。在对妊娠中期胎牛的研究中发现，其膀胱上mAChR的密度明显高于α或β肾上腺素受体的密度。逼尿肌自主或非自主性收缩主要依赖副交感神经末梢释放ACh激活mAChR。在膀胱和子宫上主要分布M2受体亚型。胎兔膀胱对毒蕈碱刺激有反应。在孕期第65至140天，胎羊的发育伴随收缩激活的增多，孕期120天时能观察到阿托品致膀胱容量增加。在早产和接近足月的胎儿泌尿系统（包括膀胱）调节中，M受体介导机制起到了重要作用。

　　表4-1显示了不同物种在不同妊娠阶段其胎儿心脏、泌尿以及消化系统中胆碱能组分的发育情况。一般来说，体液调节方面在胎儿心血管、泌尿及消化系统中，胆碱能系统（包括其受体和主要酶类）结构和功能已经发育成熟。然而，胎儿吞

咽、肾功能及血容量调节方面的功能发育尚不清楚。未来需要在胆碱能机制发育在与体液调控方面的功能发育中做更进一步的研究。

第二节 脑胆碱能系统的早期发育

一、胎儿脑胆碱能受体的发育

中枢神经系统中的乙酰胆碱受体参与神经递质的释放、神经元分化、基因表达的调控以及神经元的迁移。烟碱型ACh受体（nicotinic acetylcholine receptor, nAChR）是由不同的α（α2-7）和β（β2-4）亚单位组成的配体门控离子通道（表4-2）。亚单位组合方式不同决定了神经细胞nAChR的不同亚型，如α4β2、α3β2、α4β4和 α7亚型。大脑的nAChR大多为异源的α4β2和同源的α7。在人类妊娠第一阶段nAChR就出现在胎儿大脑中，至妊娠中期其数量逐渐增多，进入妊娠第三阶段开始下降。在人类胎儿大脑中，α3、α4、α5、α7和β2、β3、β4表达，α2、α6不表达。α5、α7、β3分别在皮层、后脑和小脑的表达水平较高。β4在大脑各区分布较平均，β2在皮质和小脑表达较多。各脑区nAChR的数量在出生后均有下降。在尼古丁暴露人群中，皮质层α2、α3、α7和脑干α4、α7的表达增多。

表4-2　不同妊娠阶段胎儿大脑烟碱型ACh受体（nAChR）水平

	妊娠早期	妊娠中期	妊娠晚期
皮层	α3、α4、α5*、α7、β2*、β3、β4		
延髓	α3、α4、α5、α7*、β2、β4		
脑桥	α3、α4、α5、α7*、β2、β3、β4	nAChR↑ （被盖核）	nAChR↓ （被盖核）
小脑	α3、α4、α5、α7、β2*、β3*、β4		
中脑	α3、α4、α5、α7*、β2、β3、β4	nAChR↑ （中脑导水管周围灰质）	nAChR↓ （中脑导水管周围灰质）
皮层下前脑	α3、α4、α5、α7、β2、β3、β4		

*受体较多

目前五种mAChR亚型已被确认，分别是M1～M5受体。M1、M3和M5受体与G蛋白耦联后激活磷脂酶C，M2和M4受体与G蛋白耦联并抑制腺苷酸环化酶。一般来说，在人类胎儿大脑的个体发育中，mAChR的发育经历了两个不同的阶段：首先，在怀孕16到18周时，它们开始出现并逐渐增多直至第20周。然后，在第20～24周出现平台期，此时受体的密度没有明显改变。出生后各脑区的mAChR均下降。mAChR在纹状体、脑干、皮层和中脑中表达很高，在小脑和海马中表达相对较低。M1受体主要集中在前脑，M2受体在丘脑分布较多。妊娠中晚期，M2受体在人类胎儿小脑中增加，M3、M4受体在脑干占大多数（表4-3）。高密度的mAChR分布于特定的脑干核团，这对于胎儿的发育及新生儿行为非常重要。胎儿大脑中枢N和M受体的发育为子宫内中枢胆碱能行为提供了基础。

表4-3 不同妊娠期人类胎儿大脑毒蕈碱型ACh受体分布

	前脑	丘脑	小脑	脑桥
妊娠中期	M1高	M2高		M3高
妊娠晚期			M2高	M3高

在16-18周，毒蕈碱型ACh受体（mAChR）几乎分布在胎儿所有大脑区域。M1、M2和M3为mAChR亚型。"高"表示某一妊娠期该区mAChR数量占主导地位。

神经系统结构相对复杂，中枢神经系统由亿万个神经细胞和胶质细胞组成，细胞又有突起和其他细胞连接。几乎所有的神经轴都由胆碱能神经支配，mAChR遍布中枢神经系统。在胚胎形成的早期，运动神经元是自发地被激活，释放ACh，触发临近细胞去极化。早期研究表明α7受体在轴突生成，突触发生和突触可塑性上起到一定作用，α7受体也与发育中的神经毒问题有关。α7受体能增加谷氨酸的释放到突触后，作用于NMDA受体诱发神经毒反应。

脑内胆碱能神经元主要包括两个投射系统，位于前脑的基底部分和脑桥的网状结构。这两大复合体部分组成了解剖上的上行网状激活系统。脑桥胆碱能系统依赖于脑桥网状核，它穿过丘脑板内核连接到基底前脑，投射神经纤维到皮质，基底前脑胆碱能复合体直接投射到皮质和海马。

基底前脑胆碱能复合体直接延伸到皮层和海马，并与丘脑形成次级连接。基底前脑胆碱能复合物一前一后或平行同脑桥的胆碱能投射系统一起增加了大脑的血液供应，调节睡眠-觉醒节律和认知功能。基底前脑胆碱能神经的发育异常导致神经发育障碍。如Rett综合征和唐氏综合症的认知缺陷就是与神经化学物质的异常有关。

二、胎儿脑乙酰胆碱机制与其受体功能发育

（一）胎儿脑胆碱能系统对心血管调控的功能发育

大量成年动物研究表明中枢胆碱能系统在心血管活动调控中起重要作用。在胎儿研究方面，我们采用绵羊胎儿置管模型，观察了孕晚期（90%GD）胎儿中枢胆碱能系统的功能发育。卡巴胆碱（carbachol chloride）又名氯化氨基甲酰胆碱，是胆碱能受体的激动剂。胎羊侧脑室注射卡巴胆碱前后，胎儿和母亲的动脉血血气分析和血浆离子浓度及渗透压分析都无明显改变（表4-4）。但是，它能使胎儿的收缩压、舒张压和MAP迅速升高，30min达到高峰，之后逐渐恢复，但90min仍高于基础水平，伴随着动脉压升高，胎儿出现心率缓慢（图4-1）。而母羊血压和心率均不受影响。这提示至少在孕晚期，胎儿的中枢胆碱能系统对心血管功能的调控功能已经开始具备功能。

表4-4 胎儿侧脑室注射卡巴胆碱前后胎儿和母亲动脉血指标

	baseline	15 min	30 min	60 min	90 min
Fetus					
pH	7.37 ± 0.01	7.36 ± 0.01	7.35 ± 0.01	7.35 ± 0.01	7.36 ± 0.01
PCO_2 (mmHg)	47.6 ± 2.0	47.4 ± 1.8	48.3 ± 1.7	48.0 ± 1.6	48.6 ± 1.4
PO_2 (mmHg)	21.2 ± 0.6	20.4 ± 1.5	20.6 ± 1.3	20.4 ± 1.4	20.5 ± 1.2
Hct (%)	25.1 ± 0.5	26.1 ± 1.0	26.5 ± 1.4	27.2 ± 1.5	26.9 ± 1.2
Hb (g/dL)	8.2 ± 0.4	8.6 ± 0.4	8.6 ± 0.6	8.5 ± 0.5	8.3 ± 0.4
Osmolality(mOsmol/kg)	302.6 ± 1.3	304.2 ± 1.7	303.8 ± 1.6	302.4 ± 1.6	303.4 ± 1.4
Na^+ (mEq/L)	142.8 ± 0.9	142.5 ± 0.6	142.8 ± 0.7	142.6 ± 0.8	143.1 ± 0.6
K^+ (mEq/L)	4.7 ± 0.2	4.6 ± 0.2	4.6 ± 0.1	4.6 ± 0.2	4.5 ± 0.2
Cl^- (mEq/L)	109.7 ± 0.6	109.7 ± 0.7	109.3 ± 0.9	109.3 ± 0.8	109.4 ± 0.6
Maternal					
pH	7.44 ± 0.05	7.44 ± 0.06	7.43 ± 0.05	7.44 ± 0.04	7.43 ± 0.07
PCO_2 (mmHg)	33.7 ± 0.5	34.0 ± 3.3	34.5 ± 2.6	32.6 ± 0.9	34.8 ± 1.2
PO_2 (mmHg)	113.4 ± 3.6	114.3 ± 2.6	114.0 ± 4.6	115.5 ± 3.2	117.5 ± 4.2
Hct (%)	28.3 ± 0.6	27.8 ± 1.0	27.1 ± 0.6	27.9 ± 0.9	27.6 ± 1.0
Hb (g/dL)	7.9 ± 0.4	8.1 ± 0.4	8.1 ± 0.6	7.7 ± 0.5	7.9 ± 0.4
Osmolality(mOsmol/kg)	304.2 ± 0.6	305.2 ± 1.2	306.6 ± 1.4	306.2 ± 1.5	305.6 ± 1.5
Na^+ (mEq/L)	148.0 ± 0.8	147.9 ± 0.8	147.8 ± 06	147.6 ± 0.6	147.6 ± 0.6
K^+ (mEq/L)	4.0 ± 0.1	$4.0+0.1$	4.0 ± 0.1	4.1 ± 0.1	4.1 ± 0.1
Cl^- (mEq/L)	113.4 ± 0.8	113.2 ± 0.7	113.1 ± 0.7	113.2 ± 0.9	113.5 ± 1.1

侧脑室卡巴胆碱注射剂量：3μg/kg；Hct：红细胞压积；Hb：血红蛋白。

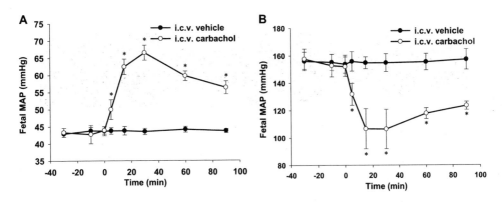

图4-1 胎儿侧脑室注射卡巴胆碱(3μg/kg)对其动脉血压和心率的影响

（二）胎儿脑胆碱能系统对体液平衡调控的功能发育

1．胎儿脑胆碱能系统对吞咽活动的调节

研究表明胎儿的吞咽活动主要发生在低电压的脑电波时段。给孕晚期的胎羊侧脑室卡巴胆碱不改变皮层电图中LV和HV时相的分布百分比（图4-2），但是可以使LV时相胎羊吞咽频率显著增加（图4-3）。如图4-4所示，注射卡巴胆碱后的第一个15min（0～15min），LV时相的吞咽次数增加，达到4.2±0.5次/min LV ECoG；注射后第1个小时（0～60min），吞咽个数增加到4.9±0.8次/min LV ECoG；第2个小时（60～120min），吞咽个数有所恢复，但是仍保持较高水平，3.7±0.6次/min LV ECoG。HV时相的吞咽次数没有明显改变。Nijland等还发现抗胆碱能药物阿托品可以抑制胎羊吞咽活动，说明此"致渴"效应是经由M1受体介导。

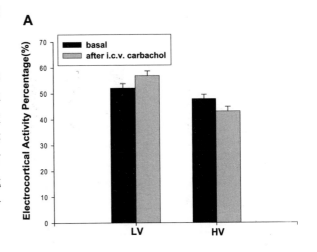

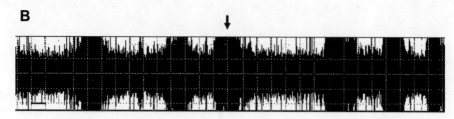

图4-2 胎儿侧脑室注射卡巴胆碱对其脑皮层电活动的影响

A.：胎儿侧脑室注射卡巴胆碱前后，其脑皮层电活动（LV和HV时相）分布百分比。B：60 min脑皮层电图记录，箭头表示侧脑室注射时间，标尺=4min。

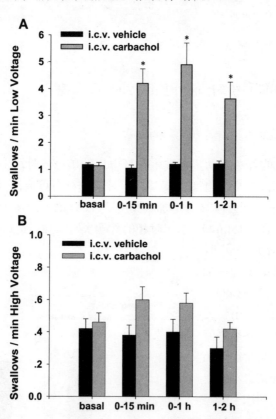

图4-3 胎儿侧脑室注射卡巴胆碱对其吞咽活动影响

A和B分别表示LV和HV ECoG期间的胎儿吞咽活动。0min代表侧脑室注射时间。$^*P<0.01$，与基础水平相比。卡巴胆碱：3μg/kg。

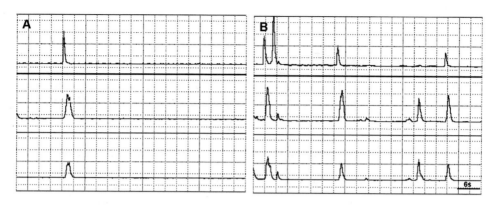

图4-4 胎儿侧脑室注射卡巴胆碱前后吞咽活动60s描记

图中的上、中、下三导记录信号分别对应食道平滑肌上、中、下段埋设的电极，其肌电信号具有时间上的先后关系。胎儿侧脑室注射生理盐水（A）或卡巴胆碱（B）对其吞咽活动的影响。标尺=6s。

2. 胎儿脑胆碱能系统对泌尿功能的调节

水的摄入和肾脏对水和电解质的排出维持体液平衡的是两大机制。侧脑室注射生理盐水对胎儿尿量、渗透压及电解质的排泌量均无显著影响，但是注射卡巴胆碱后胎儿的尿生成速率显著增加，且尿渗透压、Na^+、K^+、Cl^-浓度显著升高（图4-5和图4-6A-C）。肾脏Na^+、K^+、Cl^-的排泌量第1h显著增加，第2h开始逐渐下降，但是到达120min时仍然高于基础水平（图4-6D-F）。提示在妊娠晚期，胎儿的中枢胆碱能机制已经具备利尿、利钠、利钾作用。

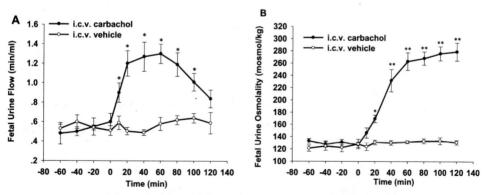

图4-5 胎儿侧脑室注射卡巴胆碱对其泌尿的影响

A: 尿生成速率；B: 尿渗透压。*$P<0.05$, **$P<0.01$，与基础水平比较。

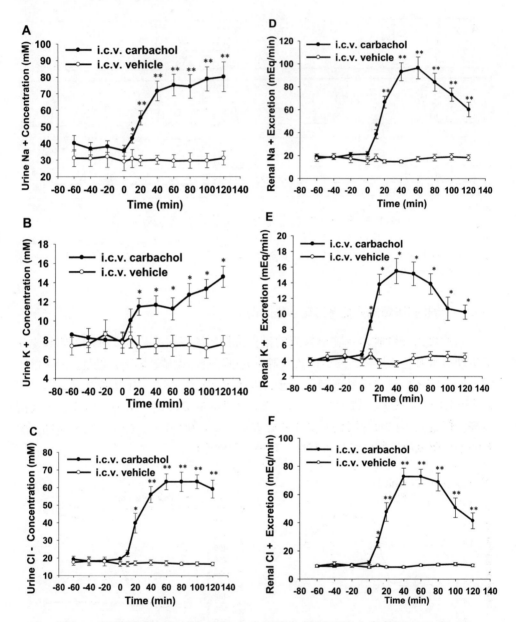

图4-6　胎儿侧脑室注射卡巴胆碱对其尿电解质浓度和肾排泌量的影响

A, B, C: 尿钠、钾、氯浓度；D, E, F: 肾钠、钾、氯排泌量。

（三）胎儿脑胆碱能系统对神经内分泌的调节

研究表明，侧脑室注射卡巴胆碱还能升高胎儿血浆中的AVP水平和OT水平，提示中枢胆碱能机制在出生前也已具备刺激神经内分泌的作用（图4-7）。

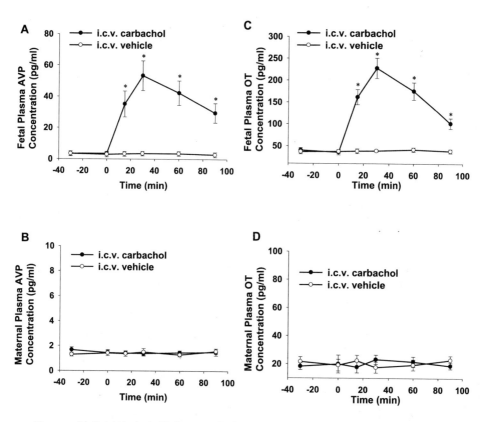

图4-7　胎儿侧脑室注射卡巴胆碱对胎儿及母亲血浆AVP和OT含量的影响

（四）胎儿脑胆碱能相关神经网络的发育

研究表明：在胎羊前脑第三脑室前部，后脑臀旁核外侧亚核，孤束核，延髓副外侧，给予卡巴胆碱后神经元活动明显增强，表现为c-fos基因表达增多。我们的实验也发现，在侧脑室注射卡巴胆碱后除了可诱发胎儿升压、吞咽、泌尿等反应外，同时还伴随着胎羊下丘脑的PVN、SON、MnPO、OVLT，后脑中的NTS和 LPBN中的*c-fos*基因蛋白的表达增加（图4-8，图4-9，图4-10，图4-11，图4-12）。这些部位均是心血管和体液平衡调控的重要中枢，之间构成神经网络。伴随着外周AVP和OT水平的升高，下丘脑PVN和SON的AVP神经元和OT神经元表现出活动增强（图4-13）。这提示至少在妊娠后1/3阶段，胎脑中的这些区域或核团中的神经细胞的对中枢胆碱能的刺激已有细胞活动和生理性反应。

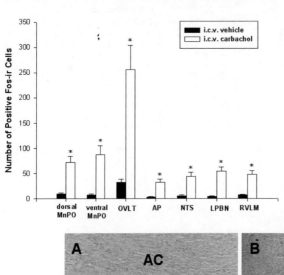

图4-8　绵羊胎儿侧脑室注射卡巴胆碱对胎儿脑不同区域c-fos表达的影响

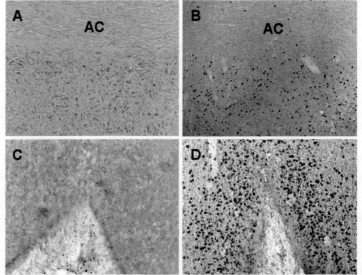

图4-9　绵羊胎儿侧脑室注射卡巴胆碱对胎儿脑MnPO和OVLT的*c-fos*表达的影响
A，C: 侧脑室注射生理盐水；B，D: 侧脑室注射carbachol (3μg/kg)。

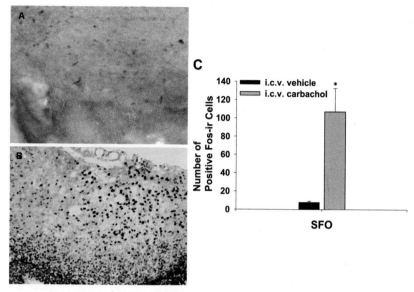

图4-10 绵羊胎儿侧脑室注射卡巴胆碱对胎儿脑SFO的*c-fos*表达的影响
A：侧脑室注射生理盐水；B：侧脑室注射carbachol (3μg/kg)。C：胎儿FOS-ir统计图。*P<0.01，与对照组比较。标尺＝200μm。

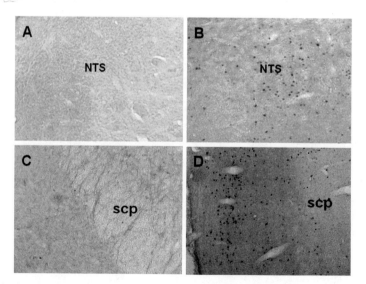

图4-11 绵羊胎儿侧脑室注射卡巴胆碱对胎儿后脑NTS和LPBN的*c-fos*表达的影响
A，C：侧脑室注射生理盐水；B，D：侧脑室注射carbachol (3μg/kg)。

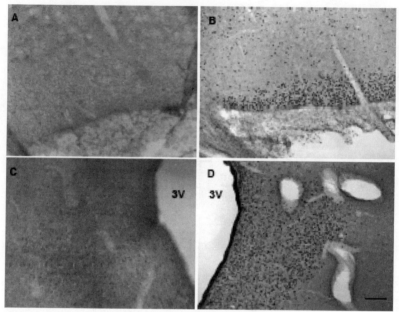

图4-12　绵羊胎儿侧脑室注射卡巴胆碱对胎儿下丘脑*c-fos*表达的影响

A，C：侧脑室注射生理盐水；B，D：侧脑室注射carbachol (3μg/kg)。3V：第三脑室。A和B：SON；C和D：PVN。

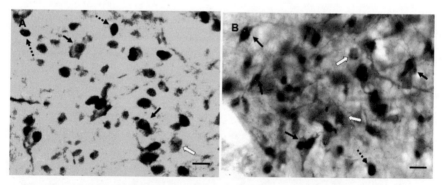

图4-13　绵羊胎儿侧脑室注射卡巴胆碱后下丘脑SON和PVN部位的
AVP/OT和FOS的双重免疫染色

A：SON部位FOS-ir和AVP-ir双重免疫染色；B：PVN部位FOS-ir和OT-ir双重免疫染色。黑色实箭头表示FOS-ir 和AVP-ir (或OT-ir)的双重免疫染色阳性。白色空箭头表示AVP-ir (或OT-ir)免疫染色（+），而FOS-ir (-)。黑色虚箭头表示FOS-ir（+）但是AVP-ir (或OT-ir)免疫染色（-）。标尺＝50μm。

综上，中枢和外周胆碱能系统，在出生前已发育到相当水平，并且在心血管、内分泌、体液平衡等的调控方面具有相当的生理功能。我们这里介绍了胎脑胆碱能系统和RAS的功能发育以及生理学效应，希望以此作为"以木窥林"来洞悉胎脑中已存在的、复杂的多个神经递质系统和通路及其功能的发育与发展。

第五章 脑血管收缩机制的早期发育

血管平滑肌收缩是外周血管阻力和血压的重要决定因素，其收缩调节异常将导致高血压、脑血管痉挛等心脑血管疾病。当今社会，心脑血管疾病已成为危害人类生命健康的头号杀手，因此血管平滑肌收缩机制及病理变化已经成为当前研究的热门课题。

第一节 血管平滑肌收缩机制概述

近年来，许多实验室对血管平滑肌如何将外界刺激信号转变为功能反应的分子机制进行了较深入的研究。研究证实，血管平滑肌的收缩由细胞内钙浓度（$[Ca^{2+}]_i$）增高而触发。Ca^{2+}结合于钙调蛋白（calmodulin，CaM）形成Ca^{2+}-CaM复合物，后者激活肌球蛋白轻链激酶（myosin light chain kinase，MLCK），引起肌球蛋白轻链（myosin light chain，MLC）磷酸化，肌动蛋白和肌球蛋白相互作用，血管平滑肌收缩，如图5-1。尽管人们对平滑肌细胞中的这一传统信号转导途径已有较为清楚的认识，但是由于其调节机制涉及多种信号转导途径，不同途径间又有多位点交汇，这使得平滑肌收缩机制变得错综复杂。例如，调节VSMC收缩的细胞内信号转导途径主要包括MLCK和PKC两条途径。涉及到Rho激酶（Rho-kinase，又名ROCK）和PKC的信号转导通路，可以增加肌丝对$[Ca^{2+}]_i$的敏感性和MLC的磷酸化作用，因而维持血管的收缩。目前PKC在高血压等疾病中的作用已得到越来越多的关注。

一、MLCK 途径

MLCK途径是指从Ca^{2+} → CaM → MLCK → MLC的调节过程，该途径的中心环节是MLCK。一般认为，激动剂与其受体结合后，通过G蛋白激活PLC，后者水解脂酰肌醇4，5-二磷酸（phosphatidylinositol diphosphate，PIP_2）生成三磷酸肌醇（inositol triphosphate，IP_3）和二酰基甘油(diacylglycerol，DAG)，IP_3激活肌浆网（sarcoplasmic reticulum，SR）上的IP_3受体，导致Ca^{2+}增多，已释放的Ca^{2+}通过钙诱导性钙释放机制，进一步促进Ca^{2+}释放。此外，激动剂亦可通过膜上钙通道，增加Ca^{2+}内流，引起$[Ca^{2+}]_i$上升。Ca^{2+}与CaM结合后，激活MLCK，后者使MLC上第19位的丝氨酸磷酸化，最终导致平滑肌肌球蛋白ATP酶活性增加、肌丝滑行、细胞收缩，如图5-1。

Ca^{2+}是触发VSMC收缩的关键。静息时，胞浆内Ca^{2+}浓度低于10^{-7}mol/L。当细胞受到电刺激、机械牵拉或高浓度KCl刺激时，细胞膜去极化，电压门控的Ca^{2+}通道被激活，Ca^{2+}内流增加。同时肌浆网和线粒体也将储存的Ca^{2+}释放入肌浆，使肌浆内$[Ca^{2+}]_i$升高至10^{-5}mol/L。因平滑肌细胞肌浆网发育较差，$[Ca^{2+}]_i$的升高主要依赖于胞外Ca^{2+}的内流。胞质内Ca^{2+}首先与CaM结合，形成Ca^{2+}-CaM复合物。该复合物可与CaD结合，导致细肌丝上横桥结合部位的暴露，横桥得以与肌动蛋白结合，形成肌动球蛋白。此时若无能量释放，则横桥只能结合而不能滑动。事实上，Ca^{2+}-CaM能同时激活MLCK，并与之结合。在MLCK的作用下，肌球蛋白头部轻链发生磷酸化，并激活轻链上的Mg^{2+}-ATP酶，在Ca^{2+}存在条件下，该酶水解ATP产生能量，横桥滑动一次。兴奋过后，$[Ca^{2+}]_i$下降触发血管平滑肌舒张。

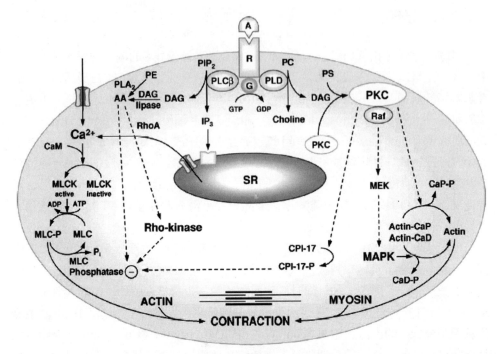

图5-1　血管平滑肌收缩机制

激动剂(A)与其受体(R)结合，刺激质膜PLCβ，IP₃和DAG生成增多。IP₃刺激Ca^{2+}从内质网(SR)释放。激动剂也刺激Ca^{2+}经Ca^{2+}通道内流。Ca^{2+}与钙调蛋白(CaM)结合，激活MLC激酶(MLCK)，引起MLC磷酸化，始动血管平滑肌收缩。DAG激活PKC。PKC磷酸化CPI-17，后者反过来抑制MLC磷酸酶从而提高肌丝对Ca^{2+}的敏感性。PKC还可以磷酸化肌钙样蛋白（calponin，Cap），使更多的肌动蛋白可以结合于肌球蛋白。PKC也可以激活蛋白激酶瀑布链Raf，MAPK激酶（MEK）和MAPK，导致钙调结合蛋白（caldesmon，CaD）磷酸化。其他血管平滑肌收缩的信号转导通路包括RhoA/Rho-kinase通路，它可以抑制MLC磷酸酶，进一步增强Ca^{2+}敏感性。G，G-蛋白；PIP₂，磷脂酰肌醇4，5-二磷酸；PC，磷脂酰胆碱(phosphatidylcholine)；PS，磷脂酰丝氨酸(phosphatidylserine)；PE，磷脂酰乙醇胺(phosphatidylethanolamine)；AA，花生四烯酸(arachidonic acid)。（引自Daisy et al., 2005。）

$[Ca^{2+}]_i$降低是内质网重摄取Ca^{2+}及质膜Ca^{2+}泵和$Na^{+}-Ca^{2+}$交换器的加速胞浆Ca^{2+}外排作用共同引起的。$[Ca^{2+}]_i$降低导致Ca^{2+}和CaM的分离，胞质内$[Ca^{2+}]_i$降至10^{-7}mol/L时，MLCK与钙调蛋白解离而失去活性。同时，磷酸化的MLC在MLC磷酸酶的作用下脱磷酸。去磷酸化的肌球蛋白头与细肌丝解离，导致肌细胞松弛。

然而，人们在实验中发现Ca^{2+}通道阻断剂不能完全抑制激动剂诱发的血管平滑肌的收缩。在某些血管还存在激动剂引起的收缩力和$[Ca^{2+}]_i$分离的现象。例如，激动剂诱发的血管平滑肌收缩可在无钙溶液和$[Ca^{2+}]_i$不增高或是MLC磷酸化不增强的情况下出现。这说明在VSMC中Ca^{2+}敏感性调节通路被激活，此通路涉及Rho激酶和PKC，它们可以抑制MLC磷酸酶从而增强血管平滑肌收缩。

二、PKC途径

PKC是一种非常独特的蛋白激酶家族，包含了Ca^{2+}依赖性的和Ca^{2+}非依赖性的亚型，具有不同的组织和亚细胞分布，在细胞激活的时候经历不同的转位（translocation）。PKC移位到细胞表面时可以激发蛋白激酶瀑布链，例如MAPK激酶（MEK）和MAPK。PKC的激活，主要使细肌丝相关蛋白肌钙样蛋白（calponin，CaP）和钙调结合蛋白（caldesmon，CaD）磷酸化，但也能提高ATP酶活性，最终诱导平滑肌收缩。当$[Ca^{2+}]_i$下降时，CaP和CaD去磷酸化，ATP酶活性下降，肌肉松弛。同时，PKC移位至细胞核还可以促进血管平滑肌生长增殖。

由于PKC分子较大，亚型和底物众多，且在血管平滑肌收缩中的亚细胞分布不同，因此尽管从1977年发现到现在已有30余年，但是到目前为止人们对PKC在血管平滑肌收缩和血压调控中的作用还了解得远远不够。例如PKC在血管平滑肌众多的激酶中是如何被识别的，PKC信号是如何从细胞表面的受体被传递到细胞内部的收缩肌丝的等许多问题都还有待于进一步研究。

（一）PKC的分子结构和亚型

1977年Nishizuka等首先将大鼠脑组织中的一种蛋白激酶确认为PKC，这是一种Ca^{2+}激活的、磷脂依赖性的蛋白激酶。后来的分子克隆和生化分析发现PKC是一个家族，其成员都具有密切相关的结构特征。PKC为一条单链多肽。对PKC亚型cDNA分析表明，该多肽链氨基端序列为调节域（regulatory domain），羧基端序列为催化域（catalytic domain），两者之间通过可被蛋白酶水解的"铰链区"（hinge domain，即V3区）连接，该区在酶的激活过程中发生降解，从而使PKC活性部位暴露。PKCα，PKCβ和PKCγ分子中均含有4个保守区（C1-C4）和5个可变区（V1-V5）。C1区含富含半胱氨酸的锌指样结构，并含有磷脂酰丝氨酸（phosphatidylserine，PS）、DAG和佛波酯（phorbol ester）的识别位点。C2区富含酸性残基，可结合Ca^{2+}。C3和C4形成ATP和底物结合区，如图5-2。在C1的氨基端还含有产生自身抑制的假底物位点（pseudosubstrate site）；PKCμ在氨基端还有引导（leader）和跨膜（trans-membrane）两段序列。PKC各亚型V1区的结构及组成的差异决定了各亚型底物的多样性。

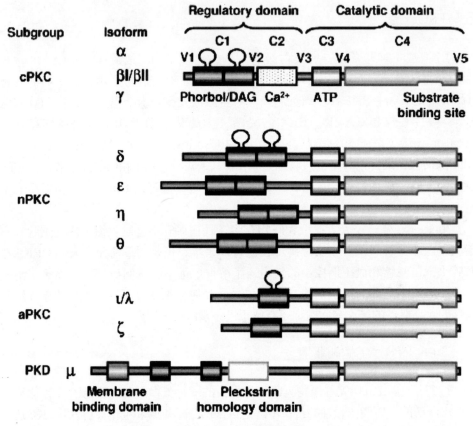

图5-2　PKC亚型结构

PKC含有一个疏水性调节单位和一个与ATP及其底物结合的催化单位。PKC分子中均含有4个保守区(C1-C4)和5个可变区(V1-V5)。C1区含磷脂酰丝氨酸(PS)、二酰基甘油(diacylglycerol，DAG)和佛波酯(phorbol ester)及PKC拮抗剂calphostin C的识别位点。C2区含Ca^{2+}结合位点。C3和C4含ATP、某些PKC拮抗剂和不同PKC底物的结合区。PKC分子折叠使ATP结合位点靠近底物结合位点。催化区如果结合内源性或外源性假底物肽序列会阻止PKC磷酸化真底物。（引自Daisy et al., 2005。）

PKC根据分子结构和功能的不同分为3类：(1) 典型PKC (classical PKC)，包括PKCα、PKCβI、PKCβII和PKCγ 4种亚型，都是Ca^{2+}依赖性的，可被Ca^{2+}、

PS、DAG和佛波酯所激活；(2) 新PKC (new or novel PKC)，包括PKCδ、PKCε、PKCη和PKCθ，可被PS、DG和佛波酯所激活，因缺少C2区，所以激活不需要Ca^{2+}；(3) 非典型PKC (atypical PKC)，包括PKCζ、PKCι、PKCλ和PKCμ，都是Ca^{2+}非依赖性的，对DAG也不敏感，仅被PS激活。

(二) PKC的作用底物

当PKC没有被催化激活时，其自身抑制假底物被底物结合位点的酸性残基保护，不能进行蛋白水解。当PKC被激活后，它可以磷酸化富含精氨酸的蛋白底物，后者可以中和PKC的酸性残基从而解除对自身抑制假底物的保护，将其从激酶中心转移。底物磷酸化位点附近的氨基酸序列可以帮助PKC底物的识别。PKC亚型对底物的磷酸化作用具有特异性。PKCα、PKCβ和PKCγ是有效的组蛋白激酶，而PKCδ、PKCε和PKCη对组蛋白IIIS磷酸化能力很差。在血管平滑肌，PKC可以引起膜结合调节蛋白磷酸化。豆蔻酰化富丙氨酸C激酶底物 (myristoylated alanine-rich C-kinase substrate, MARCKS)是PKC的主要底物，它与F-actin结合，在细胞骨架和质膜之起到桥梁的作用。

PKC也可以影响质膜离子通道和泵。它不仅可以增加VSMC的钙离子敏感性，而且可以影响血管离子通道的功能。现已明确，K^+通道对VSMC的收缩具有重要的调控作用。它可以通过改变VSMC的膜电位，从而影响电压门控的Ca^{2+}通道的活性、Ca^{2+}内流和 $[Ca^{2+}]_i$，最终影响血管张力。在脑VSMC上，人们已经识别出四种K^+通道：大电导Ca^{2+}激活的K^+通道 (large-conductance Ca^{2+}-activated potassium channel, BK)、ATP敏感的K^+通道（ATP-senditive potassium channel，K_{ATP}）、电压依赖的K^+通道 (voltage-dependent potassium channel, K_v) 以及内向整流K^+通道 (inward rectifier potassium channel, K_{IR})。这些通道的活性受到膜电位、$[Ca^{2+}]_i$、胞浆ATP浓度、蛋白激酶和磷酸化酶，以及第二信使的调控。PKC可以通过作用于不同的K^+通道，包括BK、K_{ATP}、K_v和K_{IR}来调控血管收缩性。例如有报道，在肺动脉血管平滑肌，PKC抑制BK通道活性。

另外，人血栓素A_2诱发的对肺血管收缩和电压门控K^+通道的抑制作用可能涉及PKCζ。PKC也可以磷酸化和激活质膜或内质网的Ca^{2+}-ATP酶，促Ca^{2+}外排，这也可以解释为什么激动剂诱发的升高血管平滑肌$[Ca^{2+}]_i$的作用比较短暂。另外，Na^+/K^+-ATP酶的α1亚单位可以作为PKC的底物。而且，激活的PKC也可以磷酸化和激活Na^+/H^+交换体，因此增加胞浆pH。PKC还可以磷酸化血管平滑肌细胞骨架和收缩肌丝的调节蛋白。例如PKC可以磷酸化血管平滑肌的一种细胞骨架蛋白—纽蛋白（vinculin），从而控制细胞形状及粘附。PKC还可以磷酸化CPI-17，后者可以反过来抑制MLC磷酸酶，增加MLC磷酸化，从而增强血管平滑肌收缩。活化的PKCα也可以使CaP磷酸化，CaP是一种肌动蛋白相关的调节蛋白，从而促进血管平滑肌收缩。在血管平滑肌中在PKC亚型和底物之间的作用非常复杂，这些特异性相互作用的识别需要今后更深一步的研究。

（三）PKC的分布

PKC亚型在组织中的分布比较广泛，见表5-1；PKC亚型在不同血管床的平滑肌上的分布比例也不同，如表5-2。PKCα分布非常广泛，它几乎在所有血管上都有分布。PKCγ主要在神经元和血管神经末梢表达。PKCδ主要伴随血管细胞骨架分布。PKCζ也是一种分布非常广泛的亚型，它在许多组织上都有分布。PKCη/L在肺，皮肤，心脏和脑分布。PKCθ主要在骨骼肌表达，而PKCλ/ι在卵巢和睾丸表达。

表5-1　哺乳动物组织内的PKC亚型

PKC亚型	激　活　剂	表达组织
A组：经典PKC		
α		广泛
βⅠ	PS、Ca^{2+}、DAG、FFA、LysoPC	某些组织
βⅡ		多种组织
γ		脑
B组：新型PKC		
δ	PS、DAG	广泛
ε	PS、DAG、FFA	脑　等
η（L）	？	肺、皮肤、心脏、脑
θ	？	骨骼肌
C组：非典型PKC		
ζ	PS、FFA	广泛
λ	？	卵巢、睾丸等

PS：磷脂酰丝氨酸；FFA：游离脂肪酸；DAG：二酰基甘油；LysoPC：溶血磷脂酰胆碱。

PKC的亚细胞分布也不同。PKCα，β和γ主要位于未受刺激的细胞质部分，在激活时移位至细胞膜。PKCζ分布在静息和激活血管平滑肌细胞的细胞核附近，在围产期时对肺动脉的血管收缩有重要作用。

表5-2　PKC在血管平滑肌上的分布

亚型	分子量 (KDa)	血管	静息状态 存在部位	激活状态 存在部位
PKCα	74－82	牛主动脉	胞浆	膜
		貂门静脉	胞浆	膜表面
		大鼠主动脉	胞浆	核
		颈动脉	胞浆	膜
		大鼠肠系膜动脉	胞浆/膜	胞浆/膜
		冠状动脉	胞浆	膜
		羊脑动脉	胞浆	膜
PKCβ	80－82	大鼠主动脉	胞浆	核
		颈动脉	胞浆	膜
		羊脑动脉	胞浆	膜
PKCγ	70－82	大鼠肠系膜动脉	胞浆	胞浆
PKCδ	76－82	大鼠主动脉	细胞骨架	细胞骨架
		大鼠肠系膜动脉	膜	膜
PKCε	90－97	貂主动脉	胞浆	膜表面
		大鼠肠系膜动脉	胞浆/膜	胞浆/膜
		冠状动脉	胞浆	膜
		羊脑动脉	胞浆	膜
PKCζ	64－82	貂主动脉、门静脉	核周	核内
		大鼠主动脉	核周	核内
		大鼠肠系膜动脉	胞浆	胞浆

（四）PKC的转位与激活

由于假底物的存在，静息状态下的PKC均以无活性形式存在于细胞胞浆中。此时调节结构域的假底物序列与催化结构域相互作用，从而阻止底物接近酶的催化位点。当细胞受到刺激后，PKC以Ca^{2+}依赖的形式从胞浆中移位到细胞膜上，此过程称之为转位。一般将PKC的转位作为PKC激活的标志。

PKC的活性依赖于钙离子和磷脂的存在，但只有在磷脂代谢中间产物DAG存在下，生理浓度的钙离子才起作用，这是由于DAG能增加PKC对底物亲和力的缘故。当某个激素或其它效应分子与膜受体结合，通过G蛋白激活PLC或PLA_2，活化的PLC水解PIP_2产生DAG分子和IP_3。IP_3在激活PKC过程中与DAG起协同作用。IP_3引起内源性Ca^{2+}释放，Ca^{2+}与细胞质中的PKC结合，暴露出激酶中的磷脂结合位点。结合了Ca^{2+}的PKC转向细胞膜，与DAG相互作用最终转化成完全激活的状态。乙酸豆蔻外佛波酯（12-o-tertradecanoylphordol-13-acetate，TPA；或phorbol-12-myristate-13-acetate，PMA）是一种促肿瘤剂，由于基本结构与DAG相似，可模拟DAG，活化PKC。PKC是TPA的受体，当TPA插入细胞膜后可以替代DAG而直接活化PKC。PLA_2释放的AA分子也可激活胞质PKC。PKC激活可使大量底物磷酸化而参与广泛的生理效应。

（五）PKC的功能

　　PKC有着广泛的底物谱，能使代谢途径的关键酶类、离子通道及细胞膜离子泵磷酸化，使与信号转导有关的蛋白质磷酸化，使调控基因表达的转录因子或翻译有关因子，如$c-fos$，NF-κB等磷酸化，从而影响内分泌腺和外分泌腺的分泌、神经递质的释放、凋亡、神经元可塑性、心肌收缩、平滑肌张力改变和代谢途径调节，在免疫反应及炎症过程中也起作用。PKC还参与调控细胞的增殖与分化，但PKC的过度表达与某些恶变和肿瘤转移有密切关系，如PKCβII的过表达导致心肌症、心脏病、糖尿病心血管综合症、癌症，PKCα的过表达导致肿瘤的增殖和转化，PKCμ会导致肺癌，PKCε促进肿瘤形成等。

　　近年来许多研究也证实了PKC在血管平滑肌收缩中的作用。佛波酯激活PKC可在分离血管上引起其平滑肌显著收缩。PKC抑制剂能引起激动剂诱发的血管收缩的显著抑制。但是也有一些研究表明PKC介导的MLCK磷酸化作用可以引起血管舒张。

（六）PKC激活物

　　各种PKC亚型对Ca^{2+}、PS、DAG和其他磷脂降解产物的反应不同。PKC以磷脂依赖的方式结合Ca^{2+}，Ca^{2+}可以形成一"桥"将蛋白和磷脂复合物结合在膜上。PS对PKC的激活是不可缺少的。DAG通过降低PKC的Ca^{2+}需求及提高其膜耦连性来激活它。佛波酯，例如TPA，PMA和PDBu可以代替DAG激活PKC。佛波酯可以通过降低PKC对Ca^{2+}的表观解离常数Km来稳定PKC的膜耦联。PKC的自身磷酸化可以调节其活性及对底物的亲和力，PKCα、PKCβI、PKCβII合成时为无活性的前体，需要由"PKC激酶"磷酸化后激活。PKCα的多重磷酸化作用可以防止其被佛波酯下调。PKCβII C-末端磷酸化使其活性位点与ATP和底物的亲和力更高，而其调节区域磷酸化作用使其与Ca^{2+}的亲和力更高。

（七）PKC抑制物

现有的PKC抑制剂有很多种，根据抑制剂作用PKC靶部位的不同可以将抑制剂分为二组：一组是作用于催化区的抑制剂，它们可与蛋白激酶的保守残基结合，与ATP竞争，因此对PKC无明显的选择性；另一组是作用于调节区的抑制剂，它们可与Ca^{2+}、磷脂和二酰基甘油/佛波酯相结合，因而有较高的选择性。

作用于催化区的抑制剂和ATP竞争结合ATP结合位点，现在已知的主要有H-7、Staurosprorine、SCH 47112、Chelerythrine、Gö6976、GF109203X、Ro31-8220、Aminoacridine、Apigenin、Sangivamycin、UCN-01、UCN-02等；作用于调节区的抑制剂主要有Calphostin C（UCN-1028A）、Sphingosine、Adriamycin、Cercosporin、Chlorpromazine、Dexniguldipine、Polymixin B、Tamoxifen、Trifluoperazine等。

（八）血管平滑肌收缩中的PKC瀑布链

PKC亚型和其蛋白底物的相互作用可以触发蛋白激酶瀑布链，最终刺激血管平滑肌收缩。PKC可以磷酸化CPI-17，后者反过来抑制MLC磷酸酶，增强MLC磷酸化作用，促进血管平滑肌收缩。PKC也可以磷酸化CaP，反转其对肌动蛋白激活的肌球蛋白ATP酶的抑制作用，使更多的肌动蛋白可以结合于肌球蛋白，促进血管平滑肌收缩，如图5-1。PKC，MAPK和c-Raf-1在血管平滑肌生长中起重要作用。MAPK是丝/苏氨酸激酶，其激活需要丝/苏氨酸和酪氨酸残基的双重磷酸化。MAPK在安静状态的血管平滑肌细胞主要在胞浆中，但是被激活时移位至细胞核。在分化的血管平滑肌中发现有酪氨酸激酶和MAPK活性。MAPK在血管平滑肌激动早期时暂时移位至膜表面，在后来则从新分布至细胞骨架。在血管平滑肌激活时DAG引起胞浆PKCε移位至膜表面，在此PKCε充分被激活。激活的PKCε刺激胞浆MEK和MAPK移位至质膜，在此形成一激酶复合物。PKC引起MEK磷酸化激活，继而MEK在丝/苏氨酸和酪氨酸残基部位磷酸化MAPK。磷酸化的MAPK使CaD磷酸化，从而逆转其对Mg^{2+}-ATP酶活性的抑制作用，增加肌动蛋白-肌球蛋白的相互作用和血管平滑肌收缩，如图5-1。

（九）PKC在心脑血管疾病中的作用

在许多类型的心脑血管疾病中都发现PKC的表达和活性增加。PKC亚型在血管平滑肌中的表达和活性的增加能引起血管收缩及血管营养供给变化从而导致血管阻力增加、高血压、脑血管痉挛、脑缺血等疾病。例如在血压调控中，由于PKCα能提高血管平滑肌Ca^{2+}依赖性的收缩，因此其表达过度对高血压产生具有重要意义。Ca^{2+}非依赖性的PKCε可以增加肌丝对$[Ca^{2+}]_i$的敏感性，在血压调中也起着重要作用。PKCδ主要耦联于细胞骨架，在高血压的血管重建中起重要作用。PKCζ位于细胞核，可以促进高血压时的血管平滑肌生长。

PKC在细胞内的分布可决定血管平滑肌的活动状态，因而它对高血压的诊断和预后有重要作用。再者，由于血管PKC亚型可能是高血压时血管收缩调控的特异靶点，所以特异性的PKC亚型抑制剂对于Ca^{2+}拮抗剂不敏感的高血压可能是非常有效的治疗手段，特别是和其他治疗方法联合使用时。例如PKC激活能使电压门控Ca^{2+}通道开放，PKC抑制剂可以加强Ca^{2+}通道拮抗剂的舒血管效应。另外，由于高血压时RhoA/Rho激酶也可被激活，导致对MLC磷酸酶的抑制作用，增高肌丝敏感性，所以Rho激酶和MAPK依赖的信号转导途径的抑制剂也可以加强PKC抑制剂对血管和血压的调控作用。再有，如前所述，PKC还参与RAS在高血压中的作用。运用ACE抑制剂治疗高血压也会抑制血管的PKC活性和PKCα的mRNA和蛋白在血管平滑肌的表达。

鉴于PKC与人类疾病的密切关系，寻找PKC抑制剂，特别是发现有亚型特异性的PKC抑制剂已引起国内外的关注。PKC家族为我们提供了疾病治疗靶分子。目前已经在特异性PKC抑制剂方面取得了一些很好的成果。但是PKC有12个亚型，针对每个亚型寻找到生物利用性高、溶解性好、低毒特异抑制剂还是很艰巨的任务。

三、Ang Ⅱ对血管平滑肌细胞生物学行为的影响

Ang Ⅱ作为一种多功能血管活性肽，在维持血管壁的正常状态或在血管性疾病的病理生理学中均起重要作用。VSMC过度增殖是许多心血管疾病，如高血压、动脉粥样硬化和血管成形术后再狭窄等疾病发生、发展的重要病理基础，在此过程中，Ang Ⅱ可起到类细胞因子或生长因子作用，使VSMC蛋白合成加速，诱导细胞增殖肥大，还可影响血管VSMC的迁移和细胞外基质的合成与分泌。在培养的

VSMC上的研究发现，AngⅡ是通过AT₁R发挥上述生物学效应的，因为这些细胞只表达AT₁R，不表达AT₂R。AT₁R和G蛋白耦联（Gq）。根据信号转导的时程不同，可将AngⅡ对培养的VSMC的影响分为短期效应和长期效应。

（一）AngⅡ短期效应的信号转导

AngⅡ对VSMC的调控是多阶段性的，如图5-3所示。有的过程发生在几秒钟之内，如磷脂酶C（phospholipase C，PLC）的激活和Ca^{2+}动员；有的过程发生在几分钟之内，如磷脂酶D（phospholipase D，PLD）和PKC的激活；有的过程发生在几小时之内，如还原型烟酰胺二核苷酸/还原型烟酰胺腺嘌呤二核苷酸磷酸（NADH/NADPH）氧化酶活性的调节。

AngⅡ处理培养的VSMC后，能迅速激活多种磷脂酶，水解膜磷脂产生信号分子。其中PLC在5s内即可被激活，水解PIP2，生成IP3和DAG。此反应很短暂，在2min之内即可复原。这些第二信使引起细胞内钙释放，激活PKC，导致蛋白磷酸化，最终导致VSMC收缩。研究表明，PKC具有双重作用，它还可以作为负反馈调节因子抑制PLC反应。AngⅡ还可以激活PLD，将磷脂酰胆碱水解成胆碱和磷脂酸。在VSMC中，磷脂酸被磷脂酸磷酸酶迅速转化成DAG。PLD活化是PLC激活的结果，其活性在1~2min内即可被检测到，并且维持在较高水平长达1h。由于PLD的激活不象PLC那样会出现显著失敏，因此这一途径是磷脂酸和DAG的最主要来源，而且可能是维持PKC活化状态的主要途径。AngⅡ还可以激活磷脂酶A₂（phospholipase A₂，PLA₂）释放游离脂肪酸如花生四烯酸（arachidonic acid，AA）。PLA₂对AngⅡ的反应活性在数分钟内即相当明显且至少可以持续30min。这条途径在VSMC肥大中起作用，AA代谢产物还参与激活NADH/NADPH氧化酶和调节细胞的氧化状态等过程。

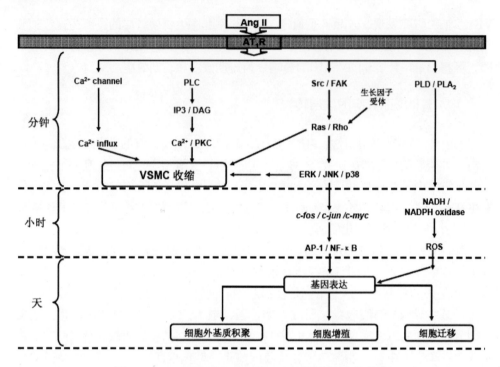

图5-3　AngⅡ通过AT₁R对VSMC调控的多阶段性

（引自温进坤，韩梅主编《血管平滑肌细胞》）

AngⅡ也可促进多种酪氨酸蛋白激酶中的酪氨酸残基磷酸化。AngⅡ通过G蛋白的Gα使细胞内的Ca^{2+}浓度增高，继而激活PKC途径，促进细胞内的酪氨酸激酶，如Src、FAK和富含脯氨酸的酪氨酸激酶2（prolin-rich tyrosine kinase 2，Pyk2）的酪氨酸残基磷酸化并改变其活性；Gβγ则通过PI3K途径使胞内另外一些酪氨酸激酶磷酸化，如p184^{neu}和JAK2。其中AngⅡ诱发的胞内Src的磷酸化和活化过程对信号的跨膜转导具有相当重要的意义，它可能可以作为上游的酪氨酸激酶激活另外几种与胞内信号转导有关的酪氨酸激酶分子中的酪氨酸残基磷酸化，如FAK、JAK2、Pyk2、信号转导和转录激活因子等。这条途径可能在介导AngⅡ的促VSMC生长和迁移效应中起重要作用。

另外，AngⅡ还可激活丝裂原激活蛋白激酶（mitogen activated protein kinase，MAPK）途径，参与调节VSMC的生长、增殖、分化及表型转化。细胞外信号调节激酶（extracellular signal-regulated kinase，ERK）1和2是在AngⅡ刺

激细胞中首先被磷酸化的两种MAPK途径中的蛋白，在VSMC中，MAPK被AngⅡ激活的时间很短，2～5min即达高峰，但其活性维持在基线以上至少60min。

（二）AngⅡ长期效应的信号转导

除短期效应之外，AngⅡ对VSMC的调控作用中还具有长期效应。它能够激活NADH/NADPH氧化酶，该酶将电子从NADH或NADPH传向氧分子，产生超氧阴离子。AngⅡ激活的NADH/NADPH氧化酶约在1h后才可以检测出，其活性至少持续24h。此酶的活性一旦被抑制，AngⅡ刺激蛋白合成的作用也随之被抑制，提示这一途径的激活与生长应答相耦联。

第二节 脑动脉平滑肌收缩机制早期功能发育研究方法

一、实验动物

选用非孕雌性成年绵羊（≤2yr）和孕晚期（GD：~140d）的绵羊胎儿的MCA主支。

二、大脑中动脉血管环制备

母羊静脉注射戊巴比妥钠（100mg/kg）麻醉并处死，之后取非孕母羊或胎儿脑，分离MCA主支血管，如图5-4。

以往实验证实此方法对血管反应性无显著影响。为避免内皮介导反应，我们将一细金属丝插入血管并来回穿插3次以去内皮。分离后的MCA在解剖显微镜下被切成2mm的血管环，用两个自制的钨丝（0.13mm diameter；A-M Systems, Carlsborg, WA）三角钩固定，一端连于张力传感器（Kent Scientific, Litchfield, CT），另一端连于一微调标尺用于调节静息张力，血管浸入5ml浴槽，浴槽固定于细胞内Ca^{2+}测定仪（Jasco CAF-110, Easton, MD）。即刻血管用于$[Ca^{2+}]_i$和张力的同步测定。

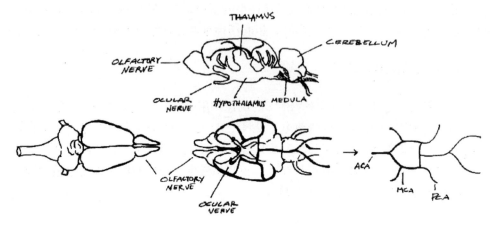

图5-4　脑基本结构图

ACA，大脑前动脉（anterial cerebral artery）；MCA，大脑中动脉（middle cerebral artery）；PCA；大脑后动脉（posterior cerebral artery）；crebellum，小脑；hypothalamus，下丘脑；ocular nerve，视神经；olfactory nerve thalamus，嗅神经。

三、血管平滑肌收缩性和细胞内钙浓度测定

（一）细胞内钙浓度测定原理

　　Fura2-乙酰羟甲酯（acetoxymethyl ester），又称Fura-2AM，是一种可以穿透细胞膜的荧光染料，也是最常用的检测细胞内钙离子浓度的荧光探针之一。它本身的荧光比较弱，最大激发波长为369nm，最大发射波长为478nm，并且其荧光不会随钙离子浓度改变而改变。

　　Fura-2因有较强的亲水性，难以进入细胞，只有将其做成亲酯的乙酰羟甲基酯，即Fura-2AM后方可通过细胞膜，随后被胞浆的非特异性酯酶水解形成Fura-2，从而被滞留在细胞内。Fura-2与胞浆游离Ca^{2+}有高亲和力，与之结合形成Fura-2-Ca^{2+}复合物。后者在330-350nm激发光下可以产生较强的荧光，而在380nm激发光下则会导致荧光减弱，即激发波长从380nm移至340nm。相应于380nm处荧光则减弱，而340nm处荧光增强。这种荧光比值变化的Ca^{2+}依赖性成为敏感的定量测定Ca^{2+}浓度的荧光比值技术的基础。Ca^{2+}浓度在$10^{-5} \sim 10^{-3}\mu mol/L$时，

其荧光发射强度与$[Ca^{2+}]_i$之间存在一定函数关系。因此可以使用340nm和380nm这两个荧光的比值来检测$[Ca^{2+}]_i$。这样可以消除不同细胞样品间荧光探针装载效率的差异、荧光探针的渗漏、细胞厚度差异等一些误差因素。理论上，将细胞彻底冲洗以去除细胞外染料和校正细胞的自动荧光后，负载有染料的细胞的荧光光谱能反应细胞浆Ca^{2+}浓度。用于细胞内钙离子检测时，Fura-2AM的常用浓度为$0.5\sim5\mu M$。Ca^{2+}与荧光染料的解离常数K_d与细胞内Ca^{2+}浓度的荧光强度水平由多种因素决定。包括染料内产生的荧光的量、细胞悬液中细胞的浓度、Ca^{2+}指示剂在胞浆中的浓度和细胞的自动荧光等。

测定条件：

激发光栅5nm，发射光栅10nm，发射光波长500nm，以$300\sim450$扫描激发谱。如果Fura-2AM已经进入细胞，经酯酶水解成Fura-2并与Ca^{2+}，则峰值为340nm，测定340nm处的荧光强度，加入试剂如TritonX-100 $5\mu l$（终浓度为0.25%），Fura-2从细胞内到细胞外，与细胞外液中的钙结合，细胞外液中的钙比细胞内液中的钙高数倍，因此可见340nm处峰值明显升高此为最大值F_{max}；然后加入0.5mM EGTA$16\mu l$（终浓度为$4\mu M/L$，pH 8.5），螯和钙后，可见Fura-2激发峰值移至380nm，则峰值变小，此为最小值F_{min}。

$$[Ca^{2+}]_i = Kd \frac{F - F_{min}}{F_{max} - F}$$

（二）基市操作步骤

为确保内皮去除，我们用$10^{-5}M$的5-羟色胺(5-hydroxytryptamine, 5-HT)收缩血管（完全不依赖内皮的VSMC收缩），在平台期加入$10^{-6}M$ ADP（内皮依赖性的VSMC舒张），如果血管舒张>20%则说明内皮未能去除干净，则此血管不用于以下实验。

MCA血管环首先于室温25℃给予0.3g被动张力平衡40分钟，再用$5\mu M$ Fura-2AM (Teflabs, Austin, TX) 负载3-4小时，继而于38℃激活非特异性酯酶20min，根据测定Fura-2AM负载的细胞荧光强度比值($F_{340/380}$)便可测定$[Ca^{2+}]_i$。我们于38℃同时测定细胞Fura-2荧光强度比值($F_{340/380}$)和血管收缩张力。根据本研究室以往的研究及已发表文章，在组织中（如脑动脉），用细胞荧光强度比值($F_{340/380}$)直接反应$[Ca^{2+}]_i$的高低比将$F_{340/380}$换算成实际的$[Ca^{2+}]_i$要更直观，因此，以下所有实验中我们将收缩张力和荧光比值都标准化为Kmax（120mM KCl 所引起的最大收缩张力和细胞内钙测定的340nm与380nm荧光比值$F_{340/380}$）的百分比，即%Kmax来表示，用于定性描述$[Ca^{2+}]_i$变化。实验全程采用计算机采样记录（Dasylab Data Acquisition System）。

在研究K^+通道在PKC激活诱发的血管收缩中的作用时，所有血管环首先给予KCl（120mM）使MCA平滑肌细胞去极化，记录Kmax；接下来对照组血管施加PKC激动剂phorbol 12,13-dibutyrate（PDBu），实验组则分别采用各种K+通道的选择性激动剂或阻断剂孵育血管15min，再给予PKC激动剂PDBu(3×10^{-6}M)，测定血管张力和$[Ca^{2+}]_i$。为了避免不同K^+通道激动剂或阻断剂的相互影响，在每个测试血管上只施加一种药物。PDBu由二甲基亚砜（dimethyl sulfoxide，DMSO）溶解，DMSO在浴槽中的最大浓度≤0.1%，经测试此浓度DMSO本身对血管张力无显著影响。

所用主要溶液：常规血管孵育液为Na-HEPES，其组成为 NaCl（121.1mM），Hepes（10mM），KCL（5.16mM），MgSO4（2.4mM），EDTA（50μM），Dextrose（11.08mM），pH用1N NaOH调至7.36，使用前每升加入800μl 2M CaCl₂；120mM高钾溶液为K-HEPES，其组成为NaCl（5.6mM），Hepes（10mM），KCL（120mM），MgSO4（2.4mM），EDTA（50μM），Dextrose（11.08mM），pH用1N NaOH调至7.36，使用前每升加入800μl 2MCaCl₂。

四、药品

所选用的主要药品如下：PKC激动剂PDBu；PKC非特异性抑制剂Ro31-8220和Staurosporine；BK通道选择性抑制剂 iberintoxin（IbTX）；K_{ATP}通道选择性抑制剂 glibenclamide（Glib）；K_v通道抑制剂 4-aminopyridine（4-AP）；K_{IR}通道抑制剂 BaCl₂；L型Ca^{2+}通道选择性抑制剂nifedipine（Nif）。所用药物浓度依据实验室以往工作选用。在研究细胞外Ca^{2+}作用时，选用1mM EGTA螯和细胞外Ca^{2+}，使血管暴露于几近无钙浴液。MEK1和MEK2（MAP kinase kinase；MAPKK）特异性抑制剂U-0126；ROCK抑制剂Y-27632。除特别说明，所有药物均购自Sigma-Aldrich（St. Louis，MO）。

五、数据统计分析

实验数据用SPSS统计学软件包进行统计分析，用平均数±标准差表示。n代表各组实验所测试的血管环个数，与动物数量相对应。不同处理组之间的比较采用unpaired Student's t-test进行检验；多组之间比较采用单因素方差分析(one-way ANOVA)。显著性水平为$P < 0.05$，非常显著性水平为$P < 0.01$。

第三节 脑动脉平滑肌收缩PKC机制的早期功能发育

PKC对细胞生理功能的许多方面均有调控作用，包括生长分化，基因表达，膜活动等等。在脑血管上，PKC 对生理和病理状态下的血管张力也起着重要的调节作用。它不仅可以增加VSMC的钙离子敏感性，而且可以影响血管离子通道的功能。

众所周知，K^+通道对VSMC的收缩具有重要的调控作用。它可以通过改变VSMC的膜电位，从而影响电压门控的Ca^{2+}通道的活性、Ca^{2+}内流和$[Ca^{2+}]_i$，最终影响血管张力。在脑VSMC上，人们已经识别出四种K^+通道：BK、K_{ATP}、K_v、以及K_{IR}。这些通道的活性受到膜电位、$[Ca^{2+}]_i$、胞浆ATP浓度、蛋白激酶和磷酸化酶，以及第二信使的调控。PKC可以通过作用于不同的K^+通道，包括K_{ATP}、K_v和K_{IR}来调控血管收缩性。

在大多数SMC上，BK通道是最主要的功能性K^+通道。以往的实验已经证实在大脑中动脉（middle cerebral artery，MCA）上，BK和K_{ATP}在血管张力调节中起重要作用。据报道，在许多类型的VSMC上，PKC抑制BK通道；近年又有报道，在肺血管平滑肌上，PKC可以激活BK通道。在脑动脉，已知PKC可以诱发血管收缩；然而，在MCA平滑肌，PKC和K^+通道之间的关系及相互调制作用尚不清楚，在发育中的胎儿的脑动脉，相关研究更是空白。

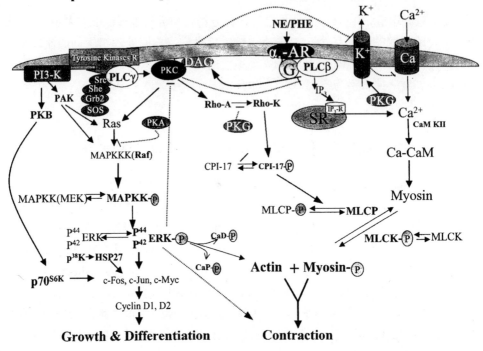

图5-5 血管平滑肌收缩的Ca²⁺依赖和Ca²⁺非依赖途径

以往研究表明，脑动脉对激动剂诱发的收缩表现出明显的血管特异性和年龄差异。血管平滑肌收缩力的产生除了$[Ca^{2+}]_i$外（Ca²⁺-dependent，Ca²⁺依赖的），还有一个重要因素即肌丝收缩成分的Ca²⁺敏感性（Ca²⁺-independent，Ca²⁺非依赖的），如图5-5。Ca²⁺依赖的粗肌丝调节途径来自MLCK活性与肌球蛋白轻链磷酸化酶（myosin light chain phosphatase，MLCP）的平衡。其中，MLCK受Ca²⁺-CaM复合物的激活，而MLCP受到RhoA和Rho激酶（ROCK）等一系列调节蛋白的调控，两种激酶共同调节MLC的磷酸化。另外，MAPK瀑布链中的组分通过调节信号转导，经由细肌丝调节血管收缩和舒张。在此瀑布链中，关键因素是细胞外信号调节激酶1/2（ERK1和ERK2，ERK1/2），其激活依赖于酪氨酸Try¹⁸⁵和苏氨酸Thr187的双重磷酸化。许多证据表明ERK在SMC收缩/舒张、细胞增殖分化中起重要作用。在许多类型的细胞上，激活PKC伴随着ERKs的激动。但是有关ERK、RhoA和ROCK在脑血管平滑肌PKC激活中的作用并不清楚，而且发育对这些调节途径的影响也尚待研究。

因此，我们选用成年绵羊和孕晚期的绵羊胎儿的大脑中动脉为研究对象，于离体状态下比较其平滑肌对PKC激动剂的反应，探讨四种K^+通道在PKC诱发平滑肌收缩作用中的作用；并比较MEK/ERK、RhoA和ROCK调节途径在成年和胎儿的发育差异。鉴于PKC在心脑血管发病中的重要作用，研究和比较成年及胎儿的脑血管的PKC作用机制不仅可以帮助我们更深入地了解两者之间存在的异同，而且有利于我们进一步理解和PKC相关的高血压和脑血管疾病的发病机制，为其预防和治疗提供基础实验依据。

一、KCl诱发的MCA收缩

在血管环上的每次实验，都需首先在MCA（成年及胎儿）上施加KCl (120mM)，记录血管收缩张力和的$[Ca^{2+}]_i$变化情况，如图5-6和表5-3。寻找最高值作为Kmax，以后实验所得数据均需换算成%Kmax来表示。实验发现，成年的成熟MCA比胎儿未成熟MCA的绝对收缩张力高，而$[Ca^{2+}]_i$增高程度恰好相反。

二、PKC激活诱发的MCA收缩

（一）PDBu的剂量-反应关系

PDBu在成年及胎儿MCA上均可引起血管缓慢而持续的收缩。于两个年龄组的MCA上施加不同浓度的PDBu(10^{-9}～10^{-6}M)，观察血管收缩张力的变化。如图5-7所示，成年MCA对PDBu的作用比胎儿更加敏感，且所致最大收缩张力亦比胎儿高。由于$3×10^{-6}$M的PDBu无论在成年还是在胎儿MCA均已接近最大反应，因此在下面的实验中我们选用$3×10^{-6}$M的PDBu。

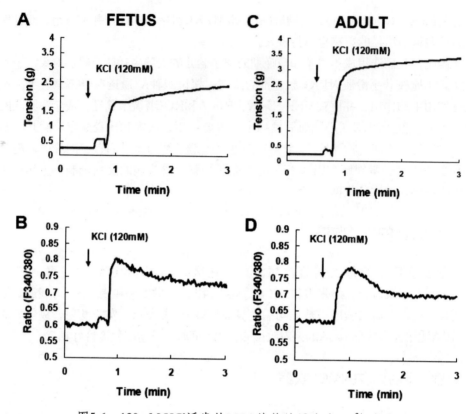

图5-6　120mM KCl诱发的MCA的收缩反应和[Ca^{2+}]$_i$变化

A，B：胎儿；C，D：成年；A，C：血管收缩张力变化；B，D：[Ca^{2+}]$_i$变化。

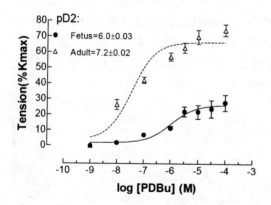

图5-7　PDBu诱发MCA的收缩反应剂量-反应曲线

纵坐标%Kmax表示PDBu诱发MCA收缩的最大张力标准化为120mMKCl引起的血管收缩最大张力的百分比。pD2为药物半量最大反应的平均有效浓度的负对数，主要反应血管对药物敏感性。

图5-8示3×10⁻⁶M的PDBu所诱发的MCA收缩反应的张力和$[Ca^{2+}]_i$变化情况。两组MCA收缩都在前20min上升比较迅速，但在40min左右达到稳定状态，即张力达到最大并持续在此水平。胎儿MCA，PDBu诱发的血管收缩最高达到～20% Kmax(n=12)，成年则为～55% Kmax(n=10)，而在整个PDBu 处理期间，$[Ca^{2+}]_i$不变或有轻微下降。如图5-8和表5-3所示。

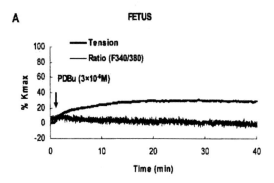

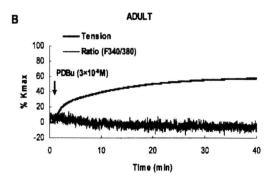

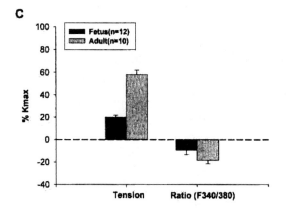

图5-8　PDBu (3×10⁻⁶M) 在MCA上诱发的血管收缩反应和$[Ca^{2+}]_i$变化

A和B分别示实际在线记录的PDBu (3×10⁻⁶M) 在胎儿(A)和成年(B)绵羊MCA上所诱发的血管反应及荧光比值($F_{340/380}$)。C，PDBu在绵羊胎儿和成年MCA上所诱发的平均血管收缩张力和$[Ca^{2+}]_i$变化。*P<0.01，与3×10⁻⁶M PDBu对比。

表5-3 不同处理组MCA血管张力和荧光比值的最大反应

	Fetus		Adult	
	Δ maximum tension (g)	Δ Maximum ratio $F_{340/380}$	Δ Maximum tension (g)	Δ Maximum ratio $F_{340/380}$
Kmax (120mM)	1.51±0.07 (12)	0.22±0.02	2.51±0.24 (10)	0.19±0.02
PDBu(3×10^{-6}M)	0.31±0.03 (12)	−0.02±0.01	1.64±0.05 (10)	−0.03±0.01
PDBu(3×10^{-6}M) as % K_{max}	20.16±1.56 (12)	−9.46±3.92	55.36±3.95 (10)	−18.44±3.19
IbTX (10^{-8}M)+PDBu	32.34±3.65 (6)*	12.27±2.14*	57.49±5.21 (5)	−18.27±2.82
IbTX(3×10^{-7}M)+ PDBu	73.08±6.21 (6)*	50.12±5.05*	51.54±5.28 (5)	−17.57±2.50
EGTA (1mM)+IbTX(3×10^{-7}M) +PDBu	17.91±1.52 (6)	−5.88±1.63	53.98±3.19 (3)	−9.56±3.63
Nifedipine (10^{-5}M) +IbTX(3×10^{-7}M)+PDBu	19.29±1.24 (3)	−11.13±2.10	56.48±3.98 (3)	−16.02±2.25
Gli (3×10^{-7})+PDBu	18.39±2.29 (7)	−9.96±3.51	52.28±5.64 (5)	−21.5±2.85
4-AP (10^{-3})+PDBu	21.34±2.68 (3)	−9.75±0.49	57.50±5.57 (3)	−19.53±1.88
BaCl$_2$ (10^{-5})+PDBu	18.93±2.16 (3)	−10.09±0.12	52.77±5.15 (3)	−18.68±1.19

在最大张力(Maximum tension)栏中的n值代表样本量，由于血管收缩性能和$[Ca^{2+}]_i$是同时测定的，因此此n值同样适用于最大荧光比值(Maximum ratio $F_{340/380}$)栏。Δ代表最大张力或最大荧光比值与基础水平相比的变化量；4-AP, 4-aminopyridine; Gli, glibenclamide; IbTX, iberiotoxin. *$P<0.01$，与3×10^{-6}M PDBu所致反应对比。

（二）PKC抑制剂对PDBu诱发MCA收缩的影响

为确定PDBu在MCA上所引起的收缩反应PKC激活导致的，我们分别选用PKC的非特异性抑制剂Ro31-8220（10^{-5}M）和Staurosporine（3×10^{-7}M）预处理MCA15min，再给予PDBu。结果发现，无论在胎儿还是成年绵羊MCA上，经过Ro31-8220或Staurosporine预处理后，PDBu诱发的MCA收缩完全消失，如图5-9。

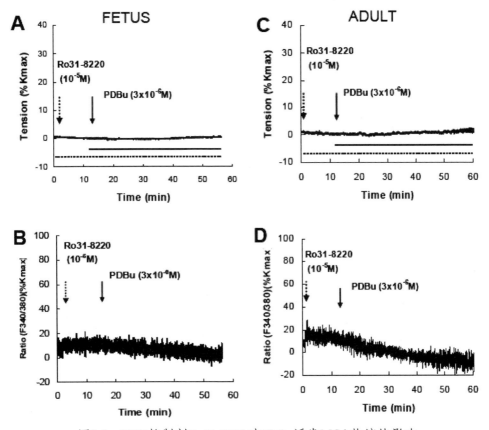

图5-9 PKC抑制剂Ro31-8220对PDBu诱发MCA收缩的影响

A，B：胎儿；C，D：成年；A，C：血管收缩张力变化；B，D：[Ca²⁺]ᵢ变化。

　　为确定PDBu在MCA上所引起的收缩反应是特异性的，且和PKC激活一致，我们还选用4α－PMA（3×10⁻⁶M）。其化学结构和PDBu相似，但不能象佛波醇酯一样激活PKC。常用做PDBu的一种阴性对照物。结果发现，无论在胎儿还是成年绵羊MCA上，4α－PMA均不能引起PDBu类似的血管收缩反应（每组n=3，图未示）。

三、BK通道在PKC激活诱发的MCA收缩反应中的作用

（一）BK通道阻断剂iberiotoxin对MCA收缩反应的剂量反应关系

为研究BK通道阻断对MCA基础张力和$[Ca^{2+}]_i$的影响，我们首先在两组脑动脉上观察了BK通道特异性阻断剂IbTX本身对血管作用的剂量反应关系，药物施加采取半对数剂量递增方式，浓度从$10^{-9}\sim10^{-6}$M。图5-10显示在胎儿MCA上，IbTX从3×10^{-8}M开始对血管张力和$[Ca^{2+}]_i$有显著增加；在成年MCA上，则从10^{-7}M开始有显著增强。

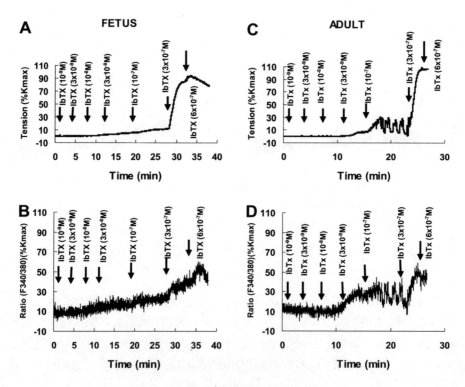

图5-10 BK通道特异性阻断剂

Iberiotoxin对MCA血管张力和$[Ca^{2+}]_i$作用的剂量反应关系

A，B：胎儿；C，D：成年；A，C：血管张力变化；B，D：荧光比值($F_{340/380}$)变化。

（二）IbTX阻断BK通道对PDBu诱发的血管收缩和[Ca²⁺]ᵢ变化的影响

为比较胎儿和成年绵羊MCA上由PDBu诱发的血管收缩和[Ca²⁺]ᵢ变化中BK通道的作用，我们进行了下列实验。先在浴槽中加入IbTX（10^{-8}M）孵育MCA 15min，再加入PDBu（3×10^{-6}M）。如图5-11A-D所示，无论在胎儿还是成年MCA，10^{-8}MIbTX对MCA的基础张力和[Ca²⁺]ᵢ均无显著影响。但是，在胎儿组，继10^{-8}MIbTX孵育之后，PDBu诱发的血管收缩在初始2~3min内迅速增高，峰值达到~32%K_{max}，我们称之为"PDBu诱发反应的瞬时相"（PDBu-induced transient）。2~3min后，此升高的血管张力迅速下降，但是在接下来的约40min内，"PDBu诱发反应的稳定相"（PDBu-induced steady state）血管张力达到~25%K_{max}（图5-11A）。[Ca²⁺]ᵢ变化与血管张力变化同步，在加入PDBu后，$F_{340/380}$荧光比值在初始2~3min内迅速增高，峰值达到~12%K_{max}，之后迅速下降，但后40min内，$F_{340/380}$荧光比值逐渐升高达到~10%Kmax（图5-11B）。在成年MCA，与PDBu单独作用相比，10^{-8}MIbTX对PDBu诱发的血管收缩和[Ca²⁺]i变化均无显著影响（图5-11C，D）。

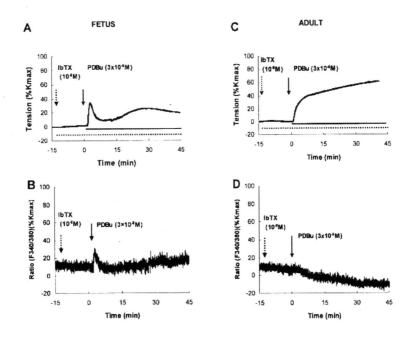

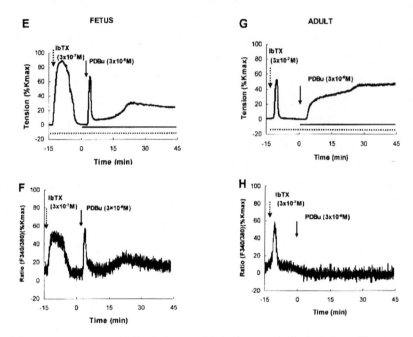

图5-11 Iberiotoxin 预处理对PDBu诱发的MCA血管张力和$[Ca^{2+}]_i$的影响

A, B, E, F: 胎儿；C, D, G, H: 成年；A, C, E, G: 血管张力变化；B, D, F, H: 荧光比值($F_{340/380}$)变化。A, B, C, D: IbTX (10^{-8}M)；E, F, G, H: IbTX (3×10^{-7}M)。

为比较不同剂量IbTX对PDBu诱发的血管收缩收缩反应的影响，我们以半对数递增浓度的IbTX（$10^{-9}\sim10^{-6}$M）重复以上实验。以IbTX（3×10^{-7}M）为代表，图5-11E-H描述了此高浓度IbTX预处理后的MCA反应，即在浴槽中加入IbTX（3×10^{-7}M）孵育MCA15min，再加入PDBu（3×10^{-6}M）。如图5-11E-H所示，在胎儿MCA，3×10^{-7}MIbTX使MCA张力显著升高达80%Kmax，之后在15min内回复至基础水平（图5-11E）；当加入PDBu后，引发了一个快速而短暂的张力升高，即上文所提到的"PDBu诱发反应的瞬时相"，峰值达到~70%K_{max}，再接下来是缓慢而持久的稳定态收缩，即"PDBu 诱发反应的稳定相"，血管张力达到~30%Kmax（图5-11E）。胎儿MCA的$[Ca^{2+}]_i$变化与血管张力变化同步，在加入PDBu后，$F_{340/380}$荧光比值迅速增高，峰值达到~55%K_{max}，之后快速下降至基础水平，但后40min内，$F_{340/380}$荧光比值逐渐升高达到~15%K_{max}（图5-11F）。在成年MCA，尽管3×10^{-7}M IbTX预处理本身使血管张力和$[Ca^{2+}]_i$显著升高，但是它对PDBu诱发的血管收缩和$[Ca^{2+}]_i$变化均无显著影响（图5-11G,H）（$P<0.05$）。

图5-12中总结了IbTX自身对绵羊胎儿和成年MCA的作用的剂量-反应关系，文中称作"IbTX-瞬时相"（IbTX-transient，图5-12A,B）；IbTX预处理后对PDBu诱发的血管张力和$[Ca^{2+}]_i$的影响，即PDBu诱发反应的瞬时相（图5-12C,D）和PDBu诱发反应的稳定相（图5-12E,F）。在IbTX-瞬时相，无论血管张力还是$[Ca^{2+}]_i$胎儿都比成年高，反应血管"敏感性"（sensitivity）的pD2值也是胎儿较高。PDBu诱发反应的瞬时相和稳定相，在胎儿MCA都有IbTX浓度依赖性，在成年则没有。

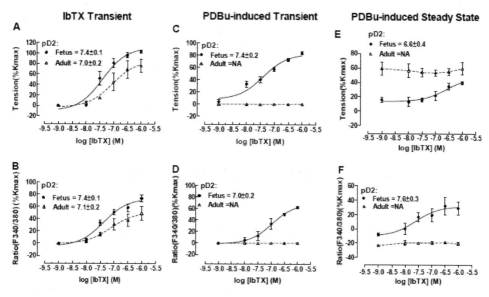

图5-12 Iberiotoxin对PDBu诱发的MCA血管张力和$[Ca^{2+}]_i$影响的剂量-反应关系

A，B；IbTX自身对绵羊胎儿和成年MCA血管张力(A)和$[Ca^{2+}]_i$(B)作用的剂量-反应关系，即"IbTX-瞬时相"；C，D：不同剂量IbTX预处理后PDBu诱发瞬时血管张力(C)和$[Ca^{2+}]_i$(D)，即"PDBu诱发反应的瞬时相"；E，F：不同剂量IbTX预处理后PDBu诱发稳定态血管张力(E)和$[Ca^{2+}]_i$(F)，即"PDBu诱发反应的稳定相"。$n=4$，NA：无关。

（三）胎儿MCA上PDBu诱发反应的瞬时相中[Ca^{2+}]$_i$的来源

如上所述，在IbTX预处理后，PDBu诱发的血管反应中出现了瞬时而显著的张力和[Ca^{2+}]$_i$增高。为确定此[Ca^{2+}]$_i$增高是由于外钙内流还是由内钙释放，我们在浴槽中加入1mM EGTA15min以螯合细胞外Ca^{2+}，使血管处于外钙几近为零状态，之后再加入3×10^{-7}M IbTX 孵育15min，最后加入PDBu。如图5-13A-D和表5-3所示，在此情况下，无论是胎儿还是成年MCA，血管张力和[Ca^{2+}]$_i$都只对IbTX的预处理本身有显著增高效应，而在之后的PDBu诱发反应的瞬时相完全消失。这说明胎儿此PDBu诱发反应的瞬时相[Ca^{2+}]$_i$增高是由于外钙内流引起的。那么，有多大程度上是由L型Ca^{2+}通道介导的钙内流呢？于是，我们先用选择性L型Ca^{2+}通道阻断剂nifedipine（10^{-5}M）孵育MCA15min，之后再加入3×10^{-7}MIbTX孵育15min，最后加入PDBu。经此处理后，在胎儿和成年MCA上，IbTX本身所引起的血管张力和[Ca^{2+}]$_i$升高都消失了。胎儿MCA上PDBu诱发反应的瞬时相也完全消失了（图5-13E-H）。

我们将上述在不同的处理方式下，胎儿和成年MCA的PDBu诱发反应的血管张力和[Ca^{2+}]$_i$在图5-14中进行汇总。很明显，两组反应存在很大的差异。

四、K$_{ATP}$通道在PKC激活诱发的MCA收缩反应中的作用

（一）K$_{ATP}$通道阻断剂glibenclamide对MCA收缩反应的剂量反应关系

为研究K$_{ATP}$通道阻断对MCA基础张力和[Ca^{2+}]$_i$的影响，同BK通道的研究方法，我们首先在两组脑动脉上观察KATP通道特异性阻断剂glibenclamide（Gli）本身对血管收缩作用的剂量反应关系，药物施加采取半对数剂量递增方式，浓度从10^{-9}～10^{-6}M。结果显示在胎儿和成年绵羊MCA上，Gli无论对血管张力还是[Ca^{2+}]$_i$均无显著影响（每组n=3，图未示）。

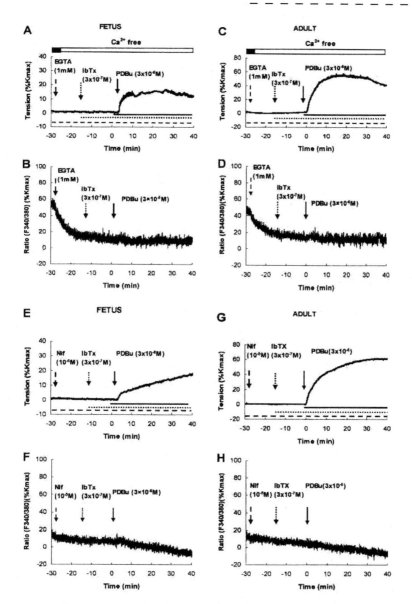

图5-13 细胞外Ca^{2+}为零或L型Ca^{2+}通道阻断对MCA iberiotoxin预处理后的PDBu诱发血管反应的影响

A，B，E，F：胎儿；C，D，G，H：成年；A，C，E，G：血管张力变化；B，D，F，H：荧光比值($F_{340/380}$)变化。A，B，C，D：EGTA (1mM) 预处理15min以螯合细胞外Ca^{2+}；E，F，G，H：Nif (10^{-5}M) 预处理15 min。Nif，nifedipine。

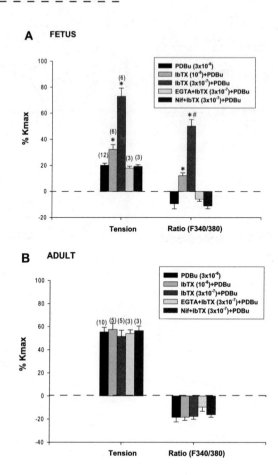

图5-14 不同处理方式下PDBu诱发的血管收缩张力和$[Ca^{2+}]_i$的平均峰值

A：胎儿；B：成年；$^*P<0.01$，与3×10^{-6}M PDBu所致反应对比。括号中的.值代表样本量，由于血管收缩性能和$[Ca^{2+}]_i$是同时测定的，因此此n值同样适用于最大荧光比值。EGTA，1mM；Nif，nifedipine（10^{-5}M）。

（二）Gli阻断K_{ATP}通道对PDBu诱发的血管收缩和$[Ca^{2+}]_i$变化的影响

为比较胎儿和成年绵羊MCA上由PDBu诱发的血管收缩和$[Ca^{2+}]_i$变化中K_{ATP}通道的作用，我们先在浴槽中加入Gli（3×10^{-7}M）孵育MCA15min，再加入PDBu（3×10^{-6}M）。如图5-15和表5-3所示，无论在胎儿还是成年MCA，Gli对MCA

的基础张力和$[Ca^{2+}]_i$均无显著影响。

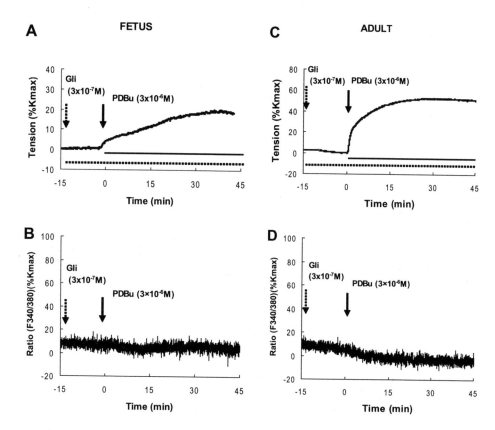

图5-15 Glibenclamide预处理对PDBu诱发的MCA血管张力和$[Ca^{2+}]_i$的影响

A，B：胎儿；C，D：成年；A，C：血管张力变化；B，D：荧光比值$(F_{340/380})$变化。

五、K_v通道在PKC激活诱发的MCA收缩反应中的作用

（一）K_v通道阻断剂4-AP对MCA收缩反应的剂量反应关系

首先在胎儿和成年脑动脉上观察K_v通道阻断剂4-aminopyridine（4-AP）本身对血管收缩作用的剂量反应关系，药物施加浓度从$10^{-8} \sim 10^{-2}$M。在胎儿和成年MCA上，4-AP在3×10^{-3}M浓度时对血管张力和$[Ca^{2+}]_i$仅有轻微的升高作用，但是

在10^{-2}M浓度时此作用显著增强，如图5-16。

（二）4-AP阻断K_v通道对PDBu诱发的血管收缩和$[Ca^{2+}]_i$变化的影响

为比较胎儿和成年绵羊MCA上由PDBu诱发的血管收缩和$[Ca^{2+}]_i$变化中K_v通道的作用，我们先在浴槽中加入4-AP(10^{-3}M) 孵育MCA15min，再加入PDBu（3×10^{-6}M）。如图5-17和表5-3所示，无论在胎儿还是成年MCA，4-AP对MCA的基础张力和$[Ca^{2+}]_i$均无显著影响。

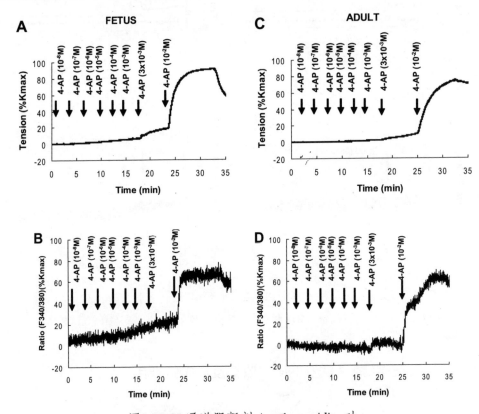

图5-16 K_v通道阻断剂 4-aminopyridine对

MCA血管张力和$[Ca^{2+}]_i$作用的剂量反应关系

A，B：胎儿；C，D：成年；A，C：血管张力变化；B，D：荧光比值（$F_{340/380}$）变化。
4-AP，4-aminopyridine。

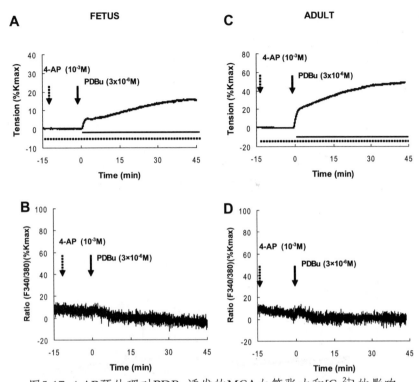

图5-17 4-AP预处理对PDBu诱发的MCA血管张力和$[Ca^{2+}]_i$的影响

A，B: 胎儿；C，D: 成年；A，C: 血管张力变化；B，D: 荧光比值$(F_{340/380})$变化。

六、K_{IR}通道在PKC激活诱发的MCA收缩反应中的作用

为比较胎儿和成年绵羊MCA上由PDBu诱发的血管收缩和$[Ca^{2+}]_i$变化中K_{IR}通道的作用，我们先在浴槽中加入$BaCl_2$（10^{-5}M）孵育MCA15min以抑制此通道，药物浓度选择参考本实验室以往研究。之后再加入PDBu（3×10^{-6}M）。如图5-18和表5-3所示，无论在胎儿还是成年MCA，$BaCl_2$对MCA的基础张力和$[Ca^{2+}]_i$均无显著影响。

七、ERK1/2抑制对PDBu诱发的血管收缩和$[Ca^{2+}]_i$变化的影响

为探讨MEK/ERK通路在PKC激动诱发的MCA收缩中的作用，并比较胎儿和成年的差异，我们选用了MEK1和MEK2（MAP kinase kinase；MAPKK）的特

异性抑制剂U-0126。对照组单独给予PDBu（3×10^{-6}M），实验组预先用U-0126（10^{-5}M）孵育MCA15min，再在U-0126存在情况下给予PDBu（3×10^{-6}M）。结果显示，在胎儿和成年MCA，U-0126显著抑制PDBu诱发的血管收缩，但是对$[Ca^{2+}]_i$并无影响，如图5-19。

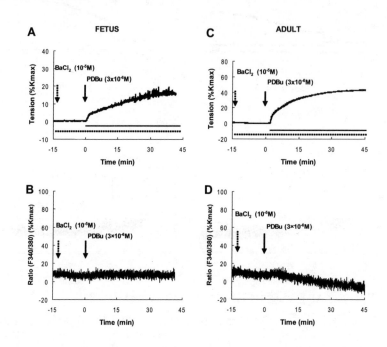

图5-18 BaCl$_2$预处理对PDBu诱发的MCA血管张力和$[Ca^{2+}]_i$的影响

A，B：胎儿；C，D：成年；A，C：血管张力变化；B，D：荧光比值($F_{340/380}$)变化。

八、ROCK在PKC激活诱发的MCA收缩反应中的作用

为探讨RhoA/ROCK通路在PKC激动诱发的MCA收缩中的作用，并比较胎儿和成年的差异，我们选用了ROCK抑制剂Y-27632。对照组单独给予PDBu（3×10^{-6}M），实验组预先用Y-27632（3×10^{-7}M）孵育MCA15min，再在Y-27632存在情况下给予PDBu（3×10^{-6}M）。结果显示，在胎儿MCA，Y-27632显著抑制PDBu诱发的血管收缩，然而在成年MCA，Y-27632对血管收缩并无显著影响。两组Y-27632对$[Ca^{2+}]_i$无显著影响，如图5-20。

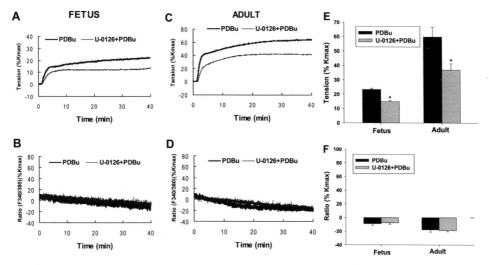

图5-19 U-0126对PDBu诱发的MCA血管张力和$[Ca^{2+}]_i$的影响

A，B：胎儿U-0126对PDBu诱发的MCA血管张力（A）和$[Ca^{2+}]_i$（B）的影响；C，D：成年U-0126对PDBu诱发的MCA血管张力（C）和$[Ca^{2+}]_i$（D）的影响；E，F：胎儿和成年MCA上U-0126对PDBu诱发的血管张力和$[Ca^{2+}]_i$的影响。U-0126，$10^{-5}M$；PDBu，$3\times10^{-6}M$。*P< 0.01，与PDBu所致反应对比。

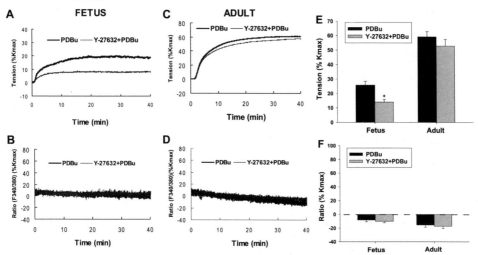

图5-20 Y-27632对PDBu诱发的MCA血管张力和$[Ca^{2+}]_i$的影响

A，B：胎儿Y-27632对PDBu诱发的MCA血管张力（A）和$[Ca^{2+}]_i$（B）的影响；C，D：成年Y-27632对PDBu诱发的MCA血管张力（C）和$[Ca^{2+}]_i$（D）的影响；E，F：胎儿和成年MCA上Y-27632对PDBu诱发的血管张力和$[Ca^{2+}]_i$的影响。Y-27632，$3\times10^{-7}M$；PDBu，$3\times10^{-6}M$。*P< 0.01，与PDBu所致反应对比。

九、分析与讨论

在本部分研究中，主要有以下几点值得注意的新发现。首先，在胎儿和成年MCA上，PDBu 引起的PKC激活可以显著增高血管张力，但是对$[Ca^{2+}]_i$ 无显著影响；第二，在胎儿MCA上，选择性BK通道阻断剂IbTX可以剂量依赖性地增强PDBu诱发的血管收缩并升高$[Ca^{2+}]_i$，但是在成年MCA，IbTX无此作用；第三，在胎儿MCA上，去除细胞外钙或使用L型Ca^{2+}通道阻断剂可以使IbTX诱发的PDBu瞬时相完全消失；第四，无论在胎儿还是成年组，K_{ATP}通道阻断剂glibenclamide（$3\times10^{-7}M$），K_v通道阻断剂4-AP（$10^{-3}M$），K_{IR}通道阻断剂$BaCl_2$（$10^{-5}M$）对PKC激活诱发的血管张力或$[Ca^{2+}]_i$变化无显著影响；第五，在两年龄组MCA，U-0126均能显著抑制PDBu诱发的血管收缩，但是对$[Ca^{2+}]_i$并无影响；第六，在两年龄组MCA，Y-27632不影响PDBu诱发的$[Ca^{2+}]_i$变化，但能显著抑制胎儿PDBu诱发的血管收缩，对成年则无此作用。上述结果提示，在胎儿MCA上，BK通道在PKC激活（PDBu诱发的）所导致的血管收缩反应中起重要作用，而在成年则完全不同。而在此PKC激活所致的血管收缩反应中，另外三种K^+通道（K_{ATP}，K_v和K_{IR}）无论在胎儿还是成年都无显著作用。本部分的研究工作虽然还不能揭示在未成熟和成熟MCA上PKC激活和BK通道之间究竟存在怎样的生理调节机制，但是鉴于胎儿BK通道选择性阻断不仅可以使PDBu诱发的血管收缩反应增强，而且使原本不增高的$[Ca^{2+}]_i$增高，我们推测在未成熟的脑动脉，PKC激活很可能激动BK通道，从而抑制L型Ca^{2+}通道的开放，阻止Ca^{2+}内流，因此抑制了$[Ca^{2+}]_i$的升高，参与了Ca^{2+}非依赖性的血管平滑肌收缩，这可能是一种新的血管调节机制。随着血管的发育成熟，此调节作用消失。另外，MEK/ERK信号转导通路在胎儿PKC激动诱发的MCA反应中均起到重要的调节作用，但是RhoA/ROCK信号转导通路仅在胎儿未成熟MCA起到调节作用。以上现象提示，脑动脉平滑肌的PKC收缩机制及信号调节途径存在发育上的差异。

（一）高浓度KCl诱发的MCA收缩和$[Ca^{2+}]_i$变化

VSMC收缩总体可以分为电机械耦联和药学机械耦联。电机械耦联指的是可兴奋平滑肌细胞固有的膜电位与收缩性二者之间的关系。药学机械耦联与之不同，它涉及的是膜受体激活引起的第二信使信号转导，收缩蛋白磷酸化，从而引起收缩性的改变。因而此耦联对平滑肌细胞的各种类型受体及第二信使系统呈高度特异性。

总的来说，是通过Ca^{2+}依赖的与Ca^{2+}非依赖的两种机制起作用的。电机械耦联中最重要的成分是L型Ca^{2+}通道，该通道的电导具有电压依赖性，直接将膜电位与Ca^{2+}内流联系起来。许多血管，包括脑动脉，由于它们的肌质网少且不发达，所以通过L型Ca^{2+}通道的Ca^{2+}内流是收缩Ca^{2+}的主要来源。不成熟的脑动脉尤其如此。它们的收缩几乎全部依赖于Ca^{2+}经$L-Ca^{2+}$通道的内流。评价电机械耦联的一个常用方法是检测细胞外高浓度K^+产生的收缩，细胞外高K^+使跨膜K^+梯度消失，细胞去极化，增加了Ca^{2+}通过L型Ca^+通道的流入。我们在实验中发现（图5-6），相同长度（2mm）的MCA在相同的被动张力（0.3g）下，成年的成熟MCA比胎儿未成熟MCA的绝对收缩张力高（成年为$2.51\pm0.24g$，胎儿为$1.51\pm0.07g$）；但是$[Ca^{2+}]_i$恰好相反（成年绝对$F_{340/380}$变化为0.19 ± 0.02，胎儿为0.22 ± 0.02）。这说明未成熟脑动脉对细胞外Ca^{2+}的依赖性显著大于成熟脑动脉。

（二）PDBu诱发的MCA收缩和$[Ca^{2+}]_i$变化

PKC是一种磷脂依赖性的丝氨酸/苏氨酸蛋白激酶，它存在于所有的动物细胞当中，包括血管平滑肌。PKC机制是血管平滑肌功能调节中的重要的信号转导通路之一。以往的研究表明，PKC对血管的收缩性能具有双重作用。其一，PKC可以通过负反馈效应抑制PLC，从而减弱激动剂引起的IP_3生成和$[Ca^{2+}]_i$的升高，进而抑制血管收缩。其二，PKC激活本身能诱发血管收缩，此收缩缓慢而持续，并且是$[Ca^{2+}]_i$非依赖性的，提示收缩成分的Ca^{2+}敏感性增加。PKC也可以调节血管平滑肌对α-肾上腺素能和其他激动剂的Ca^{2+}敏感性。

本研究室以往的工作曾选用佛波醇酯，例如PDBu来研究PKC激动对血管平滑肌收缩功能的调节作用。佛波醇酯可以替代DAG去激活PKC。在正常的基础$[Ca^{2+}]_i$水平，内源性的DAG可以通过增加酶与Ca^{2+}和磷脂酰丝氨酸的亲和力来活化PKC。本研究中，在胎儿和成年组，PDBu都能显著增加脑动脉收缩性，此结果与以往研究一致。在胎儿和成年MCA，PDBu（3×10^{-6}M）引起的MCA收缩张力峰值分别达到~20%Kmax和~55%Kmax。为确保PDBu的效应是PKC激动引起的，我们选用了PKC的抑制剂Ro31-8220，它作用于催化区的抑制剂和ATP竞争结合ATP结合位点，因此无明显的亚型选择性。结果Ro31-8220（10^{-5}M）完全抑制了胎儿和成年MCA上由PDBu引起的MCA收缩。另外，4α-PMA是PDBu的同源类似物，但不能象佛波醇酯一样激活PKC，常用做PDBu的阴性对照物。结果发现它对MCA张力无影响，这两个实验说明PDBu的效应是PKC激动引起的，而不是非特异性反应。

本研究发现，在胎儿和成年两组的MCA上，PDBu对$[Ca^{2+}]_i$不但没有升高作用反而使其有所下降。曾有报道，在许多类型的细胞上，PKC激活可以刺激Ca^{2+}外排。例如，在培养的A7r5（一种平滑肌细胞株）细胞上，PDBu可以通过激活质膜钙泵使胞浆游离Ca^{2+}下降。我们的实验现象也证实了PDBu具有加速Ca^{2+}外排的作用。鉴于在胎儿和成年脑动脉上，PDBu均引起了显著的血管收缩，但是$[Ca^{2+}]_i$不升高，这说明PKC能增加肌丝Ca^{2+}敏感性。

（三）BK通道在PKC激活诱发的MCA收缩和$[Ca^{2+}]_i$变化中的作用

K^+通道活性是静息膜电位的主要决定因素。当K^+通道激活时，K^+外流，导致膜超级化，从而抑制L型Ca^{2+}通道，降低Ca^{2+}内流和$[Ca^{2+}]_i$，促进血管舒张。在许多类型的细胞上，包括脑动脉平滑肌细胞，有关PKC和K^+通道的研究越来越多。如前所述，SMC上的四种不同类型的K^+通道在膜电位的调节中各司其职。尽管在不同的血管床，各种类型的K^+通道密度不同，但是在大多数动脉血管，BK通道是主要的K^+通道类型。在不同类型的平滑肌，BK通道分布广泛，通过膜的超级化作用而间接抑制血管收缩。BK通道在$[Ca^{2+}]_i$为微摩尔级时即可被激活，其激动剂有NS-1619，抑制剂有charybdotoxin，IbTX和TEA（tetraethylammonium）。BK通道的生物物理学特征为大电导（150～200pS），其激活为Ca^{2+}和电压双重依赖性。由于大电导和高密度，BK通道在膜电位的调节中起到关键作用，并且提供了一种重要的复极化和负反馈调节机制。BK通道的阻断会使膜去极化继而引起血管收缩，其激活也可以介导血管平滑肌的舒张。某些刺激可引起该通道的开放，包括受体介导的激动剂，cAMP增高，cGMP增高，NO增加，细胞内Ca^{2+}增加，也被反应活性氧（reactive oxygen species，ROS）激活（包括过氧化氢），此时L型Ca^{2+}通道受抑制，Ca^{2+}流入减少，血管舒张。

许多蛋白激酶也对BK通道具有调节作用。纵观以往报道，总的来说，PKC对SMC的BK通道主要起抑制作用，而cAMP依赖的蛋白激酶A（protein kinase A，PKA）和cGMP依赖的蛋白激酶G（protein kinase G，PKG）对BK通道主要起激动作用。尽管许多研究都观察了PKC和BK通道的相互调节作用，但是在脑动脉平滑肌上，PKC和BK通道之间的关系还不清楚。在冠状动脉平滑肌上，有报道PKC可以阻断BK通道的激活。在大鼠尾动脉SMC和培养的大鼠肠系膜动脉SMC上，PKC也可以抑制BK通道。然而，近期研究表明，在肺动脉上，PKC可以激动BK通道从而减弱肺血管收缩性。本实验中，我们发现单独给MCA高度选择性的BK通道抑制剂IbTX可引起血管收缩和$[Ca^{2+}]_i$增高，提示BK通道在基础条件下被激活，它在维持正常的脑血管张力中起关键性作用。

如图5-12A，B所示从IbTX-瞬时反应的剂量反应关系可以看出，此反应的最大张力和$[Ca^{2+}]_i$在胎儿比成年明显要高。这提示BK通道在胎儿MCA上要比成年活性更高，这和以前有关基底动脉的研究结果一致。pD2是反应组织"敏感性"的指标，在胎儿亦比成年高。由于BK通道的β亚单位能够增加通道与IbTX结合的敏感性，这提示在胎儿MCA上β／α比成年要高。以往研究表明，胎儿的基底动脉肌细胞的静息膜电位比成年更加趋于去极化，因而也更容易激活L型Ca^{2+}通道，这也许可以解释为什么在胎儿 MCA上BK通道对IbTX的敏感性高。还有一种可能是胎儿MCA上的L型Ca^{2+}通道比成年要多，这在以往的实验中已经有所证实。

在脑动脉和其他血管平滑肌，PKC可以直接或间接作用于L型Ca^{2+}通道，间接作用即PKC通过抑制BK通道，使膜去极化至L型Ca^{2+}通道开放的阈电位，从而激动L型Ca^{2+}通道，进而增加Ca^{2+}内流。然而，在本实验中我们所观察到的是在两组MCA上，由PDBu引起的PKC激活对VSMC的$[Ca^{2+}]_i$均无增高作用。在胎儿MCA，继10^{-8}MIbTX预处理后，PDBu诱发反应的有一瞬时张力显著增高和$F_{340/380}$荧光比值的增加。此结果提示在胎儿MCA上PDBu诱发的脑血管收缩反应中，BK通道起到重要作用。一旦BK通道被阻断，PDBu诱发血管反应（张力和$[Ca^{2+}]_i$）则出现一快速显著增高相。这也提示我们在未发育成熟的MCA上PDBu可能能通过某种方式增加BK通道活性。当BK通道被特异性阻断剂抑制时，K^+外流减少，导致细胞膜去极化，进而增加L型Ca^{2+}通道的开放概率，因此Ca^{2+}内流增加，继而诱发内质网Ca^{2+}释放，$[Ca^{2+}]_i$显著增高，血管收缩力增强。

如图5-11和5-12所示，在胎儿MCA上IbTX预处理对DBu诱发的瞬时相的血管反应为浓度依赖性的。而且，IbTX本身引起的血管张力增加和$[Ca^{2+}]_i$增高（IbTX-瞬时相）以及IbTX预处理后PDBu诱发反应的瞬时相血管张力增加和$[Ca^{2+}]_i$增高都会因外钙去除或L型Ca^{2+}通道阻断剂的使用而消失。此实验现象提示增高的$[Ca^{2+}]_i$是源于外钙内流，并且是通过电压依赖的L型Ca^{2+}通道流入胞内的。值得注意的是，尽管BK通道在胎儿MCA的PDBu诱发反应中起着重要作用，但是在成年MCA上则并非如此。BK通道的阻断并不能引起PDBu诱发血管反应的改变。尽管目前我们还没有实验证据去阐明其确切的机制，但是我们可以根据前人的研究成果推测其中可能原因如下：

1. 随发育而产生的BK通道特性改变？

对上述实验现象的解释之一是随发育而产生的BK通道特性改变。例如，以往在胎儿基底动脉平滑肌细胞上的研究发现，胎儿BK通道活性比成年大得多。其特点是胎儿BK通道的Ca^{2+}调定点（Ca^{2+} set point, Ca0）较低，它对Ca^{2+}的亲和力更大，这使得胎儿基底动脉平滑肌细胞对细胞内较小的$[Ca^{2+}]_i$变化即可产生反应。这其实对于胎儿来说是一种控制膜电位的保护机制。进一步研究发现，随发育而出现的Ca0改变是由于BK通道不同水平的磷酸化作用。在胎儿脑动脉上，BK通道耦联的PKG活性比成年要高三倍；而BK通道耦联的PKA活性则相反，成年要比胎儿高三倍。

近期在肺动脉平滑肌细胞上的研究发现，PKC激活BK通道需通过PKG，而非PKA，提示在肺动脉血管平滑肌上存在着一种独特的血管舒张信号转导机制。在我们的实验中，如果PKC激活引起的BK通道激动也象肺动脉一样是通过PKG相关的通道磷酸化作用的话，那么胎儿脑动脉SMC的BK通道耦联的PKG水平及相应的磷酸化作用比成年高，也就可以解释为什么PKC激活引起BK通道激动只发生在胎儿，而不在成年。因此，一方面，PKC激活在胎儿脑动脉通过增加肌丝Ca^{2+}敏感性（Ca^{2+}非依赖性通路）引起血管收缩；另一方面，PKC可以激活BK通道，抑制细胞外Ca^{2+}通过L型Ca^{2+}通道内流，从而使$[Ca^{2+}]_i$并不升高。同时，PKC诱发的BK通道激活实际也易化了血管舒张。PKC在脑动脉上引起的相互竞争的双重作用（图5-21）也可以解释最后的血管张力变化，即在胎儿MCA上PDBu诱发的血管张力只达到~20%Kmax，而在成年则达到~55%Kmax。我们推测PKC激动同时引起的BK通道激活在胎儿比成年要高，因此血管的舒张作用也大，抵消了更多的PKC激动引起的Ca^{2+}非依赖性的血管收缩作用。当IbTX阻断BK之后，由于，细胞膜去极化，加之激动PKC本身可以激活电压门控Ca^{2+}通道(Ca_v)，因此引起快速Ca^{2+}内流，出现PDBu瞬时相。在成年并无此反应，一方面与其膜电位低且Ca_v少有关，另一方面也许与PDBu在不同年龄组激活的PKC亚型不同有关。但是，这只是我们的推测，还需要进一步的实验依据去证实。

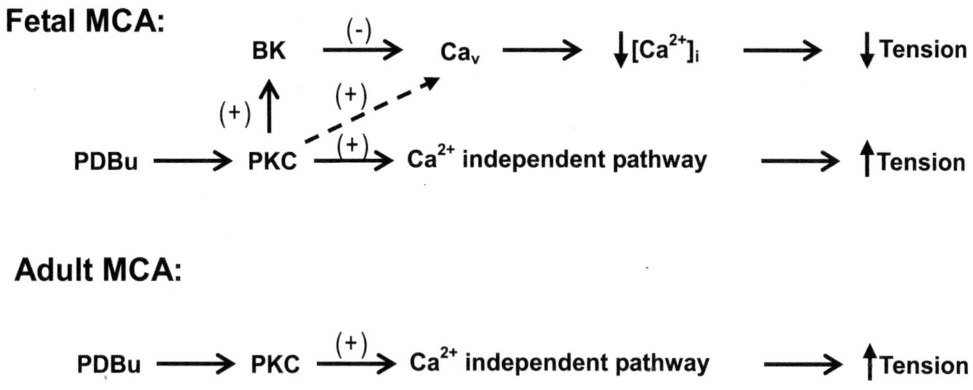

Fetal MCA:

$$BK \xrightarrow{(-)} Ca_v \longrightarrow \downarrow[Ca^{2+}]_i \longrightarrow \downarrow Tension$$

(+) ↑   (+) ⤴

$$PDBu \longrightarrow PKC \xrightarrow{(+)} Ca^{2+}\ independent\ pathway \longrightarrow \uparrow Tension$$

Adult MCA:

$$PDBu \longrightarrow PKC \xrightarrow{(+)} Ca^{2+}\ independent\ pathway \longrightarrow \uparrow Tension$$

图5-21 胎儿和成年MCA上PDBu诱发反应通路的可能机制对比

如文中描述，成年MCA上PDBu激动PKC增加血管张力是通过Ca^{2+}非依赖性途径。而在胎儿MCA，PDBu激动PKC能激动BK通道从而抑制电压门控Ca^{2+}通道(Ca_v)，降低$[Ca^{2+}]_i$和血管张力，同时也刺激Ca^{2+}非依赖性途径增加血管收缩。

2. 胎儿和成年脑 MCA上PKC激活作用中可能涉及了不同的亚型？

PKC亚型及/或PKC下游通路在发育上存在的差异也可能是PKC对BK通道活动的影响在胎儿和成年不同的原因。PKC属肌醇磷脂依赖性丝/苏氨酸激酶家族，包括至少12种亚型，根据分子结构和功能的不同分为3类：(1) 典型PKC (classical PKC)，包括PKCα、PKCβI、 PKCβII和PKCγ 4种亚型，都是Ca^{2+}依赖性的，可被Ca^{2+}、磷脂酰丝氨酸(PS)、DAG和佛波酯所激活；(2) 新PKC (new PKC)，包括PKCδ、PKCε、PKCη和PKCθ，可被PS、DG和佛波酯所激活，但不需要Ca^{2+}；(3) 非典型PKC (atypical PKC)，包括PKCζ、PKCι、PKCλ和PKCμ，都是Ca^{2+}非依赖性的，对DAG也不敏感，仅被PS激活。在血管平滑肌上，许多PKC亚型都有表达，例如α，β，ε，ζ和δ，这主要取决于血管种类及血管的年龄。据我们所知，仅有两篇文献报道PDBu在血管平滑肌上激动的PKC亚型，一为在肠系膜动脉上的研究表明它可以激动PKCα和δ亚型；另一为在冠状动脉上的研究表明它可以激动PKCδ和ε亚型。

在以往的研究中，本实验室测定了PKCε在胎儿和成年脑动脉的表达量，发现PKCε在胎儿的表达量显著低于成年。而且，脑动脉收缩的PKC通路在胎儿和成年也存在许多差异。我们也做了一些预实验，发现特异性的PKCε阻断剂，myristoyl–tagged ε–PKC V1–2 inhibitory peptide $(3 \times 10^{-5}M)$在成年可以抑制

>50%的PDBu诱发的MCA收缩，而在胎儿只可以抑制>25%收缩（每组$n=4$）。这也许是因为在胎儿脑血管上PKC ε的量较低。目前，我们还没有直接的证据说明随着发育PKC亚型/通路怎样影响PKC对BK通道的作用。只是，不能排除随着血管发育，PKC亚型/通路的差异可能是调节BK通道活性的机制之一。

（四）K_{ATP}通道在PKC激活诱发MCA收缩和$[Ca^{2+}]_i$变化中的作用

K_{ATP}可以被细胞内的ATP所抑制。ATP和通道分离导致通道激活，继而膜超极化。另外，其他因素包括cAMP增高，缺氧(PO_2降低)，和细胞内ATP浓度下降也可以开放通道产生血管舒张。当此通道开放，K^+外流，细胞膜超级化，导致电压门控的Ca^{2+}通道开放，降低细胞内Ca^{2+}水平，从而引起细胞舒张。此通道的激动剂有cromakalim和aprikalim；拮抗剂为glibenclamide等。本实验，运用选择性K_{ATP}抑制剂glibenclamide，不能改变MCA的张力和荧光比值，说明此通道在脑循环中不影响静息张力。此结果与以往在基底动脉和脑细动脉上的结果一致。以往实验证实PKC激活可以抑制K_{ATP}通道，我们用glibenclamide阻断K_{ATP}通道，再给PDBu，在胎儿和成年组都不能改变PDBu诱发的脑动脉张力和$[Ca^{2+}]_i$（图5-15）。此结果表明K_{ATP}通道在PDBu激活PKC诱发的MCA反应中不被激活。

（五）K_v通道在PKC激活诱发的MCA收缩和$[Ca^{2+}]_i$变化中的作用

K_v又称延迟整流K^+通道。当膜充分去极化时，K_v通道的开放允许K^+流出，使膜复极化。和BK通道一样，K_v通道为电压依赖性的K^+通道，为负反馈系统，可以调节血管张力。它被4-AP选择性抑制（此药物常用作区分K_v通道和K_{Ca}通道），也可以被铯离子（Cs^+），高浓度的TEA或glibenclamide抑制。K_v通道在脑循环中的生理意义至今尚不清楚，但是它在pH降低的情况下载流量增加，因此也许在酸中毒和/或高碳酸血症中起作用。在本研究中，运用高浓度Kv通道抑制剂4-AP时，产生强烈的缩血管和升高$[Ca^{2+}]_i$的作用（图5-16），提示此通道在基础状态下对调节细胞膜电位和血管张力起到关键的作用。一些研究已证实PKC激活可以抑制K_v通道，因而PKC对K_v通道的调节通常也被认为是激动剂诱发的血管收缩的一种机制。但是，在本实验中，4-AP预处理不能改变PDBu诱发的脑动脉张力和$[Ca^{2+}]_i$，K_v通道在PDBu激活PKC诱发的MCA反应中也不被激活。

（六）K$_{IR}$通道在PKC激活诱发的MCA收缩和[Ca^{2+}]$_i$变化中的作用

与BK和K$_v$通道不同，KIR在膜超极化时介导K$^+$内流。尽管人们对KIR通道了解还不多，但是目前知道它正常时为外向超级化电流，在保持细胞膜静息电位中起重要作用。KIR通道对细胞外钡离子（Ba^{2+}）很敏感，较低浓度的细胞外Ba^{2+}就可以选择性抑制KIR通道。虽然高浓度Ba^{2+}对其他K$^+$通道也有抑制作用，但是对KIR所需浓度低得多。

以往研究证实PKC对血管的作用可能部分归因于K$_{IR}$通道的抑制作用。另外，在体基底动脉研究发现PKC可以通过激活K$_{IR}$和KA$_{TP}$通道抑制血管舒张反应。本实验中，在胎儿和成年MCA上，10^{-5}MBaCl$_2$对PDBu诱发的脑动脉张力和[Ca^{2+}]$_i$均无显著影响，说明KIR通道在PKC激活诱发的脑动脉收缩反应中并不被激活。

（七）MEK/ERK在PKC激活诱发的MCA收缩反应中的作用

平滑肌α-肌动蛋白（α-actin）和肌球蛋白重链（myosin heavy chain，MHC）是收缩马达的主要成分，而其肌球蛋白轻链（MLC）的磷酸化/去磷酸化在平滑肌的收缩调节中起重要作用。如前言所述，收缩兴奋剂除对[Ca^{2+}]$_i$的作用外，还可增加VSMC收缩的Ca^{2+}敏感性。平滑肌细胞中存在两种Ca^{2+}敏感性调节机制。一种是MLC磷酸化依赖性调节机制：在[Ca^{2+}]$_i$恒定时，通过调节MLCK和MLCP活性间的平衡来调节Ca^{2+}敏感性，该途径不影响张力和磷酸化水平间的相关性。另一种是非MLC磷酸化依赖性调节机制，如CaD或CaP或热激蛋白调节机制。在这种情况下，张力和MLCK磷酸化间的关联性发生改变。

在平滑肌中不含肌钙蛋白，平滑肌特异性蛋白如钙调结合蛋白（CaD）具有类似与肌钙蛋白的功能：调节肌动球蛋白的活性。其机制为：在细胞松弛条件下，CaD与肌动蛋白结合，抑制肌球蛋白结合。CaD磷酸化可降低CaD与肌动蛋白的相互作用，从而逆转肌球蛋白ATP酶活性的抑制作用，进而调节平滑肌的收缩性。肌钙样蛋白（CaP）作为另一种收缩调节蛋白，它也可以与肌动蛋白结合，其结合也可阻碍肌动蛋白和肌球蛋白的结合，所以CaP也可抑制ATP酶活性，从而抑制平滑肌收缩。当CaP丝氨酸-175和苏氨酸-184被磷酸化后，它仍能与原肌球蛋白和钙调结合蛋白结合，但与肌动蛋白的亲和性明显降低，也失去了对ATP酶的抑制作用，有利于平滑肌的收缩。这两种收缩调节蛋白均可以受到PKC的磷酸化调节。PKC经由MAPK通路活化ERK可以使CaD和CaP磷酸化，从而增强血管平滑肌的收缩,如图5-1。在这部分实验中,我们探讨了脑动脉不同发育阶段,PKC激活导致的脑动脉收缩中丝裂原活化蛋白激酶(MAPK)的作用。

MAPK是细胞内的一类丝氨酸/苏氨酸蛋白激酶。研究证实,MAPK信号转导通路存在于大多数细胞内,在将细胞外刺激信号转导至细胞及其核内,并引起细胞生物学反应(如细胞增殖、分化、转化及凋亡等)的过程中具有至关重要的作用。研究表明,MAPK信号转导通路在细胞内具有生物进化的高度保守性。在哺乳类细胞目前已发现存在着下述三条并行的MAPK信号通路:ERK (extracellular signal-regulated kinase)信号通路;JNK/SAPK通路;p38MAPK通路。ERK是1986年由Sturgill等人首先报告的MAPK亚类;c-Jun氨基末端激酶(c-Jun N-terminal kinase, JNK)又被称为应激活化蛋白激酶(stress-activated protein kinase, SAPK),是哺乳类细胞中MAPK的另一亚类。p38MAPK也是MAPKs的亚类之一,其性质与JNK相似,同属应激激活的蛋白激酶。

MAPK通路的基本模式为:刺激输入→MAPK激酶激酶(MAPKKK或MKKK或MEKK)→MAPK激酶(MAPKK或MKK或MEK)→MAPK→输出信号。MAPK是信号从细胞表面到核内的重要转递者。MAPK的主要底物包括转录因子、胞质蛋白质、细胞骨架、蛋白激酶和磷脂酶。

在三条并行的MAPK信号通路中,与ERK相关的细胞内信号转导途径被认为是经典MAPK信号转导途径,目前对其激活过程及生物学意义已有了较深入的认识。ERK的MAPK有5种,其中ERK1和ERK2 (ERK1/2)研究得最为透彻,为细胞内主要的MAPK。ERK1/2为双特异性蛋白激酶,通过两个残基的磷酸化而被激活(Ser或Thr)。研究证实,受体酪氨酸激酶、G蛋白耦联的受体和部分细胞因子受体均可激活ERK信号转导途径。在丝裂原刺激后,ERKs接受上游的级联反应信号 (MAPKKK, MAPKK),可以转位进入细胞核。因此,ERKs不仅可以磷酸化胞浆蛋白,而且可以磷酸化一些核内的转录因子如c-fos、c-Jun、Elk-1、c-myc和ATF2等,从而参与细胞增殖与分化的调控。另外,ERK还可以磷酸化ERKs通路的上游蛋白如NGF受体、SOS、Raf-1、MEK等,进而对该通路进行自身的负反馈调节。还有研究发现,ERKs可磷酸化胞浆内的细胞骨架成份,如微管相关蛋白MAP-1、MAP-2和MAP-4,参与细胞形态的调节及细胞骨架的重分布。

ERK在血管的收缩舒张反应中起着重要的调节作用。在许多类型的细胞上,激活PKC伴随着ERKs的激动。PKC-ERK是重要的血管收缩调节途径。本研究发现,不论在胎儿还是成年MCA,MEK (MAPKK)的特异性阻断剂U-1206均可以显著抑制PKC激动诱发的血管平滑肌收缩反应,抑制率分别为34.8%(胎儿)

和38.3%（成年），对[Ca^{2+}]$_i$无显著影响。另外，本组同事Mittal等采用蛋白免疫印迹分析方法证实，PDBu预处理脑动脉，在胎儿和成年均不仅可以导致磷酸化的MLC20免疫活性显著增强，也可以导致磷酸化的ERK1和ERK2（p-ERK1，p-ERK2）免疫活性显著增加，在10min时达到最强。其上游调节因子MEK1/2的表达也显著增强，但是在运用U-0126阻断ERK调节通路时，这些增强作用消失。说明在成熟和未成熟脑动脉中，PKC激动均可以经由MEK-ERK信号转导途径调节血管平滑肌的收缩张力，此条途径在VSMC的细肌丝调节中起着重要作用。

（八）RhoA/Rho激酶在PKC激活诱发的MCA收缩反应中的作用

血管平滑肌收缩调节的关键是MLC的磷酸化/去磷酸化。经过多年的研究，目前人们对平滑肌细胞MLC磷酸化调节Ca^{2+}敏感性的机制有了比较深入的了解。其中，抑制MLCP活性是升高Ca^{2+}敏感性的主要信号转导途径。MLCP包括三个亚基：1个约110~130kDa的调节亚基（MYPT），1个37kDa的催化亚基（PP1C）和1个20kDa的功能未知亚基（M20）。平滑肌细胞的MLCP活性可被磷酸化的CPI-17、ROCK、和花生四烯酸的磷酸化作用所抑制。兴奋剂诱导Ca^{2+}敏感性升高的关键正是抑制MLCP的活性，这种抑制作用呈G蛋白依赖性，Rho/ROCK和PKC信号转导途径参与该过程的调节，两途径有交汇。

ROCK即Rho相关螺旋激酶（Rho-associated coiled-coil kinase），它对MYPT的磷酸化作用可抑制MLCP的活性。ROCK被RhoA（Ras相关小GTP酶）所激活。ROCK的作用底物还包括CPI-17和CaP。PKC特异性激动剂佛波酯诱导的VSMC收缩与其通过CPI-17磷酸化抑制MLCP的活性有关。在完整的平滑肌细胞，兴奋剂诱导的CPI-17磷酸化可被PKC抑制剂和ROCK特异性抑制剂Y-27632所抑制，这提示，PKC和Rho/ROCK通路可能在CPI-17处交汇。

在本实验中，运用Y-27632阻断ROCK，对并不影响MCA上PDBu诱发的血管反映的[Ca^{2+}]$_i$，但是在胎儿MCA能显著抑制PDBu诱发的MCA收缩反应，抑制率达46.2%；在成年MCA则无显著抑制作用。这提示在未成熟脑动脉RhoA/ROCK途径在PKC激活诱发的平滑肌收缩反应中仍是一条重要的调节通路，它可抑制MLCP的活性，从而提高粗肌丝MLC的Ca^{2+}敏感性。在成熟脑动脉，这条途径在PKC激活诱发的平滑肌收缩反应不起显著作用。这和本组同事Mittal等的蛋白免疫印迹分析结果一致，即PDBu预处理脑动脉，在胎儿可以导致活化的RhoA免疫活性显著增加，但在成年则无显著变化；运用Y-27632阻断ROCK时，在胎儿的此增强作用消失，成年仍然无显著变化。

从胎儿到新生儿再到成年的发育过程中，脑血管从结构到功能都经历着重大的变化，包括特异性PKC亚型的水平及PKC相关的收缩机制。PKC的血管效应除了它能增加SMC的钙离子敏感性外，它还可以作用于特定的K^+通道影响其功能。本研究中，我们根据药理学选用各种K^+通道的选择性阻断剂，发现尽管在胎儿和成年大脑中动脉上PKC激活都产生脑动脉的收缩反应，但是PKC对K^+通道的作用在两组却有显著不同。虽然根据目前所得到的实验现象，很难确定其具体作用机制，但是我们可以确定的是在胎儿MCA上，BK通道在PKC介导的血管收缩中起着重要的作用，一旦BK被阻断，PKC诱导效应将发生显著变化，而在成年则不同，两组之间存在发育学上的差异。图5-21中概述了我们对PKC作用机制的推测，即在胎儿脑动脉血管平滑肌，PDBu诱发的PKC激活能激动BK通道，而在成年却无此作用，这可能反应了胎儿未成熟脑动脉在PKC介导收缩反应中存在着防止Ca^{2+}过载的保护机制。另外，在PKC激动诱发的脑动脉收缩中，无论是胎儿还是成年MCA，均涉及MAPK/ERK信号调节途径，但是在胎儿同时还涉及RhoA/ROCK信号转导通路，在成年MCA则不涉及此通路，说明成年成熟的脑动脉PKC诱发的血管反应中，存在RhoA/ROCK/CPI-17的粗肌丝信号调节通路向MEK/ERK细肌丝敏感性调节通路的转移现象。总之，PKC的脑血管作用机制在未成熟和成熟动脉存在显著差异。

PKC的激动是否真的可以激动胎儿MCA的BK通道，它在胎儿和成年脑动脉上作用的差异它是否和PKC的特异性亚型有关，还需要选用PKC的特异性亚型阻断剂，并采用膜片钳技术进一步研究。

第六章 妊娠运动与胎儿发育

以往，医生通常建议妇女在妊娠期间休息。然而这一过时的观点，已经不能满足那些积极参与体育和娱乐活动的妇女群体的要求。随着生活水平的日益提高，运动已成为许多妇女日常生活的重要组成部分。据调查，美国孕龄妇女中有15%经常运动且不想因为妊娠而停下来，英国许多妇女也表示不愿因为妊娠而改变她们的运动习惯，我国许多妇女对这个问题茫然不知所措。妊娠是一个特殊过程，在短短十个月中，受精卵将发育成为成熟的胎儿。妊娠期母亲的生理状况会发生一系列变化，而此阶段的运动同非孕阶段的运动导致的生理反应也会有所不同。虽然运动有利于健康，但运动对于妊娠这一特定时期的影响尚有很多争议。一方面运动有利于维持肌肉和骨骼的健康水平，预防孕妇体重过分增加；有利于分娩和分娩后的恢复，使产妇保持良好的体形；有利于预防妊娠糖尿病和腰痛，以及机体对妊娠期心理变化的调整。另一方面，由于母亲的运动使耗氧量增加，有可能导致胎儿缺氧、生长受限或潜在的胎儿畸形，并可能增加早期自然流产率和早产率。从理论上讲，体育活动，尤其是高强度的体力活动对母亲和胎儿健康是一个重大挑战。本章综述有关运动与妊娠的研究报告，着重妊娠期运动对胎儿和母体的影响，及妊娠期运动指导建议，以期为关注妊娠期运动安全性问题的人们提供参考。

第一节 妊娠期运动对胎儿的影响

妊娠期运动是一种很好的胎教方式。怀孕期间，孕妇进行适宜的体育锻炼能刺激胎儿的大脑、感觉器官、平衡器官以及呼吸系统等的协调发育，对胎儿的生长发育有良好的促进作用。

但是根据文献报道，妊娠期运动也存在着几种潜在的危险，似乎每一种危险都与母体运动的强度有着剂量依赖关系，即随着母体运动强度的增加，风险也随之增加。从理论上讲，母体运动对胎儿至少有三种风险。但是，并非所有风险都有确切的依据，因此还有待于更加深入的研究和先进技术的介入。我们这里也仅对人们所关心的运动对胎儿影响的风险问题进行简单归纳。

一、妊娠期运动对胎儿生长的影响

妊娠期运动对胎儿影响的第一种理论上导致的风险是，母体在运动时肌肉会加强利用血糖作为代谢的能源，剧烈的母体运动，尤其在妊娠第7~9个月时会导致母体运动后的低血糖症，这会使胎儿的葡萄糖生物可利用性下降。Soultanakis等（1996）研究了妊娠后期妇女和未妊娠妇女对1小时中等强度运动（55%$\dot{V}O_{2max}$）的反应。与未妊娠妇女比较，妊娠妇女运动后血糖值下降很快，且十分明显。由于胎儿是利用母体血糖作为生长和发育的主要能量来源，因此，母体血糖经常处于较低水平会导致胎儿的营养不良，胎儿在子宫内的生长受到限制，最终会使出生婴儿体重降低。

一般认为，妊娠期进行中等以及高强度运动训练会导致胎儿生长发育受到影响。Hatch等（1993）和Bell等（1995）的研究发现，进行中等强度训练（每周3次）的女性，其胎儿比大强度训练的要大。原因可能是因为训练可使胎盘增大，使胎儿血流和营养更好。而进行大强度训练（每周4次以上）的妇女，其胎儿比中度训练（每周3次）和无训练者的小。而且一些需要克服体重的运动（如健美操和跑步）也会使胎儿较小。新生儿体重降低的70%是由于脂肪量的减少。Oliveira等实验发现剧烈运动会使胎儿较小，且发育不良（如图6-1）。Juhl等（2010）近期研究报道指出孕妇运动可以降低低体重儿和巨大儿的风险。

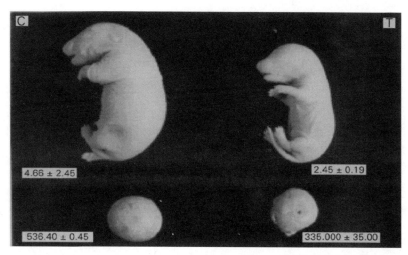

（引自Oliveira et al., 2004）

图6-1　妊娠期运动对胎儿生长发育的影响

采用大鼠进行实验，分为对照组（妊娠前及妊娠中都不运动）和实验组（妊娠前进行游泳训练，120分钟/天，5天/周，共8周；妊娠第2天开始每天60分钟运动）。可见，在GD21天时，胎儿平均体重对照组为4.66 g，实验组为2.45 g；胎盘重量对照组为536mg；实验组为335mg。

二、妊娠期运动对子宫血流和胎儿心率的影响

妊娠期运动对胎儿影响的第二种理论上导致的风险是，运动的结果使释放到母体血液中的儿茶酚胺增加。这会造成母体血流从消化道和子宫流向工作中的肌肉，这种血流的重新分布可能意味着会引起胎儿缺氧。运动时母体血流的分配是遵循剂量—反应关系的。当母体运动强度和时间增加时，从胎盘和子宫流向工作肌肉的血流量也随之增加。母体的训练水平不会改变这种现象。Jones等（1990）的研究说明，进行慢性运动训练的怀孕小鼠与不运动的对照组比较，在急性运动时从消化道流向工作肌肉的血流量没有差别。但是，定量工作时，有训练的个体由于工作没有那么费劲，所以血流再分配现象较不明显。Webb等（1994）发现，在达到相同心率情况下，有体力活动的比没有体力活动的孕妇完成的工作强度要大。由于输送到子宫胎盘区域的氧气与到达子宫的血流量是成比例的，因此输送到胎盘和胎儿的血流量极为重要。在对怀孕绵羊的一项实验中，采用血管夹子固定在绵羊的子宫血管上时，胎盘血流和胎儿反应的定量分析表明，胎儿的氧分压和氧气含量的变化直接

与血管堵塞的程度相关。胎儿的β-内啡肽（胎儿痛苦时的一种标记物）在胎盘子宫血流下降到65%时才释放出来。这相当于母体多大运动强度，还需科学研究加以确定；但是，在怀孕母羊运动时，相当于80%的$\dot{V}O_{2max}$的运动强度。随着胎盘子宫血流的降低，胎儿的供氧可能下降，胎盘氧气弥散能力降低，这些都会改变胎儿的生长和发育。

母体进行中等强度运动时胎儿在某种程度上会得到保护，因为胎儿的血液对氧气有较高的亲和力，能够促进氧气通过胎盘屏障从母体输送到胎儿的血液中。胎儿的氧-血红蛋白解离曲线位于母体曲线的左侧，在一定的氧分压下有利于氧气从血红蛋白中释放出来。这是因为2,3-二磷酸甘油酸盐对胎儿的血红蛋白的氧合特性的影响与成人有所不同。此外，还有其他的母婴保护性适应机制来确保氧气的输送，如运动时母体血液的浓缩以及子宫血流的再分配，使胎盘的血供优先于子宫肌肉血管的血供。

胎儿正常心率介于120bpm和160bpm之间。心率加速可见于胎儿活动，而心动过缓（<120bpm）则见于胎儿缺氧。但是胎儿心动过速（>160bpm）也可见于胎儿对轻度缺氧的代偿性反应。大多数研究报道，妊娠期运动使胎儿心率增加5~25bpm，依赖于训练强度和持续时间、孕程、母亲体适能水平和运动形式。

研究发现，孕妇运动时子宫血管阻力增加，使胎儿氧运输轻微下降，从而导致胎儿心率增加。但是胎儿心率的增加也可能源于运动时母体内血管活性激素的增加，如儿茶酚胺类物质。这些激素主要可能是在胎盘中代谢，因而10~15%直接到达胎儿。但是Clapp等在1993的一项研究发现胎儿心率的升高与肾上腺素和去甲肾上腺素的升高并无关系。

另外，妊娠期运动时胎儿心率升高也可能是继发于某些运动导致的子宫收缩。运动诱发的子宫收缩更多地依赖于运动类型，而不是强度。在强度相当的情况下，孕妇骑自行车导致子宫收缩达50%，跑步为40%，划船为为10%，仰卧自行车为0%。Silveira等（2010）近期的一项研究选用133名静坐少动的孕妇（分别孕第24~27周、28~31周、32~35周和36~40周），进行了温水中中等强度的有氧体力活动，观察此活动对胎心监护的影响。结果发现，在水中有氧活动前和后胎儿心率、胎动次数或加速度都无显著变化，表明水中中等强度的有氧健身运动对胎儿无副作用，可以推荐为安全的运动方式。但是May等（2010）近期又有报道，孕期母亲的规律体力活动（>30分钟/天，3次/周）会影响胎儿心脏的自主神经调控，导致胎儿心率显著下降，心率变异性显著增加。

三、妊娠期运动对胎儿体温的影响

妊娠期运动对胎儿影响的第三种理论上导致的风险是，运动时母体核心体温有可能升高。当长时间运动或是环境温度较高时核心体温升高更显著。安静时胎儿的核心体温在正常情况下比母体体温高约0.6℃。这是因为胎儿生长发育引起代谢率增高所致。这样能维持正常的热梯度，保证热从高处向低处消散，即从胎儿消散到母体。由于母体温度增高，母体核心体温高于胎儿，则改变了正常的母体与胎儿之间的热梯度，从而使胎儿接受母体的热。这种正常热梯度的转换会延缓胎儿体内热的消散，并且有可能改变胎儿的发育，尤其在胎儿的早期更是如此，从理论上会引起胎儿致畸作用。动物实验已经证实，胎儿体温升高，尤其是在妊娠第一阶段，可以导致胎儿发育异常，特别是中枢神经系统。但是，动物实验结果不能平移至人，对孕早期有发热史或蒸桑拿史的妇女进行回顾性调查并无相似结果发现。Clapp等（1987）对10名身体健壮的业余女运动员妊娠前、妊娠第4~6个月和第7~9个月情况进行研究后也认为，妇女妊娠时由于血容量增加及皮肤血流血管扩张，散热效率提高了。然而，在大强度运动时是否也是这样还未可知。只要母体一直维持良好的水分补充，以及在凉快的环境中运动，这些变化有助于改善运动中母体对热的神经调节功能。

实际上，众多研究显示母亲运动并不会导致显著高热。因此，孕妇对高热似乎有很好的防护作用；而且经良好运动训练者，血管舒张反应及汗液生成的启动速率均比未经训练者快，这意味着运动会使她们的体温调节功能更好。

四、妊娠期运动对子代健康影响的研究展望

如上所述，随着人们健身意识的增强，体育锻炼已经成为广大女性生活的重要组成部分。越来越多的孕妇在怀孕后开始或继续进行体育锻炼和健身活动。怀孕和运动对于母体构成了双重刺激，二者均可导致孕妇新陈代谢旺盛、过热。孕期进行体育锻炼，尤其在高温、高湿环境中，蒸发散热受限，极易导致体温升高；而且如果不注意体液补充，还极易造成脱水。热和运动是否会导致子宫内环境的改变、对胎儿是否会造成宫内应激、是否会对子宫内胎儿体液平衡和心血管功能产生影响、这种影响是否涉及胎儿的重要心血管和体液调控中枢机制（如脑RAS等）、是否会对子代产生"印迹效应"，从而影响子代成年后的生命健康，这一系列问题都是迫切需要解决的，或者说是需要大量实验依据支撑的。对这些问题进行深入研究，

不仅有助于我们进一步了解妊娠期运动的安全性，更好地指导妇幼保健，更重要的是有助于促进优生优育，尤其是对 "胎源性疾病" 的发生进行早期干预。

虽然运动有利于健康，但运动对于妊娠这一特定时期的影响尚有很多争议，特别是在运动对子代的健康影响问题上还缺乏确切的依据。其中重要的原因之一是缺乏合适的实验手段和监测技术。在人类，对胎儿的研究基本还局限于胎心监护、胎动等简单指标上；如若采用小动物（如大鼠、小鼠等），在胎儿的不同发育阶段，对其功能进行研究基本没有合适的技术，根本无法进行。那么我们前面所介绍的绵羊宫内置管手术，于清醒、无应激状态下对胎儿的各项功能进行动态监测，则有可能成为研究妊娠运动对胎儿影响的理想模型。当然，一定会有人质疑，绵羊与人不同，不能将羊的结果推论至人。不过，动物实验取得的成果以及在人类成功运用的例子屡见不鲜。我们不妨提出这样的设想，以供学者们思考。

绵羊性情温顺，多为单胎，怀孕绵羊及其成熟胎儿的体重都与人类相近。实际上，孕晚期单胎绵羊的运动模型在国外早有报道。例如，Lotgering（1983）等对13只孕晚期单胎绵羊（117~138天）术前1周进行适应性跑台训练，每日10min，之后进行置管手术，5天后进行间歇性运动实验，运动强度递增（跑台速度和坡度递增：从34m/min，0°到99m/min，10°），观察了母亲的摄氧量，子宫血流量及血量变化；实验中还测定了孕羊母亲心率和摄氧量之间的关系。有关热环境与运动的孕羊实验模型也有报道。如Laburn等观察了热环境及运动对孕晚期绵羊母亲和胎儿的体温的影响。热环境（40℃，60%相对湿度）暴露2h，或者跑台运动（2.1km/h，5°）30min都可使胎儿与母亲的体温有所升高，但两者的差值减小，提示孕期母亲体温调节将保护胎儿的生存环境。不难看出，绵羊宫内置管模型对于清醒、无麻醉状态下研究妊娠运动对胎儿功能影响是可行的，但这仍需要同仁们的共同探索和开发。

综上，可以发现在妊娠期运动对子代影响的研究中，有关母体运动强度和时间的阈值研究甚少。动物研究的数据说明，母体运动强度越高、时间越长，这些潜在危险发生的可能性就越大。为了避免超出阈值发生问题，必须要进行严格的医学筛检以确保妊娠正常。对于运动医学和运动生理学科研工作者而言，非常有必要对妊娠运动的强度、时间等因素与胎儿发育的关系进行系统而深入的研究，为制定合理的运动方案提供确切的实验依据。

第二节 妊娠期运动对母体的影响

一、心血管系统

运动及怀孕对心血管系统的双重影响一直是人们研究的焦点。怀孕及运动都伴随着孕妇心血管系统的生理变化，如最大摄氧量的增加，心率和心输出量的增加。还同时伴随着血流从子宫向骨骼肌的重新分布。

妊娠给母亲的心血管系统带来了额外负担，母亲到妊娠期最后三个月时，和怀孕前水平相比，孕妇心输出量增加50%，安静心率每分钟增加15次，血量增加45%。母亲收缩压变化不大，而舒张压在孕中期比孕早期将下降8～15mmHg而达到低谷，这源于妊娠期母亲总外周阻力的下降。

与妊娠前相比，在妊娠过程中孕妇对运动的急性生理反应通常是增加的（表6-1）。如一般认为，运动时孕妇的心输出量进一步增加，但心输出量的增加受孕周、体位、锻炼强度和方式及健康水平的影响。

表6-1 与妊娠前相比在妊娠过程中孕妇对急性运动的生理变化

指 标	变 化
摄氧量（在体重-依赖的运动中）$\dot{V}O_2$	增加
心率	增加
每搏输出量	增加
心输出量	增加
潮气量	增加
每分通气量（VE）	增加
氧通气当量（VE/VO_2）	增加
二氧化碳通气当量（VE/VCO_2）	增加
收缩压（SBP）	无变化/下降
舒张压（DBP）	无变化/下降

（引自Wolf, 2005）

Veille等用二维超声和M超监测锻炼时母亲和胎儿心血管生理变化，妊娠后期有氧运动不改变母亲左心室的径线，左心室功能仍维持平稳。孕早期，左心室通过增加收缩力以增加心输出量来适应运动的需要；而孕晚期，左心室负荷储备增加，心肌收缩力保持不变，但运动强度增加时，心率降低，氧摄入增加，可表现心功能异常。Clapp等（2000）观察了重力和锻炼对门静脉血流（内脏血流经门静脉到肝脏，可反映内脏血流变化）的影响。结果显示，妊娠后中等强度以上锻炼负荷时内脏血流可减少60%，并随运动量的增加而减少，这是由于血液从内脏再分布到子宫循环，以减少锻炼时明显的血流动力学压力，而孕妇高血容量使血流动力学变化减小到最低。因此，锻炼时机体发生一系列生理变化，为适应锻炼而发挥自我保护作用。

对于妊娠期母体和胎儿对一次极限或次极限运动反应的研究十分有限。但现有对剧烈运动能力的研究表明，在妊娠中期和晚期的母亲安静心率有所提高，但最大心率有所下降。

二、呼吸系统

妊娠期间，增大的子宫使横隔升高，胸腔的上下径减小，而左右径代偿性部分增大。这些解剖结构的改变使得补呼气量和功能残气量下降。但主要的通气指标没有变化。最主要的改变是安静时潮气量下降约40%，耗氧量增加大约20%。有关运动时孕妇通气反应的文献报道不太一致。一些研究表明妊娠期间次极限运动摄氧量的提高与非孕妇女之间无显著性差异。而一些研究则表明孕期运动摄氧量与产后运动比有所提高。每分通气量在亚极量运动中是升高的，而在最大运动中，怀孕与非孕妇女之间没有显著差异。Heenan等（2001）测定14例晚孕孕妇最大负荷锻炼后乳酸峰值，其值低于非妊娠组，可能与血容量增加有关，乳酸产物减少使呼吸次数减少，可解释妊娠后呼吸偏慢的现象，且乳酸峰值、通气换气比值和氧消耗过度有关，通气量和补呼气量的增加对孕妇是否发生代谢性酸中毒无影响。

三、骨骼肌肉系统

妊娠中骨骼肌肉系统的变化也影响孕妇的工作和生活，雌激素和松弛素引起结缔组织和关节的变化，如活动度增加、疼痛，从理论上更容易遭受关节损伤。但是，迄今还没有资料报道怀孕时运动受伤率增加。增大的子宫加重腰椎的前凸，影响身体的平衡和重心位置，快速运动常使孕妇摔倒。对于孕期运动，假设母亲没有下腰痛或骨盆痛，则骨骼肌肉系统对运动的反应与非孕妇女相似。但是，腰背痛是孕妇最常见的肌肉骨骼问题，大约50%的妇女在怀孕过程中都经历过不同程度的背部和骨盆疼痛。目前研究发现，在妊娠期积极运动的女性其肌肉骨骼的病痛和一些相关的身体不适，如恶心、胃灼热、腿抽筋、疲劳、静脉曲张和下肢肿胀等大幅下降。

四、代谢和内分泌

孕期母亲的代谢和内分泌变化可给胎儿提供持续的能量供应。代谢变化表现为：（1）孕早期母亲开始储存脂肪，以备孕晚期胎儿能量需要增加之用；（2）母亲的葡萄糖直接供给胎儿，作为胎儿生长发育的主要能量；（3）母亲对蛋白质的需要量增加，以供胎儿组织器官的生长发育。孕妇运动时肌肉对能量的需要增加,对葡萄糖的利用增加,有可能使母亲发生低血糖并影响胎儿对糖的利用。运动时蛋白质的利用率也增加,胎儿生长所需的氨基酸利用可能受到影响。目前,对孕期运动时能量代谢和物质利用的研究较少,而且这一问题涉及多个因素,例如运动强度、时间、类型、膳食、孕周、既往训练状态和激素反应等。Raymond等（2000）提出运动时代谢的变化取决于运动时间、强度和膳食。低强度运动时,能量来源为血中的游离脂肪酸和肌肉中的三酰甘油；中等强度运动时,脂肪和糖类各供能一半；最大强度运动时,90%以上的能源由糖和糖原提供。如果运动时间过长,皮质醇增加刺激糖原异生和脂肪分解,以维持血糖水平和提供运动所需的能量。

第三节 妊娠期运动的护理指导

加拿大运动生理学会关于《妊娠期体力活动前的医学检查》（Physical Activity Readiness Medical Examination for Pregnancy，称为PARmed-X）是孕妇参加体适能训练或运动健身的健康筛查指南，是医生用来对妊娠期体育活动进行监测的重要医学筛检工具。没有妊娠并发症的健康妇女可以将体力活动融入她们的日常生活中，并可以参加既对母亲也对胎儿无明显风险的体力活动。这些项目带来的益处包括促进有氧适能和肌肉适能，促进适当的体重和有助于分娩。规律运动还可以帮助预防妊娠糖尿病和妊娠高血压。

一、妊娠期运动禁忌症

根据这一文件，孕期运动禁忌症分为绝对禁忌症包括血流动力学异常的心脏病、限制性肺病、宫颈功能不全/宫颈环扎术后、多次早产史、妊娠中晚期出血史、26周后前置胎盘、先兆早产、胎膜早破、先兆子痫/妊娠高血压综合征。

相对禁忌症包括严重贫血、未确诊的心律不齐、慢性支气管炎、未能有效控制的 I 型糖尿病、极度病理性肥胖、极低体重指数（BMI<12kg/m²）、极度静坐少动的生活方式、本次妊娠胎儿宫内发育受限、未能有效控制的高血压、未能有效控制的癫痫发作、未能有效控制的甲状腺功能亢进、重度吸烟。

妊娠期终止运动警告包括阴道出血、用力前呼吸困难、头晕、头痛、胸痛、肌无力、腓肠肌疼痛肿胀(需排除血栓性静脉炎)、子宫收缩、胎动减少、胎膜早破。

二、妊娠期运动测试

除非医疗需要，孕妇不应该进行最大运动负荷测试。如果获准进行最大运动负荷测试，则测试必须在医务监督下进行。次极量运动负荷测试（如<75%储备心率可用于预测$\dot{V}O_{2max}$），以制定更精确的运动处方。若孕妇在妊娠前是静坐少动者或有某些医学问题，在参加一项运动项目前应获得医生的许可。

三、妊娠期运动时机、方式及运动量的选择

那些愿意开始运动而平时不活动的健康孕妇，必须与业余运动员和有训练的妊娠运动员加以区别。妊娠前已经有锻炼的孕妇，医学专业人员建议她们在妊娠期继续锻炼。但是，提醒孕妇继续锻炼之前，必须确定运动的频率（每周次数）、强度、时间和方式。此外，必须进行医学的预筛检，排除各种禁忌症。

孕妇适宜的运动时间应于怀孕中期，因为此时胎儿着床已经相对稳定，各器官生长到位，生理功能开始发挥作用。但要注意并非所有的孕妇都适合做运动，如果有心脏病、肾脏病及泌尿系统的疾病、妊娠高血压、有过双胞胎等情况，则不适于做孕期运动。孕期进行身体锻炼，要注意运动量、运动方式，以轻微的活动为宜，避免剧烈活动和过度疲劳，以自我感觉良好为佳。避免可能发生腹部钝性损伤和容易失去平衡的运动，如滑冰、滑雪、骑马和跳跃运动等。怀孕第4个月起，应避免仰卧姿势的练习以防止低血压发生，在力量训练时应避免屏气。

四、有氧锻炼的指导意见

推荐的孕妇运动方式：应当选用大肌群动力性、有节奏的有氧运动，如步行或骑自行车。但是，如果孕妇在妊娠前已经在慢跑，她可根据有氧运动的指导意见继续慢跑，除非她发生关节问题或感到不舒服。建议将运动方式改为爬楼梯（没有震

动的移动）或体重有所支撑的运动。所有的孕妇必须知道有关安全的各种征候，以及如果出现禁忌症时向医生咨询。

运动频率：每周至少3次，最好每天1次。

运动强度：选用中等强度（40%～60%的储备摄氧量VO₂R）。妊娠28周后，运动强度不能增加，因为容易疲劳以及加大风险。每次锻炼开始前要有5～15分钟的热身活动，锻炼后要有5～15分钟的整理活动，强度要低。必须依据心率（脉搏）进行监测，心率应控制在年龄规定的范围内（表6-2）。在开始新的锻炼计划时以及在妊娠的后期，心率必须控制在靶心率的最低值。由于妊娠过程中的心率不稳定，可以通过主观疲劳程度评定法（RPE）（6～20分级法中12～14分）或 "谈话试验"（talk test）来监测运动强度，即在活动中可以保持交谈状态。如果锻炼时孕妇与人交谈时气短，就应降低强度。根据孕妇的年龄可设定中等强度运动时的心率范围。

运动持续时间：每天至少15分钟，逐渐增加至每天至少累计30分钟，每周至少150分钟。

表6-2　孕妇中等强度运动时的心率范围

年　龄（岁）	心率范围（次/分）
＜ 20	140～155
20～29	135～150
30～39	130～145
＞ 40	125～140

（引自Davies et al., 2003）

五、对于怀孕运动员的建议

对于怀孕运动员有以下几点建议：

1. 告知医生你是运动员；
2. 整个孕程中继续常规训练，约3次/周；
3. 最大心率不超过140～150 bpm；
4. 避免高温和脱水；
5. 出现诸如疼痛、眩晕、出血或是其他不适，停止训练并通知医生；
6. 避免最大力量训练和等长肌肉训练；
7. 避免接触性运动；

8．在第一妊娠阶段应避免仰卧位的训练（因为母亲会有不适感）；

9．避免竞赛式训练；

10．遵循循序渐进的热身和冷却，避免突然的最大关节运动；

11．推荐游泳和自行车这些支撑体重的运动形式；

12．不可在感染或发热或疲劳状态下坚持训练。

六、结论

没有运动禁忌症的健康孕妇，在现有的指南中可以安全地进行轻度到中等强度的活动而对胎儿的生长和发育没有不良的影响。有关高强度运动训练对妊娠和胎儿的影响研究数据还十分有限。关于极限运动对母体和胎儿健康的研究还很匮乏，但已经逐渐开始增加。目前，有限的信息说明，健康孕妇和胎儿能够很好地承受一次急性的极限运动，然而这还需要更多的研究加以证实。至于高强度耐力训练对妊娠和胎儿的影响还是未知数。因此，医生必须在进行体格检查后才可向怀孕的运动员提出意见和建议。一般认为，在妊娠时运动员不应该参加比赛，尤其是那些容易引起身体损伤和身体接触的运动项目。此外，运动训练强度必须降低到中等强度，因为剧烈运动对母体和胎儿的影响还不清楚。

参考文献

1. ACOG Committee Opinion. Number 267, January 2002: exercise during pregnancy and the postpartum period. Obstet Gynecol 2002, 99: 171-173.

2. Acosta R, Lee JJ, Oyachi N, Buchmiller-Crair TL, Atkinson JB, Ross MG. Anticholinergic suppression of fetal rabbit upper gastrointestinal motility. J Matern Fetal Neonatal Med 2002, 11: 153-157.

3. Adams CE, Broide RS, Chen Y, Winzer-Serhan UH, Henderson TA, Leslie FM, Freedman R. Development of the alpha7 nicotinic cholinergic receptor in rat hippocampal formation. Brain Res Dev Brain Res 2002, 139: 175-187.

4. Adams PR, Brown DA. Synaptic inhibition of the M-current: slow excitatory post-synaptic potential mechanism in bullfrog sympathetic neurons. J Physiol 1982, 332: 263-272.

5. Akopov SE, Zhang L, Pearce WJ. Maturation alters the contractile role of calcium in ovine basilar arteries. Pediatr Res 1998, 44: 154 – 160.

6. Alessandrini A, Namura S, Moskowtiz MA, Bonventre JV. MEK1 protein kinase inhibition protects against damage resulting from focal cerebral ischemia. Proc Natl Acad Sci U.S.A. 1999, 96: 12866-12869.

7. Aléssio ML, Léger CL, Rasolonjanahary R, Wandscheer DE, Clauser H, Enjalbert A, Kordon C. Selective effect of a diet-induced decrease in the arachidonic acid membrane-phospholipid content on in vitro phospholipase C and adenylate cyclase-mediated pituitary response to angiotensin II. Neuroendocrinology 1994, 60: 400-409.

8. Aramakis VB, Metherate R. Nicotine selectively enhances NMDA receptor-mediated synaptic transmission during postnatal development in sensory neocortex. J Neurosci 1998, 18: 8485-8495.

9. Artal R, O' Toole M. Guidelines of the American College of Obstetricians and Gynecologists for exercise during pregnancy and the postpartum period. Br J Sports Med 2003, 37: 6-12.

10. Aubert I, Cecyre D, Gauthier S, Quirion R. Comparative ontogenic profile of

cholinergic markers, including nicotinic and muscarinic receptors, in the rat brain. J Comp Neurol 1996, 369: 31-55.

11. Bader RA, Bader ME, Rose DJ, Braunwald E. Hemodynamics at rest and during exercise in normal pregnancy as studied by cardiac catheterization. J Clin Invest 1955, 34: 1524-1536.

12. Baltatu O, Lippoldt A, Hansson A, Ganten D, Bader M. Local renin-angiotensin system in the pineal gland. Brain Res 1998, 54: 237 – 242.

13. Baltatu O, Nishimura H, Hoffmann S, Stoltenburg G, Haulica ID, Lippoldt A, Ganten D, Urata H. High levels of human chymase expression in the pineal and pituitary glands. Brain Res 1997, 752: 269 – 278.

14. Barman SA. Potassium channels modulate canine pulmonary vasoreactivity to protein kinase C activation. Am J Physiol Lung Cell Mol Physiol 1999, 277: L558 – L565.

15. Bar-Peled O, Israeli M, Ben-Hur H, Hoskins I, Groner Y, Biegon A. Developmental pattern of muscarinic receptors in normal and Down's syndrome fetal brain - an autoradiographic study. Neurosci Lett 1991, 133: 154-158.

16. Barker DJP. Fetal origins of coronary heart disease. BMJ 1995, 311: 171-174.

17. Barker DJP, Osmond C. Infant mortality, childhood nutrition, and ischaemic heart disease in England and Wales. Lancet 1986, 1: 1077-1081.

18. Baselli EC, Brandes SB, Luthin GR, Ruggieri MR. The effect of pregnancy and contractile activity on bladder muscarinic receptor subtypes. Neurourol Urodyn 1999, 18: 511-520.

19. Bell AW, Hales JRS, Fawcett AA, King RB. Effects of exercise and heat stress on regional blood flow in pregnant sheep. J Appl Physil 1986, 60(5): 1759-1764.

20. Bell AW, Hales JRS, King RB, Fawcett AA. Influence of heat stress on exercise-induced changes in regional blood flow in sheep. J Appl Physiol 1983, 55: 1916-1923.

21. Bell RJ, Palma SM, and Lumley JM. The effect of vigorous exercise during pregnancy on birth-weight. Aust N Z J Obstet Gynecol 1995, 35: 46-51.

22. Berger-Sweeney J. The effects of neonatal basal forebrain lesions on cognition: towards understanding the developmental role of the cholinergic basal forebrain. Int J Dev Neurosci 1998, 16: 603-612.

23. Berger-Sweeney J. The cholinergic basal forebrain system during development and

its influence on cognitive processes: important questions and potential answers. Neurosci Biobehav Rev 2003, 27: 401-411.

24. Bickerton R, Buckley JP. Evidence for a central mechanism of angiotensin induced hypertension. Proc Soc Exp Biol Med 1961, 106: 834 – 837.

25. Bishop GA, King JS. Corticotropin releasing factor in the embryonic mouse cerebellum. Exp Neurol 1999, 160 : 489-499.

26. Blood AB, Zhao Y, Long W, Zhang L, Longo LD. L-type Ca2+ channels in fetal and adult ovine cerebral arteries. Am J Physiol 2002, 282: R131 – R138.

27. Bonen A, Campagna P, Gilchrist L, Young DC, Beresford P. Substrate and endocrine responses during exercise at selected stages of pregnancy. J Appl Physiol 1992, 73: 134-142.

28. Bottari SP, Obermüller N, Bogdal Y, Zahs KR, Deschepper CF. Characterization and distribution of angiotensin II binding sites in fetal and neonatal astrocytes from different rat brain regions. Brain Res 1992, 585: 372-376.

29. Bradley RM, Mistretta C. Swallowing in fetal sheep. Science 1973, 179: 1016-1017.

30. Brandes SB, Ruggieri MR. Muscarinic receptor subtypes in normal, fetal, and gravid rabbit bladder, heart and uterus. Adv Exp Med Biol 1995, 385: 241-249.

31. Broad LM, Cannon TR, Short AD, Taylor CW. Receptors linked to polyphosphoinositide hydrolysis stimulate Ca2+ extrusion by a phospholipase C-independent mechanism. Biochem J 1999, 342: 199-206.

32. Campbell DJ, Bouhnik J, Menard J, Corvol P. Identity of angiotensinogen precursors in rat brain and liver. Nature 1984, 308: 206 – 208.

33. Cano E, Mahadevan LC. Parallel signal processing among mammalian MAPKs. TIBS 1995, 20: 117-122.

34. Capeless EL, Clapp JF. Cardiovascular changes in early phase of pregnancy. Am J Obstet Gynecol 1989, 161: 1449-1452.

35. Carafoli E. Calcium pump of the plasma membrane. Physiol Rev 1991, 71: 129-153.

36. Carpenter MW, Sady SP, Sady MA., Haydon B, Coustan DR, Thompson PD. Effect of maternal weight gain during pregnancy on exercise performance. J Appl Physiol 1990, 68: 1173-1176.

37. Chai SY, Mendelsohn FAO, Paxinos G. Angiotensin converting enzyme in rat brain

visualized by quantitative in vitro autoradiography. Neuroscience 1987, 20: 615 – 627.

38. Childs TJ, Watson MH, Sanghera JS, Campbell DL, Pelech SL, Mak AS. Phosphorylation of smooth muscle caldesmon by mitogen-activated pretein (MAP) kinase and expression of MAP kinases in differentiated smooth muscle. J Biol Chem 1992, 267: 22853-22859.

39. Chen K, Carey LC, Liu J, Valego NK, Tatter SB, Rose JC. The effect of hypothalamo-pituitary disconnection on the renin-angiotensin system in the late-gestation fetal sheep. Am J Physiol 2005, 288: R1279-R1287.

40. Clapp JF III. Pregnancy outcome: physical activities inside vs. outside the workplace. Semin Perinatol 1996a, 20: 70-76.

41. Clapp JF III, Capeless E. The VO2max of recreational athletes before and after pregnancy. Med Sci Sports and Exerc 1991, 23: 1128-1133.

42. Clapp JF III. Dickstein S. Endurance exercise and pregnancy outcome. Med Sci Sports and Exerc 1984, 16: 556-562.

43. Clapp JF III. Morphometric and neurodevelopmental outcome at age five years of the offspring of women who continued to exercise regularly throughout pregnancy. J Pediatr 1996b, 129: 856-963, 1996.

44. Clapp JF III, Wesley M, Sleamaker RH. Thermoregulatory and metabolic response to jogging prior to and during pregnancy. Med Sci Sports and Exerc 1987, 19: 124-130.

45. Clapp JF, Stepanchak W, Tomaselli J, Kortan M, Feneslow S. Portal vein blood flow effects of pregnancy, gravity, and exercise. Am J Obstet Gynecol 2000, 183: 167- 172.

46. Cobb MH, Robbins DJ, Boulton TH. ERKs extracellular signalregulated MAP-2 kinases. Curr Opin Cell Biol 1991, 3: 1025 – 1032.

47. Cook VI, Grove KL, Speth RC, McMenamin KM, Harding JW. Differences between perinatal angiotensin binding in the brains of SHR and WKY rats. Regul Pept 1993, 45: 395-405.

48. Currie IS, Brooks AN. Corticotrophin-releasing factors in the hypothalamus of the developing fetal sheep. J Dev Physiol 1992, 17: 241-246.

49. Dani JA. Overview of nicotinic receptors and their roles in the central nervous system. Biol Psychiatry 2001, 49: 166-174.

50. Davies GA, Wolfe LA, Mottola MF, MacKinnon C. Society of Obstetricians and

Gynecologists of Canada, SOGC Clinical Practice Obstetrics Committee. Joint SOGC/ CSEP Clinical Practice Guideline: Exercise in pregnancy and the postpartum period. Can J Appl Physil 2003, 28: 330-341.

51. Dempsey FC, Butler FL, Williams FA. No need for a pregnant pause: physical activity may reduce the occurrence of gestational diabetes mellitus and preeclampsia. Exerc Sports Sci Rev 2005, 33: 141-149.

52. Deschepper CF, Bounhnic J, Ganong WF. Colocalization of angiotensinogen and glial fibrillary acidic protein in astrocytes in rat brain. Brain Res 1986, 374: 195-198.

53. Diez-Freire C, Vazquez J, Correa de Adjounian MF, Ferrari MFR, Yuan LH, Silver X, Torres R, Raizada MK. ACE2 gene transfer attenuates hypertension-linked pathophysiological changes in the SHR. Physiol Genomics 2006, 27: 12 – 19.

54. Dodic M, Abouantoun T, O'Connor A, Wintour EM, Moritz KM. Programming effects of short prenatal exposure to dexamethasone in sheep. Hypertension 2002, 40: 729-734.

55. Dodic M, Baird R, Hantzis V, Koukoulas I, Moritz K, Peers A, Wintour EM. Organs/systems potentially involved in one model of programmed hypertension in sheep. Clin Exp Pharmacol Physiol 2001a, 28: 952-956.

56. Dodic M, Hantzis V, Duncan J, Rees S, Koukoulas I, Johnson K, Wintou EM, Moritz K. Programming effects of short prenatal exposure to cortisol. FASEB J 2002b, 16: 1017-1026.

57. Dodic M, Moritz K, Koukoulas I, Wintour EM. Programmed hypertension: kidney, brain or both? Trends Endocrinol Metab 2002c, 13: 403-408.

58. Donoghue M, Hsieh F, Baronas E, Godbout K, Gosselin M, Stagliano N, Donovan M, Woolf B, Robison K, Jeyaseelan R, Breitbart RE, Acton S. A novel angiotensin-converting enzyme-related carboxypeptidase (ACE2) converts angiotensin I to angiotensin 1 – 9. Circ Res 2000, 87: E1-E9.

59. Doobay MF, Talman LS, Obr TD, Tian X, Davisson RL, Lazartigues E. Differential expression of neuronal ACE2 in transgenic mice with overexpression of the brain renin-angiotensin system. Am J Physiol Regul Integr Comp Physiol 2007, 292: R373-R381.

60. Dzau VJ, Brenner A, Emmett NL. Evidence for renin in rat brain: differentiation from other renin-like enzymes. Am J Physiol 1982, 242: E292-E297.

61. Dzau VJ, Ingelfinger J, Pratt RE, Ellison KE. Identification of renin and angiotensinogen messenger RNA sequences in mouse and rat brains. Hypertension 1986, 8: 544-548.

62. Eckert SM, Hirano T, Leedom TA, Takei Y, Gordon Grau E. Effects of angiotensin II and natriuretic peptides of the eel on prolactin and growth hormone release in the tilapia, Oreochromis mossambicus. Gen Comp Endocrinol 2003, 130: 333-339.

63. Edwards JA, Cline HT. Light-induced calcium influx into retinal axons is regulated by presynaptic nicotinic acetylcholine receptor activity in vivo. J Neurophysiol 1999, 81: 895-907.

64. Eggli CP, Felix D, Mosimann R, Imboden H. Hypothalamic accessory nuclei and their relation to the angiotensinergic and vasopressinergic systems. Regul Pept 1999, 83: 129-133.

65. Egozi Y, Sokolovsky M, Schejter E, Blatt I, Zakut H, Matzkel A, Soreq H. Divergent regulation of muscarinic binding sites and acetylcholinesterase in discrete regions of the developing human fetal brain. Cell Mol Neurobiol 1986, 6: 55-70.

66. El-Haddad MA, Chao CR, Ma SX, Ross MG. Neuronal NO modulates spontaneous and ANG II-stimulated fetal swallowing behavior in the near-term ovine fetus, Am. J. Physiol. 282 , R1521-R1527.

67. El-Haddad, M.A., Chao, C.R., Ma, S., Ross, M.G., 2000. Nitric oxide modulates angiotensin II-induced drinking behavior in the near-term ovine fetus. Am J Obstet Gynecol 2002, 182: 713-719.

68. El-Haddad MA, Chao CR, Sayed AA, El-Haddad H, Ross MG. Effects of central angiotensin II receptor antagonism on fetal swallowing and cardiovascular activity. Am J Obstet Gynecol 2001, 185: 828-833.

69. El-Haddad MA, Ismail Y, Gayle D, Ross MG. Central angiotensin II AT1 receptors mediate fetal swallowing and pressor responses in the near-term ovine fetus. 2005, 288: R1014-R1020.

70. Ezmerli NM. Exercise in pregnancy. Prim Care Update OB/Gyns 2000, 7: 260-265.

71. Falk L, Nordberg A, Seiger A, Kjaeldgaard A, Hellstrom-Lindahl E. The alpha7 nicotinic receptors in human fetal brain and spinal cord. J Neurochem 2002, 80: 457-465.

72. Falk L, Nordberg A, Sciger A, Kjaeldgaard A, Hellstrom-Lindahl E. Smoking during

early pregnancy affects the expression pattern of both nicotinic and muscarinic acetylcholine receptors in human first trimester brainstem and cerebellum. Neuroscience 2005, 132: 389-397.

73. Felix D, Khosla MC, Barnes KL, Imboden H, Montani B, Ferrario CM. Neurophysiological responses to angiotensin-(1-7). Hypertension 1991, 17: 1111 – 1114.

74. Ferrario CM, Brosnihan KB, Diz DI, Jaiswal N, Khosla MC, Milsted A, Tallant EA. Angiotensin-(1-7): a new hormone of the angiotensin system. Hypertension 1991, 18 Suppl. III , III-126-III-133.

75. Ferreira AJ, Jacoby BA, Araujo CA, Macedo FAFF, Silva GAB, Almeida AP, Caliari MV, Santos RAS. The nonpeptide angiotensin- (1 – 7) receptor Mas agonist AVE 0991 attenuates heart failure induced by myocardial infarction. Am J Physiol 2007, 292: H1113 – H1119.

76. Fibiger HC, Damsma G, Day JC. Behavioral pharmacology and biochemistry of central cholinergic neurotransmission. Adv Exp Med Biol 1991, 295: 399-414.

77. Fischer-Ferraro C, Nahmod VE, Goldstein DJ, Finkielman S. Angiotensin and renin in rat and dog brain. J Exp Med 1971, 133: 353-361.

78. Fitzsimons JT. Angiotensin, Thirst, and Sodium Appetite. Physiol Rev 1998, 78: 583-686.

79. Franci CR, Anselmo-Franci JA, McCann SM. Angiotensinergic neurons physiologically inhibit prolactin, growth hormone, and thyroid-stimulating hormone, but not adrenocorticoptropic hormone, release in ovariectomized rats. Peptides 1997, 18: 971-976.

80. Franco D, Moorman AF, Lamers WH. Expression of the cholinergic signal-transduction pathway components during embryonic rat heart development. Anat Rec 1997, 248: 110-120.

81. Gadbut AP, Cash SA, Noble JA, Radice TR, Weyhenmeyer JA. The effect of Ca2+ channel antagonists (cadmium, omega-conotoxin GIVA, and nitrendipine) on the release of angiotensin II from fetal rat brain in vitro. Neuroscience Letters 1991, 123: 91-94.

82. Ganong WF. Blood, pituitary, and brain renin-angiotensin systems and regulation of secretion of anterior pituitary gland. Front Neuroendocrinol 1993, 14: 233-249.

83. Ganong WF. Circumventricular organs: definition and role in the regulation of endocrine and autonomic function. Clin Exp Pharmacol Physiol 2000, 27: 422-427.

84. Ganten DK, Hermann K, Bayer C, Unger T, Lang T. Angiotensin synthesis in the brain and increased turnover in hypertensive rats. Science 1983, 221: 869-871.

85. Ganten D, Marquez-Julio A, Granger P, Hayduk K, Karsunky KP, Boucher R, Genest J. Renin in the dog brain. Am J Physiol 1971, 221: 1733-1737.

86. Gilbert WM, Brace RA. The missing link in amniotic fluid volume regulation: intramembranous flow. Obstet Gynecol 1989, 74: 748-754.

87. Gilbert WM, Brace RA. Novel determination of filtration coefficient of ovine placenta and intramembranous flow pathway. Am J Physiol 1990, 259: R1281-R1288.

88. Gilbert JS, Ford SP, Lang AL, Pahl LR, Drumhiller MC, Babcock SA, Nathanielsz PW, Nijland MJ. Nutrient restriction impairs nephrogenesis in a gender-specific manner in the ovine fetus. Pediatr Res 2007, 61: 42-47.

89. Godfrey KM, Barker DJP. Fetal programming and adult health. Public Health Nutr 2001, 4: 611-624.

90. Goodlin RC, Buckley KK. Maternal exercise. Clin Sports Med 1988, 3: 881-894.

91. Gotti C, Fornasari D, Clementi F. Human neuronal nicotinic receptors. Prog Neurobiol 1997, 53: 199-237.

92. Goyal R, Mittal A, Chu N, Shi L, Zhang L, Longo LD. Maturation and the role of PKC-mediated contractility in ovine cerebral arteries. Am J Physiol Heart Circ Physiol 2009, 297(6): H2242-H2252.

93. Grossman SP. Effects of adrenergic and cholinergic blocking agents on hypothalamic mechanisms. Am J Physiol 1962, 202: 1230-1236.

94. Grynkiewicz G, Poenie M, Tsien RY. A new generation of Ca^{2+} indicators with greatly improved fluorescence properties. J Biol Chem 1985, 260: 3440-3450.

95. Guzman CA, Kaplan R. Cardiorespiratory responses to exercise during pregnancy. Am J Obstet Gynecol 1970, 108: 600-605.

96. Harding R, Sigger JN, Poore ER, Johnson P. Ingestion in fetal sheep and its relation to sleep states and breathing movements. Q J Exp Physiol 1984, 69: 477-486.

97. Hatch MC, Shu X, McLean DE, Levin B, Begg M, Reuss L, Susser M. Maternal exercise during pregnancy, physical fitess and fetal growth. Am J Epidemiol 1993, 137: 1105-1114.

98. Heenan AP, Wolfe LA, and Davies GA. Maximal exercise testing in late gestation

maternal responses. Obstet Gynecol 2001, 97: 127-134.

99. Hellstrom-Lindahl E, Gorbounova O, Seiger A, Mousavi M, Nordberg A. Regional distribution of nicotinic receptors during prenatal development of human brain and spinal cord, Brain. Res Dev Brain Res 1998, 108: 147-160.

100. Hellstrom-Lindahl E, Seiger A, Kjaeldgaard A, Nordberg A. Nicotineinduced alterations in the expression of nicotinic receptors in primary cultures from human prenatal brain. Neuroscience 2001, 105: 527-534.

101. Hermann K, Raizada MK, Sumners C, Philips MI. Presence of renin in primary neuronal and glial cells from rat brain. Brain Res 1987, 437: 205-213.

102. Hirose S, Yokosawa H, Inagami T, Workman KJ. Renin and prorenin in hog brain: ubiquitous distribution and high concentration in pituitary and pineal. Brain Res 1980, 191: 489-499.

103. Hohmann CF, Berger-Sweeney J. Cholinergic regulation of cortical development and plasticity. New twists to an old story. Perspect Dev Neurobiol 1998, 5: 401-425.

104. Hopkins SA, Baldi JC, Cutfield WS, McCowan L, Hofman PL. Exercise training in pregnancy reduces offspring size without changes in maternal insulin sensitivity. J Clin Endocrinol Metab 2010, 95(5): 2080-2088.

105. Horiuchi M, Koike G, Yamada T, Mukoyama M, Nakajima M, Dzau VJ. The growth-dependent expression of angiotensin II type 2 receptor is regulated by transcription factors interferon regulatory factor-1 and -2. J Biol Chem 1995, 270: 20225-20230.

106. Hu F, Morrissey P, Yao J, Xu Z. Development of AT1 and AT2 receptors in the ovine fetal brain. Dev Brain Res 2004, 150: 51 – 61.

107. Huxley RR, Shiell AW, Law CM. The role of size at birth and postnatal catch-up growth in determining systolic blood pressure: a systematic review of the literature. J Hypertens 2000, 18: 815-831.

108. Ichiki T, Labosky PA, Shiota C, Okuyama S, Imagawa Y, Fogo A, Niimura F, Ichikawa I, Hogan BL, Inagami T. Effects on blood pressure and exploratory behaviour of mice lacking angiotensin II type-2 receptor. Nature 1995, 377: 748-750.

109. Imboden H, Harding JW, Hilgenfeldt U, Celio MR, Felix D. Localization of angiotensinogen in multiple cell types of rat brain. Brain Res 1987, 410: 74-77.

110. Jackson TR, Blair AC, Marshall J, Goedert M, Hanley MR. The mas oncogene

encodes an angiotensin receptor. Nature 1988, 335: 437-440.

111. Jaque-Fortunato SV, Wiswell RA, Khodiguian N, Artal R. A comparison of the ventilatory responses to exercise in pregnant, postpartum, and nonpregnant women. Semin Perinatol 1996, 20: 263-276.

112. Jimenez Cidre MA. Urinary incontinence: anticholinergic treatment. Rev Med Univ Navarra 2004, 48: 37-42.

113. Jobe AH, Polk DH, Ervin MG, Padbury JF, Rebello CM, Ikegami M. Preterm betamethasone treatment of fetal sheep: outcome after term delivery. J Soc Gynecol Investig 1996, 3: 250-258.

114. Jones MT, Norton KI, Dengel DR, Armstrong RB. Effects of training on reproductive tissue blood flow in exercising pregnant rats. J Appl Physiol 1990, 69: 2097-2103.

115. Joseph SA, Walker DW. Catecholamine neurons in fetal brain: effects on breathing movements and electrocorticogram. J Appl Physiol 1990, 69: 1903-1911.

116. Juhl M, Olsen J, Andersen PK, Nøhr EA, Andersen AM. Physical exercise during pregnancy and fetal growth measures: a study within the Danish National Birth Cohort. Am J Obstet Gynecol. 2010, 202(1): 63.e1-8.

117. Kacsóh B, Tóth BE, Avery LM, Grosvenor CE. In vitro control of prolactin (PRL) and growth hormone secretion of neonatal rat pituitary glands: effects of ovine PRL, salmon calcitonin, endothelin-3, angiotensin II, bromocryptine and somatostatin. Life Sci 1993, 52: 259-269.

118. Kalinyak JE, Hoffman AR, Perlman AJ. Ontogeny of angiotensinogen mRNA and angiotensin II receptors in rat brain and liver. J Endocr Invest 1991, 14: 647-653.

119. Keiger CJ, O'Steen WK, Brewer G, Sorci-Thomas M, Zehnder TJ, Rose JC. Cortisol up-regulates corticotropin releasing factor gene expression in the fetal ovine brainstem at 0.70 gestation. Brain Res Mol Brain Res 1995, 32: 75-81.

120. Keller-Wood M, Powers MJ, Gersting JA, Ali N, Wood CE. Genomic analysis of neuroendocrine development of fetal brain-pituitary-adrenal axis in late gestation. Physiol. Genomics 2006, 24: 218-224.

121. Khalil RA, Lajoie C, Resnick MS, Morgan KG. Ca^{2+}- independent isoforms of protein kinase C differentially translocate in smooth muscle. Am J Physiol 1992, 263:

C714-C719.

122. King JS, Bishop GA, Neurocytol J. Localization of the type 1 corticotropin releasing factor receptor (CRF-R1) in the embryonic mouse cerebellum. J Neurocytol 2003, 32: 305-316.

123. Kitazono T, Faraci FM, Heistad DD. Effect of norepinephrine on rat basilar artery in vivo. Am J Physiol 1993, 264: H178-H182.

124. Kitazono T, Faraci FM, Taguchi H, Heistad DD. Role of potassium channels in cerebral blood vessels. Stroke 1995, 26: 1713-1723.

125. Klickstein LB, Kaempfer CE, Wintroub BU. The granulocyte-angiotensin system. Angiotensin I-converting activity of cathepsin G. J Biol Chem 1982, 257: 15042-15046.

126. Knot HJ, Nelson MT. Regulation of arterial diameter and wall $[Ca^{2+}]$ in cerebral arteries of rat by membrane potential and intravascular pressure. J Physiol (Lond) 1998, 508(pt1): 199-209.

127. Kogan BA, Iwamoto HS. Lower urinary tract function in the sheep fetus: studies of autonomic control and pharmacologic responses of the fetal bladder. J Urol 1989, 141: 1019-1024.

128. Kolivas S, Volombello T, Shulkes A. Expression of receptors regulating gastric acidity in the developing sheep stomach. Regul Pept 2001, 101: 93-100.

129. Kostenis E, Milligan G, Christopoulos A, Sanchez-Ferrer CF, Heringer-Walther S, Sexton PM, Gembardt F, Kellett E, Martini L, Vanderheyden P, Schultheiss HP, Walther T. G-protein-coupled receptor Mas is a physiological antagonist of the angiotensin II type 1 receptor. Circulation 2005, 111: 1806-1813.

130. Krob HA, Vinsant SL, Ferrario CM, Friedman DP. Angiotensin-(1-7) immunoreactivity in the hypothalamus of the (mRen-2d)27 transgenic rat. Brain Res 1998, 798: 36 – 45.

131. Langan EM, Youkey JR, Elmore JR, Franklin DP, Singer HA. Regulation of MAP kinase activity by growth stimuli in vascular smooth muscle. J Surg Res 1994, 57: 215-220.

132. Langley SC, Jackson AA. Increased systolic pressure in adult rats induced by fetal exposure to maternal low protein diet. Clin Sci 1994, 86: 217-222.

133. Lauand F, Ruginsk SG, Rodrigues HLP, Reis WL, de Castro M, Elias LLK, Antunes-Rodrigues J. Glucocorticoid modulation of atrial natriuretic peptide, oxytocin,

vasopressin and Fos expression in response to osmotic, angiotensinergic and cholinergic stimulation. Neuroscience 2007, 147: 247-257.

134. Lauder JM, Schambra UB. Morphogenetic roles of acetylcholine, Environ. Health Perspect 1999, 107 (Suppl 1): 65-69.

135. Lavoie JL, Cassell MD, Gross KW, Sigmund CD. Localization of renin expressing cells in the brain, by use of a REN-eGFP transgenic model. Physiol Genomics 2004, 16: 240 – 246.

136. Lazartigues E, Feng Y, Lavoie JL. The two fACEs of the tissue renin-angiotensin systems: implication in cardiovascular diseases. Curr Pharm Des 2007, 13: 1231-1245.

137. Lee HU, Campbell DJ, Habener JF. Development expression of the angiotesinogen gene in rat embryos. Endocrinology 1987, 121: 1335-1342.

138. Lee JG, Macarak E, Coplen D, Wein AJ, Levin RM. Distribution and function of the adrenergic and cholinergic receptors in the fetal calf bladder during mid-gestational age. Neurourol Urodyn 1993, 12: 599-607.

139. Levin RM, Macarak E, Howard P, Horan P, Kogan BA. The response of fetal sheep bladder tissue to partial outlet obstruction. J Urol 2001, 166: 1156-1160.

140. Liang HM, Tang M, Liu CJ, Luo HY, Song YL, Hu XW, Xi JY, Gao LL, Nie B, Li SY, Lai LL, Hescheler J. Muscarinic cholinergic regulation of L-type calcium channel in heart of embryonic mice at different developmental stages. Acta Pharmacol Sin 2004, 25: 1450-1457.

141. Lin MT, Hessinger DA, Pearce WJ, Longo LD. Developmental differences in Ca^{2+}-activated K^+ channel activity in ovine basilar artery. Am J Physiol 2003, 285: H701-H709.

142. Lin MT, Hessinger DA, Pearce WJ, Longo LD. Modulation of BK channel calcium affinity by differential phosphorylation in developing ovine basilar artery myocytes. Am J Physiol 2006, 291: H732-H740.

143. Lin MT, Longo LD, Pearce WJ, Hessinger DA. Ca^{2+}-activated K^+ channel -associated phosphatase and kinase activities during development. Am J Physiol Heart Circ Physiol 2005, 289: H414-H425.

144. Lin Z, Chen Y, Zhang W, Chen AF, Lin S, Morris M. RNA interference shows interactions between mouse brainstem angiotensin AT1 receptors and angiotensin-converting enzyme 2. Exp Physiol 2008, 93: 676-684.

145. Longo LD, Ueno N, Zhao Y, Pearce WJ, Zhang L. Developmental changes in a1-adrenergic receptors, IP3 responses, and NE-induced contraction in cerebral arteries. Am J Physiol 1996, 271: H2313-H2319.

146. Long W, Zhang L, Longo LD. Cerebral artery KATP- and KCa-channel activity and contractility: changes with development. Am J Physiol 2000, 279: R2004-R2014.

147. Long W, Zhang L, Longo LD. Cerebral artery sarcoplasmic reticulum Ca2+ stores and contractility: changes with development. Am J Physiol 2000, 279: R860-R873.

148. Long W, Zhao Y, Zhang L, Longo LD. Role of Ca^{2+} channels in NE-induced increase in $[Ca^{2+}]_i$ and tension in fetal and adult cerebral arteries. Am J Physiol 1999, 277: R286-R294.

149. Lotgering FK, Gilbert RD, Longo ID. Exercise responses in pregnant sheep: blood gases, temperatures and fetal cardiovascular responses. J Appl Physiol 1983, 55: 842-850.

150. Lotgering FK, Gilbert RD, Longo LD. Exercise responses in pregnant sheep: oxygen consumption, uterine blood flow and blood volume. J Appl Physiol 1983, 55, 834-841.

151. Lotgering FK, Struijk PC, Van Doorn MB, Wallenberg HCS. Errors in predicting maximal oxygen consumption in pregnant women. J Appl Physiol 1992, 72: 562-567.

152. Lotgering FK, Van Doorn MK, Struijk PC, Pool J, Wallenberg HCS. Maximal aerobic exercise in pregnant women: heart rate, O2 consumption, CO2 production, and ventilation. J Appl Physiol 1991, 70: 1016-1023.

153. Lynch KR, Hawelu-Johnson CL, Guyenet PG. Localization of brain angiotensinogen mRNA by hybridization histochemistry. Mol Brain Res 1987, 2: 149-158.

154. Mao C, Lv J, Li H, Chen Y, Wu J, Xu Z. Development of fetal nicotine and muscarinic receptors in utero. Braz J Med Biol Res 2007, 40: 735-741.

155. Mao C, Shi L, Xu F, Zhang L, Xu Z. Development of fetal brain renin - angiotensin system and hypertension programmed in fetal origins. Prog Neurobiol 2009, 87(4): 252-263.

156. May LE, Glaros A, Yeh Hung-Wen, Clapp JF III, Gustafson KM. Aerobic exercise during pregnancy influences fetal cardiac autonomic control of heart rate and heart rate variability. Early Human Dev 2010, 86(4): 213-217.

157. Mottola MF, Fitzgeraald HM, Wilson NC, Taylor AW. Effect of water temperature

on exercise-induced maternal hyperthermia on fetal development in rats. Int J Sports Med 1993, 14: 248-251.

158. Li JM, Mogi M, Tsukuda K, Tomochika H, Iwanami J, Min LJ, Nahmias C, Iwai M, Horiuchi M. Angiotensin II-induced neural differentiation via angiotensin II type 2 (AT2) receptor-MMS2 cascade involving interaction between AT2 receptor-interacting protein and Src homology 2 domain-containing protein-tyrosine phosphatase 1. Mol Endocrinol 2007, 21: 499-511.

159. Macdonald AA, Colenbrander B, Wensing CJ. The effects of gestational age and chronic fetal decapitation on arterial blood pressure in the pig fetus. Eur J Obstet Gynecol Reprod Biol 1983, 16: 63-70.

160. Mahon JM, Allen M, Herbert J, Fitzsimons JT. The association of thirst, sodium appetite and vasopressin release with c-fos expression in the forebrain of the rat after i.c.v. injection of angiotensin II, angiotensin-(1-7) or carbachol. Neuroscience 1995, 69: 199-208.

161. Marquardt B, Firth D, Stabel S. Signalling from TPA to MAP kinase requires protein kinase C, raf and MEK: reconstitution of the signaling pathway in vitro. Oncogene 1994, 9: 3113-3218.

162. McCalden TA, Bevan JA. Sources of activator calcium in rabbit basilar artery. Am J Physiol 1981, 241: H129-H133.

163. McGehee DS, Heath MJ, Gelber S, Devay P, Role LW. Nicotine enhancement of fast excitatory synaptic transmission in CNS by presynaptic receptors. Science 1995, 269: 1692-1696.

164. Meffert S, Stoll M, Steckelings UM, Bottari SP, Unger T. The angiotensin II AT2 receptor inhibits proliferation and promotes differentiation in PC12W cells. Mol Cell Endocrinol 1996, 122: 59-67.

165. Melzer K, Schutz Y, Boulvain M, Kayser B. Physical activity and pregnancy: cardiovascular adaptations, recommendations and pregnancy outcomes. Sports Med. 2010, 40(6): 493-507.

166. Mendelsohn FA, Chai SY, Dunbar M. In vitro autoradiographic localization of angiotensin-converting enzyme in rat brain using 125I-labelled MK351A. J Hypertens 1984, Suppl 2: S41-S44.

167. Millan, M.A., Jacobowitz, D.M., Aguilera, G., Catt, K.J., 1991. Differential

distribution of AT1 and AT2 angiotensin II receptor subtypes in the rat brain during development, Proc. Natl. Acad. Sci. U. S. A. 88 (1991) 11440-11444.

168. Minami K, Fukuzawa K, Nakaya Y, Xeng XR, Inoue I. Mechanism of activation of the Ca-activated K^+ channel by cyclic AMP in cultured porcine coronary artery smooth muscle cells. Life Sci 1993, 53: 1129-1135.

169. Mitolo-Chieppa D, Schonauer S, Grasso G, Cicinelli E, Carratu MR. Ontogenesis of autonomic receptors in detrusor muscle and bladder sphincter of human fetus. Urology 1983, 21: 599-603.

170. Moritz KM, Campbell DJ, Wintour EM. Angiotensin-(1--7) in the ovine fetus. Am J Physiol 2001, 280: R404-R409.

171. Mosimann R, Imboden H, Felix D. The neuronal role of angiotensin II in thirst, sodium appetite, cognition and memory. Biol Rev Camb Philos Soc 1996, 71: 545-559.

172. Mostello D, Chalk C, Khoury J. Chronic anemia·in pregnant ewes: maternal and fetal effects. Am J Physiol 1991, 261: R1075-R1083.

173. Mukoyama M, Nakajima M, Horiuchi M, Sasamura H, Pratt RE, Dzau VJ. Expression cloning of type 2 angiotensin II receptor reveals a unique class of seven-transmembrane receptors. J Biol Chem 1993, 268: 24539-24542.

174. Mungall BA, Shinkel TA, Sernia C. Immunocytochemical localization of angiotensinogen in the fetal and neonatal rat brain. Neuroscience 1995, 67: 505-524.

175. Myers CP, Lewcock JW, Hanson MG, Gosgnach S, Aimone JB, Gage FH, Lee KF, Landmesser LT, Pfaff SL. Cholinergic input is required during embryonic development to mediate proper assembly of spinal locomotor circuits. Neuron 2005, 46: 37-49.

176. Nguyen G, Danser AHJ. Prorenin and (pro)renin receptor: a review of available data from in vitro studies and experimental models in rodents. Exp Physiol 2008, 93: 557-563.

177. Nijland MJ, Chao CR, Ross MG. Anticholinergic suppression of ovine fetal swallowing activity. Am J Obstet Gynecol 1997, 177: 1105-1112.

178. Nuyt AM, Lenkei Z, Corvol P, Palkovits M, Llorens-Cortes C. Ontogeny of angiotensin II type 1 receptor mRNAs in fetal and neonatal rat brain. J Comp Neurol 2001, 440: 192-203.

179. Nishimura J, Moreland S, Moreland RS, van Breemen C. Regulation of the Ca^{2+}

force relationship in permeabilized arterial smooth muscle. Adv Exp Med Biol 1991, 304: 111-127.

180. Nishizuka Y. The family of protein kinase C for signal transduction. JAMA 1989, 262: 1826-1833.

181. Nuyt AM, Lenkei Z, Palkovits M, Corvol P, Llorens-Cortes C. Ontogeny of angiotensin II type 2 receptor mRNA expression in fetal and neonatal rat brain. J Comp Neurol 1999, 407: 193-206.

182. Nyirady P, Thiruchelvam N, Godley ML, David A, Cuckow PM, Fry CH. Contractile properties of the developing fetal sheep bladder. Neurourol Urodyn 2005, 24: 276-281.

183. Ohanian V, Ohanian J, Shaw L, Scarth S, Parker PJ, Heagerty AM. Identification of protein kinase C isoforms in rat mesenteric small arteries and their possible role in agonist-induced contraction. Circ Res 1996, 78: 806-812.

184. Ohkawa T, Rohde W, Takeshita S, Dörner G, Arai K, Okinaga S. Effect of an acute maternal stress on the fetal hypothalamo-pituitary-adrenal system in late gestational life of the rat. Exp Clin Endocrinol 1991, 98: 123-129.

185. Ohkubo H, Nakayama K, Tanaka T, Nakanishi S. Tissue distribution of rat angiotensinogen mRNA and structural analysis of its heterogeneity. J Biol Chem 1986, 261: 319-323.

186. Oliveira AO, Fileto C, Melis MS. Effect of strenuous maternal exercise before and during pregnancy on rat progeny renal function. Braz J Med Biol Res 2004, 37 (6): 907-911.

187. Oue T, Yoneda A, Shima H, Puri P. Muscarinic acetylcholine receptor expression in aganglionic bowel. Pediatr Surg Int 2000, 16: 267-271.

188. Papp JG. Autonomic responses and neurohumoral control in the human early antenatal heart. Basic Res Cardiol 1988, 83: 2-9.

189. Paterson D, Nordberg A. Neuronal nicotinic receptors in the human brain. Prog Neurobiol 2000, 61: 75-111.

190. Paul M, Mehr AP, Kreutz R. Physiology of Local Renin-Angiotensin Systems. Physiol Rev 2006, 86: 747-803.

191. Pearce WJ, Hull AD, Long DM, Longo LD. Developmental changes in ovine cerebral artery composition and reactivity. Am J Physiol 1991, 261: R458-R465.

192. Phelps PE, Barber RP, Brennan LA, Maines VM, Salvaterra PM, Vaughn JE. Embryonic development of four different subsets of cholinergic neurons in rat cervical spinal cord. J Comp Neurol 1990, 291: 9-26.

193. Phillips MI, Stenstrom B. Angiotensin II in rat brain comigrates with authentic angiotensin II in high pressure liquid chromatography. Circ Res 1985, 56: 212-219.

194. Pladys P, Lahaie I, Cambonie G, Thibault G, Lê NL, Abran D, Nuyt AM. Role of brain and peripheral angiotensin II in hypertension and altered arterial baroreflex programmed during fetal life in rat. Pediatr Res 2004, 55: 1042-1049.

195. Pivarnik JM. Cardiovascular responses to aerobic exercise during pregnancy and postpartum. Semin Perinatol 1996, 20(4): 242-249.

196. Pivarnik JM, Chambliss HO, Clapp JF, et al. Impact of physical activity during pregnancy and postpartum on chronic disease risk. Med Sci Sports Exerc 2006, 38: 989-1006

197. Pivarnik JM, Lee W, Clark SL, Cotton DB, Spillman HT, and Miller JF. Cardiac output responses of primigravid women during exercise determined by the direct Fick technique. Obstet Gynecol 1990, 75: 954-959.

198. Rasmussen H, Takuwa Y, Park S. Protein kinase C in the regulation of smooth muscle contraction. FASEB J 1987, 1: 177-185.

199. Ravikumar BV, Sastry PS. Cholinergic muscarinic receptors in human fetal brain: ontogeny of [3H]quinuclidinyl benzilate binding sites in corpus striatum, brainstem, and cerebellum. J Neurochem 1985, 45: 1948-1950.

200. Ravikumar BV, Sastry PS. Muscarinic cholinergic receptors in human foetal brain: characterization and ontogeny of [3H]quinuclidinyl benzilate binding sites in frontal cortex. J Neurochem 1985, 44: 240- 246.

201. Raymond C. Substrate utilization and hormonal responses to exercise in pregnancy. Clin Obstetr Gynecol 2000, 46: 467-478.

202. Reddy SC, Panigrahy A, White WF, Kinney HC. Developmental changes in neurotransmitter receptor binding in the human periaqueductal gray. J Neuropathol Exp Neurol 1996, 55: 409-418.

203. Reichardt HM, Schütz G. Feedback control of glucocorticoid production is established during fetal development. Mol Med 1996, 2: 735-744.

204. Ricceri L, Minghetti L, Moles A, Popoli P, Confaloni A, De Simone R, Piscopo P,

Scattoni ML, di Luca M, Calamandrei G. Cognitive and neurological deficits induced by early and prolonged basal forebrain cholinergic hypofunction in rats. Exp Neurol 2004, 189: 162-172.

205. Riemann MK, Kanstrup Hansen I-L. Effects on the foetus of exercise in pregnancy. Scand J Med Sci Sports 2000, 10: 12-19.

206. Robberecht W, Denef C. Evidence for a pertussis toxin-sensitive signalling pathway in the dual action of angiotensin II on growth hormone release in pituitary cell aggregates. Cell Biol Int Rep 1990, 14: 1001-1011.

207. Robbilard JE, Matson JR, Sessions C, Smith FG. Development aspects of renal tubular reabsorption of water in the lamb fetus. Pediatr Res 1979, 13: 1172-1176.

208. Rogerson FM, Schlawe I, Paxinos G, Chai SY, McKinley MJ, Mendelsohn FA. Localization of angiotensin converting enzyme by in vitro autoradiography in the rabbit brain. J Chem Neuroanat 1995, 8: 227-243.

209. Ross MG, Kullama LK, Chan AK, Ervin MG. Central angiotensin II stimulation of ovine fetal swallowing. J Appl Physiol 1994, 76: 1340-1345.

210. Ross MG, Nijland MJ. Development of ingestive behavior. Am J Physiol 1998, 274: R879-R893.

211. Saavedra MJ. Brain and pituitary angiotensin. Endocri Rev 1992, 13: 329-380.

212. Sady MA, Haydon BB, Sady SP, Carpenter MW, Thompson PD, Coustan DR. Cardiovascular response to maximal cycle exercise during pregnancy and at two and seven months post partum. Am J Obstet Gynecol 1990, 162: 1181-1185.

213. Sady SP, Carpenter MW, Thompson PD, Sady MA, Haydon B, Coustan DR. Cardiovascular response to cycle exercise during and after pregnancy. J Appl Physiol 1989, 66: 336-341.

214. Sahajpal V, Ashton N. Renal function and angiotensin AT1 receptor expression in young rats following intrauterine exposure to a maternal low-protein diet. Clin Sci (Lond) 2003. 104: 607-614.

215. Sahajpal V, Ashton N. Increased glomerular angiotensin II binding in rats exposed to a maternal low protein diet in utero. J Physiol 2005, 563: 193-201.

216. Santos RA, Ferreira AJ, Pinheiro SV, Sampaio WO, Touyz R, Campagnole-Santos MJ. Angiotensin-(1-7) and its receptor as a potential targets for new cardiovascular drugs.

Exp Opin Invest Drugs 2005, 14: 1019-1031.

217. Santos RAS, Silva ACS, Maric C, Silva DMR, Machado RP, de Buhr I, Heringer-Walther S, Pinheiro SVB, Lopes MT, Bader M, Mendes EP, Lemos VS, Campagnole-Santos MJ, Schultheiss HP, Speth R, Walther T. Angiotensin-(1-7) is an endogenous ligand for the G protein-coupled receptor Mas. Proc Natl Acad Sci USA 2003, 100: 8258-8263.

218. Sasaki J, Yamaguchi A, Nabeshima Y, Shigemistsu S, Mesaki N, Kubo T. Exercise at high temperature causes maternal hyperthermia and fetal anomalies in rats. Teratology 1995, 51: 233-236.

219. Schelling P, Meyer D, Loos HE, Speck G, Phillips MI, Johnson AK, Ganten D. A micromethod for the measurement of renin in brain nuclei: its application in spontaneously hypertensive rats. Neuropharmacology 1982, 21: 435-463.

220. Schiavone MT, Khosla MC, Ferrario CM. Angiotensin-[1-7]: evidence for novel actions in the brain. J Cardiovasc Pharmacol 1990, 16 Suppl 4: S19-S24.

221. Schlumpf M, Palacios JM, Cortes R, Lichtensteiger W. Regional development of muscarinic cholinergic binding sites in the prenatal rat brain. Neuroscience 1991, 45, 347-357.

222. Schubert R, Noack T, Serebryakov VN. Protein kinase C reduces the KCa current of rat tail artery smooth muscle cells. Am J Physiol Cell Physiol 1999, 276: C648-C658.

223. Schutz S, Le Moullec JM, Corvol P, Gasc JM. Early expression of all the components of the renin-angiotensin-system in human development. Am J Pathol 1996, 149: 2067-2079.

224. Seidel ER, Johnson LR. Ontogeny of gastric mucosal muscarinic receptor and sensitivity to carbachol. Am J Physiol 1984, 246: G550-G555.

225. Sernia C, Zeng T, Kerr D, Wyse B. Novel perspectives on pituitary and brain angiotensinogen. Front Neuroendocrinol 1997, 18: 174-208.

226. Shanmugam S, Corvol P, Gasc JM. Ontogeny of the two angiotensin II type 1 receptor subtypes in rats. Am J Physiol 1994, 267: 828-836.

227. Sherman DJ, Ross MG, Day L, Ervin MG. Fetal swallowing: correlation of electromyography and esophageal fluid flow. Am J Physiol 1990, 258: R1386-R1394.

228. Shi L, Hu F, Morrissey P, Yao J, Xu Z. Intravenous angiotensin induces brain c-fos expression and vasopressin release in the near-term ovine fetus. Am J Physiol 2003, 285:

E1216-E1222.

229. Shi L, Guerra C, Yao J, Xu Z. Vasopressin mechanism-mediated pressor responses caused by central angiotensin II in the ovine fetus. Pediatric Res 2004a, 56: 756-762.

230. Shi L, Yao J, Koos BJ, Xu Z. Induced fetal depressor or pressor responses associated with c-fos by intravenous or intracerebroventricular losartan. Dev Brain Res 2004b, 153: 53-60.

231. Shi L, Yao J, Stewart L, Xu Z. Brain c-fos expression and pressor responses after i.v. or i.c.v. angiotensin in the nearterm ovine fetus. Neuroscience 2004c, 126: 979-987.

232. Shi L, Liu Y, Mao C, Zeng F, Meyer K, Xu Z. A new approach for exploring functional development of fetal brain pathways. Dev Psychobiology 2009, 51(4): 384-388.

233. Shi L, Mao C, Simon T, Sun W, Wu J, Yao J, Xu Z. Effects of i.c.v. losartan on the angiotensin II-mediated pressor responses and c-fos expression in near-term ovine Fetus. J Comp Neurol 2005, 493: 571-579.

234. Shi L, Mao C, Wu J, Morrissey P, Li J, Xu Z. Effects of i.c.v. losartan on the angiotensin II-mediated vasopressin release and hypothalamic fos expression in near-term ovine fetuses. Peptides 2006, 27: 2230-2238.

235. Shi L, Mao C, Xu Z, Zhang L. Angiotensin-converting enzymes and drug discovery in cardiovascular diseases. Drug Discovery Today 2010, 15(9-10): 332-341.

236. Shi L, Mao C, Zeng F, Hou J, Zhang H, Xu Z. Central angiotensin I increases fetal AVP neuron activity and pressor responses. Am J Physiol Endocrinol Metab 2010, 298(6): E1274-E1282.

237. Shi L, Mao C, Zeng F, Zhang Y, Xu Z. Central cholinergic signal-mediated neuroendocrine regulation of vasopressin and oxytocin in ovine fetuses. BMC Dev Biology 2008, 8: 95.

238. Shi L, Mao C, Zeng F, Zhu L, Xu Z. Central cholinergic mechanisms mediate swallowing, renal excretion, and c-fos expression in the ovine fetus near term. Am J Physiol Regul Integr Comp Physiol 2009, 296: R318-R325.

239. Shi L, Zhang Y, Morrissey P, Yao J, Xu Z. The association of cardiovascular responses with brain c-fos expression after central carbachol in the near-term ovine fetus. Neuropsychopharmacology 2005, 30: 2162-2168.

240. Shigenobu K, Tanaka H, Satoh H. Developmental changes in the pacemaker

current and membrane currents of the guinea pig myocardium. Nippon Yakurigaku Zasshi 1996, 107: 259-272.

241. Singh RR, Cullen-McEwen LA, Kett MM, Boon WM, Dowling J, Bertram JF, Moritz KM. Prenatal corticosterone exposure results in altered AT1/AT2, nephron deficit and hypertension in the rat offspring. J Physiol 2007, 579: 287-288.

242. Silveira C, Pereira BG, Cecatti JG, Cavalcante SR, Pereira RI. Fetal cardiotocography before and after water aerobics during pregnancy. Reprod Health, 2010, 7: 23.

243. Sirous ZN, Fleming JB, Khalil RA. Endothelin-1 enhances eicosanoids-induced coronary smooth muscle contraction by activating specific protein kinase C isoforms. Hypertension 2001, 37: 497-504.

244. Skillman CA, Clark KE. Fetal beta-endorphin levels in response to reductions in uterine blood flow. Biol Neonate 1987, 51: 217-223.

245. Slotkin TA, Cousins MM, Seidler FJ. Administration of nicotine to adolescent rats evokes regionally selective upregulation of CNS alpha 7 nicotinic acetylcholine receptors. Brain Res 2004, 1030: 159-163.

246. Slotkin TA, Southard MC, Adam SJ, Cousins MM, Seidler FJ. Alpha7 nicotinic acetylcholine receptors targeted by cholinergic developmental neurotoxicants: nicotine and chlorpyrifos. Brain Res Bull 2004, 64: 227-235.

247. Sood PP, Panigel M, Wegmann R. The existence of renin-angiotensinogen system in the rat fetal brain: I. Immunocytochemical localization of renin-like activity at the 19th day of gestation. Cell Mol Biol 1987a, 33: 675-680.

248. Sood PP, Richoux JP, Panigel M, Bouhnik J, Wegmann R. The existence of renin-angiotensinogen system in the rat fetal brain. II. Immunocytochemical localization of angiotensinogen in the telencephalon and the diencephalons. Cell Mol Neuobiol 1987b, 33: 681-689.

249. Sood PP, Panigel M, Wegmann R. Co-existance of renin-like immunoreactivity in the rat maternal and fetal neocortex. Neurochemical Res 1989, 14: 499-502.

250. Sood PP, Richoux JP, Panigel M, Bouhnik J, Wegmann R. Angiotensinogen in the developing rat fetal hindbrain and spinal cord from 18th to 20th day of gestation: an immunocytochemical study. Neuroscience 1990, 37: 517-522.

251. Soultanakis HN, Artal R, Wiswell RA. Prolonged exercise in pregnancy: glucose homeostasis, ventilatory and cardiovascular responses. Semin Perinatol 1996, 20: 315-327.

252. Speck G, Poulsen K, Unger T, Rettig R, Bayer C, Schölkens B, Ganten D. In vivo activity of purified mouse brain renin. Brain Res 1981, 219: 371-384.

253. Stevenson L. Exercise in pregnancy. Part 1: update on pathophysiology. Can Fam Physician 1997, 43: 97-104.

254. Stonestreet BS, Clifford SP, Karen DP, Christopher BR, Helen FC. Ontogeny of blood-brain barrier function in ovine fetuses, lambs, and adults. Am J Physiol 1996, 271: R1594-R1601.

255. Strittmatter SM, Lo MMS, Javitch JA, Snyder SH. Autoradiographic visualization of angiotensin-converting enzyme in rat brain with [3H]captopril: localization to a striatonigral pathway. Proc Natl Acad Sci 1984, 81: 1599-1603.

256. Strittmatter SM, Lynch DR, Synder SH. Differential ontogeny of rat brain peptdases: prenatal expression of enkephalin converytase and postnatal development of angiotensin-converting enzyme. Brain Res 1986, 394: 207-215.

257. Sumitani M, Juliano L, Beraldo WT, Pesquero JL. Distribution of tonin- and kallikrein-like activities in rat brain. Brain Res 1997, 769: 152-157.

258. Sun LS, Huber F, Robinson RB, Bilezikian JP, Steinberg SF, Vulliemoz Y. Muscarinic receptor heterogeneity in neonatal rat ventricular myocytes in culture. J Cardiovasc Pharmacol 1996, 27: 455- 461.

259. Sun LS, Vulliemoz Y, Huber F, Bilezikian JP, Robinson RB. An excitatory muscarinic response in neonatal rat ventricular myocytes and its modulation by sympathetic innervation. J Mol Cell Cardiol 1994, 26: 779-787.

260. Szeto HH, Hinman DJ. Central muscarinic modulation of fetal blood pressure and heart rate. J Dev Physiol 1990, 13: 17-23.

261. Taguchi K, Kaneko K, Kubo T. Protein kinase C modulates Ca^{2+}-activated K^+ channels in cultured rat mesenteric artery smooth muscle cells. Biol Pharm Bull 2000, 23: 1450-1454.

262. Thomas WG, Sernia C. Immunocytochemical localization of angiotensinogen in the rat brain. Neuroscience 1988, 25: 319-341.

263. Tipnis SR, Hooper NM, Hyde R, Karran E, Christie G, Turner AJ. A human

homolog of angiotensin-converting enzyme. Cloning and functional expression as a captopril-insensitive carboxypeptidase. J Biol Chem 2000, 275: 33,238-33,243.

264. Tomomasa T, Hyman PE, Hsu CT, Jing J, Snape WJ Jr. Development of the muscarinic receptor in rabbit gastric smooth muscle. Am J Physiol 1988, 254: G680-G686.

265. Tsutsumi K, Stromberg C, Viswanathan M, Saavedra JM. Angiotensin-II receptor subtypes in fetal tissue of the rat: autoradiography, guanine nucleotide sensitivity, and association with phosphoinositide hydrolysis. Endocrinology 1991a, 129: 1075-1082.

266. Tsutsumi K, Viswanathan M Stromberg C, Saavedra JM. Type-1 and type-2 angiotensin II receptors in fetal rat brain. Eur J Pharmacol 1991b, 198: 89-92.

267. Tsutsumi K, Seltzer A, Saavedra JM. Angiotensin II receptor subtypes and angiotensin-converting enzyme in the fetal rat brain. Brain Res 1993, 631: 12-220.

268. Ueland K, Novy MJ, Metcalfe J. Cardiorespiratory responses to pregnancy and exercise in normal women and patients with heart disease. Am J Obstet Gynecol 1973, 115: 4-10.

269. Unger T. The angiotensin type 2 receptor: variations on an enigmatic theme. J Hypertens 1999, 17: 775-1786.

270. Vannucchi MG, Faussone-Pellegrini MS. Differentiation of cholinergic cells in the rat gut during pre- and postnatal life. Neurosci Lett 1996, 206: 105-108.

271. Veille JC. Maternal and fetal cardiovascular response to exercise during prefnancy. Semin Perinatol 1996, 20(4): 250-262.

272. Vila-Porcile E, Corvol P. Angiotensinogen, prorenin, and renin are co-localized in the secretory granules of all glandular cells of the rat anterior pituitary: an immunoultrastructural study. J Histochem Cytochem 1998, 46: 301-311.

273. Vizi ES, Lendvai B. Modulatory role of presynaptic nicotinic receptors in synaptic and non-synaptic chemical communication in the central nervous system. Brain Res Brain Res Rev 1999, 30: 219-235.

274. Von Bohlen und Hahlbach O, Walther T, Bader M, Albrecht D. Interaction between Mas and the angiotensin AT1 receptor in the amygdale. J Neurophysiol 2000, 83: 2012-2183.

275. Walsh MP, Andrea JE, Allen BG, Clement-Chomienne O, Collins EM, Morgan KG. Smooth muscle protein kinase C. Can J Physiol Pharmacol 1994, 72: 1392-1399.

276. Walther T, Balschun D, Voigt JP, Fink H, Zuschratter W, Birchmeier C, Ganten D, Bader M. Sustained long term potentiation and anxiety in mice lacking the Mas protooncogene. J Biol Chem 1998, 273: 11867-11873.

277. Webb KA, Wolfe LA, McGrath MJ. Effects of acute and chronic maternal exercise on fetal heart rate. J Appl Physiol 1994, 97: 2207-2213.

278. Wei R, Phillips TM, Sternberg EM. Specific up-regulation of CRH or AVP secretion by acetylcholine or lipopolysaccharide in inflammatory susceptible Lewis rat fetal hypothalamic cells. J Neuroimmunol 2002, 131: 31-40.

279. Weyhenmeyer JA, Raizada MK, Phillips MI, Fellows RE. Presence of angiotensin II in neurons cultured from fetal rat brain. Neurosci Lett 1980, 16: 41-46.

280. Whiting P, Nava S, Mozley L, Eastham H, Poat J. Expression of angiotensin converting enzyme mRNA in rat brain. Mol Brain Res 1991, 11: 93-96.

281. Wintour EM, Johnson K, Koukoulas I, Moritz K, Tersteeg M, Dodic M. Programming the cardiovascular system, kidney and the brain-a review. Placenta 2003, Suppl A: S65-S71.

282. Wislocki GB. Experimental studies in fetal absorption. I. The vitally stained fetus, Carnegie Contrib. Embryol 1921, 11: 47-53.

283. Wolf G. Angiotensin II and tubular development. Nephrol Dial Transplant 2002, 17 Suppl 9: 48-51.

284. Wolf LA. Differences between children and adults for exercise testing and prescription. In Skinner JS, editor. Exercise Testing and Prescription for Special Cases. 2nd ed. Philadelphia (PA): Lippincott Williams & Wilkins; 2005. 377-91

285. Wolfe LA, Brenner IKM, Mottola MF. Maternal exercise, fetal well-being and pregnancy outcome. Exerc Sport Sci Rev 1994, 22: 145-194.

286. Wolfe LA, Mottola MF. Aerobic exercise on pregnancy: an update. Can J Appl Physiol 1993, 18: 119-147.

287. Wolfe LA, Ohtake PJ, Mottola MF, McGrath MJ. Physiological interactions between pregnancy and aerobic exercise. Exerc Sport Sci Rev 1989, 17: 295-351.

288. Wolfe LA, Preston RJ, Burggraf GW, McGrath MJ. Effects of pregnancy and chronic exercise on maternal cardiacst ructure and function. Can J Physiol Pharmacol 1999, 77(11): 909-917.

289. Wolfe LA, Weissgerber TL.Clinical physiology of exercise in pregnancy: a literature review. J Obstet Gynaecol Can 2003, 25(6): 473-483.

290. Woods LL, Ingelfinger JR, Nyengaard JR, Rasch R. Maternal protein restriction suppresses the newborn renin-angiotensin system and programs adult hypertension in rats. Pediatr Res 2001, 49: 460-467.

291. Wright JW, Harding JW. Brain angiotensin subtypes AT1, AT2, and AT4 and their functions. Regul Pept 1995, 59: 269-295.

292. Wright JW, Harding JW. Important role for angiotensin III and IV in the brain renin-angiotensin system. Brain Res Brain Res Rev 1997, 25: 96-124.

293. Wright JW, Harding JW. The brain angiotensin system and extracellular matrix molecules in neural plasticity, learning, and memory. Prog Neurobiol 2004, 72: 263-293.

294. Wyse B, Sernia C. Growth hormone regulates AT-1a angiotensin receptors in astrocytes. Endocrinology 1997, 138: 4176-4180.

295. Xiao D, Xu Z, Huang X, Longo LD, Yang S, Zhang L. Prenatal gender-related nicotine exposure increases blood pressure response to angiotensin II in adult offspring. Hypertension 2008, 51: 1239-1247.

296. Xiong Z, Sperelakis N. Regulation of L-type calcium channels of vascular smooth muscle cells. J Mol Cell Cardiol 1995, 27: 75-9 1.

297. Xu Z, Glenda C, Day L, Yao J, Ross MG. Central angiotensin induction of fetal brain c-fos expression and swallowing activity. Am J Physiol 2001, 280: R1837-1843.

298. Xu Z, Nijland MJ, Ross MG. Plasma osmolality dipsogenic thresholds and c-fos expression in the near-term ovine fetus. Pediatr Res 2001, 49: 678-685.

299. Xu Z, Shi L, Hu F, White R, Stewart L, Yao J. In utero development of central ANG-stimulated pressor response and hypothalamic fos expression. Brain Res 2003, 145: 169-176.

300. Xu Z, Shi L, Yao J. Central angiotensin II induced pressor responses and neural activity in utero and hypothalamic angiotensin receptors in preterm ovine fetus. Am J Physiol 2004, 286: H1507-H1514.

301. Xu Z, Hu F, Shi L, Sun W, Wu J, Morrussey P, Yao J. Central angiotensin-mediated vasopressin release and activation of hypothalamic neurons in younger fetus at preterm. Peptides 2005, 26: 307-314.

302. Yamada H, Akishita M, Ito M, Tamura K, Daviet L, Lehtonen JY, Dzau VJ, Horiuchi M. AT2 receptor and vascular smooth muscle cell differentiation in vascular development. Hypertension 1999, 33: 1414-1419.

303. Yang G, Sigmund CD. Developmental expression of human angiotensinogen in transgenic mice. Am J Physiol 1998, 274: F932-F939.

304. Zhao Y, Long W, Pearce WJ, Longo LD. Expression of several cytoskeletal proteins in ovine cerebral arteries: developmental and functional considerations. J Physiol (Lond) 2004, 558(Pt2): 623-632.

305. 徐智策主编. 胎儿发育生理学. 北京: 高等教育出版社, 2008.

306. 王正珍等译. ACSM运动测试与运动处方指南 (第8版). 北京: 人民卫生出版社, 2010.

307. 温进坤, 韩梅. 血管平滑肌细胞. 北京: 科学出版社, 2005.

后 记

　　本书是写给那些从事发育生理学研究或对发育生理学有兴趣的学生、教师和科研工作者的。上个世纪八十年代"Barker学说"的提出赋予了胎儿发育生理学新的内涵，使其受到越来越多的关注。近年来，随着生活水平的提高和健身意识的增强，人们对妊娠运动的态度也发生了明显而积极的变化。但是，有关妊娠运动的安全性，特别是运动对子代健康的影响一直是人们非常关心的问题，但也由于研究的薄弱而长期困扰着人们。因此对于胎儿发育生理学的研究就显得非常必要，解决这些问题需要我们提供大量的基础研究资料。我国这方面的研究近年来逐渐增多，并开始与国际先进水平接轨。我是从2003年开始接触心脑血管发育生理学研究的，应当说是徐智策教授（现任美国Loma Linda大学教授）将我引入这个领域的。当时我在徐教授美国UCLA的实验室从事心血管和体液平衡中枢调控机制的发育学研究，主要采用绵羊的子宫内置管模型。之后又有幸在美国Loma Linda大学著名教授Dr. Lawrence D. Longo的胎儿研究室学习访问，从事脑血管的发育机制研究。Dr. Longo和药理学教授Dr. David A. Hessinger在本领域前沿知识的了解和实验具体实施上都给予了我极大的帮助，并给予了许多关键性的意见和建议。另外由衷要感谢的还有我的老师——北京体育大学的曾凡星教授，老师一直非常关注我的研究进展，这些年给了我莫大的支持和鼓励。

　　本书汇集了我这几年来从事心脑血管早期功能发育研究的一些成果，应当说是整个研究团队的智慧和辛勤劳动。之所以将这些研究成果总结出来，只是想和同行们进行交流和学习。为了本书的系统性和连贯性，其中还包括了部分同事们的研究成果。书中包含了大量图表，大部分实验结果均来自第一手实验数据，资料可贵，有十余篇已经在国外同领域知名刊物发表，还有部分结果尚未发表。书中还参考引用了国内外诸多研究成果和资料，在此向这些专家们致以深深的敬意。感谢国家自然科学基金（31071033）、留学科技活动项目择优资助及北京市优秀人才培养资助（2010D009010000001）对部分研究工作的支持。另外，特别要感谢北京体育大学对我的培养！书稿的整理过程中，研究生李娜和李珊珊给予了大力协助，在此一并表示感谢。感谢北京体育大学对本书出版的资助。

鉴于本人水平有限，书中难免有不妥和错误之处，恳请读者和专家批评指正。

石加君

2010-12-16

附录 I : 作者在心脑血管功能发育领域发表的相关文章

1. Shi L, Mao C, Xu Z, Zhang L. Angiotensin-converting enzymes and drug discovery in cardiovascular diseases. Drug Discov Today 2010, 15 (9-10) : 332-341.

2. Mao C, Shi L (equal contribution), Xu F, Zhang L, Xu Z. Development of fetal brain renin – angiotensin system and hypertension programmed in fetal origins. Prog Neurobiol 2009, 87(4): 252-263.

3. Shi L, Mao C, Zeng F, Hou J, Zhang H, Xu Z. Central angiotensin I increases fetal AVP neuron activity and pressor responses. Am J Physiol Endocrinol Metab 2010, 298(6): E1274-E1282.

4. Goyal R, Mittal A, Chu N, Shi L, Zhang L, Longo LD. Maturation and the role of PKC-mediated contractility in ovine cerebral arteries. Am J Physiol Heart Circ Physiol 2009, 297(6): H2242-H2252.

5. Shi L, Mao C, Zeng F, Zhu L, Xu Z. Central cholinergic mechanisms mediate swallowing, renal excretion, and c-fos expression in the ovine fetus near term. Am J Physiol Regul Integr Comp Physiol 2009, 296: R318-R325.

6. Shi L, Liu Y, Mao C, Zeng F, Meyer K, Xu Z. A new approach for exploring functional development of fetal brain pathways. Dev Psychobiol 2009, 51(4): 384-388.

7. Shi L, Mao C, Zeng F, Zhang Y, Xu Z. Central cholinergic signal-mediated neuroendocrine regulation of vasopressin and oxytocin in ovine fetuses. BMC Dev Biol 2008, 8:95.

8. Shi L, Mao C, Wu J, Morrissey P, Lee J, Xu Z. Effects of i.c.v. losartan on the angiotensin II-mediated vasopressin release and hypothalamic fos expression in near-term ovine fetuses. Peptides 2006, 27: 2230-2238.

9. Shi L, Mao C, Thornton S, Sun W, Wu J, Yao J, Xu Z. Effects of intracerebroventricular losartan on angiotensin II-mediated pressor responses and c-fos

expression in near-term ovine fetus. J Comp Neurol 2005, 493(4): 571-579.

10. Shi L, Zhang Y, Morrissey P, Yao J, Xu Z. The association of cardiovascular responses with brain c-fos expression after central carbachol in the near-term ovine fetus. Neuropsychopharmacol 2005, 30: 2162-2168.

11. Shi L, Yao J, Stewart L, Xu Z. Brain c-fos expression and pressor responses after i.v. or i.c.v. angiotensin in the nearterm ovine fetus. Neuroscience 2004, 126(4): 979-987.

12. Shi L, Guerra C, Yao J, Xu Z. Vasopressin mechanism-mediated pressor responses caused by central angiotensin II in the ovine fetus. Pediatr Res 2004, 56: 756-762.

13. Shi L, Yao J, Koos BJ, Xu Z. Induced fetal depressor or pressor responses associated with c-fos by intravenous or intracerebroventricular losartan. Dev Brain Res 2004, 153: 53-60.

14. Shi L, Hu F, Morrissey P, Yao J, Xu Z. Intravenous angiotensin induces brain c-fos expression and vasopressin release in the near-term ovine fetus. Am J Physiol Endocrin Metabol 2003, 285: E1216-E1222.

15. Xu Z, Shi L, Yao J. Central angiotensin II induced pressor responses and neural activity in utero and hypothalamic angiotensin receptors in preterm ovine fetus. Am J Physiol Heart and Circ Physiol 2004, 286: H1507-H1514.

16. Xu Z, Shi L, Hu F, White R, Stewart L, Yao J. In utero development of central ANG-stimulated pressor response and hypothalamic fos expression. Dev Brain Res 2003, 145: 169-176.

17. Xu Z, Hu F, Shi L, Paul Morrussey, Stewart L, Yao J. Central angiotensin-mediated vasopressin release and activation of hypothalamic neurons in younger fetus at pre-term. Peptides 2005, 26:307-314.

18. Shi L, Mao C, Zeng F, Xu Z. Central angiotensin I increases swallowing activity and oxytocin release in the near-term ovine fetus. Neuroendocrinology 2011 (accepted)

附录II： 缩 略 语 表

缩略语	英 文	中 文
AA	arachidonic acid	花生四烯酸
ACh	acetylcholine	乙酰胆碱
AChE	acetylcholinesterase	乙酰胆碱酯酶
ACE	angiotensin converting enzyme	血管紧张素转化酶
ACTH	adrenocorticotropic hormone	促肾上腺皮质激素
Ang	angiotensin	血管紧张素
AP	area postrema	最后区
ATR	angiotensin II receptor	血管紧张素II受体
AV3V	anterior third ventricle	第三脑室前腹侧区
AVP	arginine vesoprssin	精氨酸加压素
BK	large-conductance Ca^{2+}-activated potassium channel	大电导Ca^{2+}激活的K^+通道
CaD	caldesmon	钙调结合蛋白
CaM	calmodulin	钙调蛋白
Cap	calponin	肌钙样蛋白
ChAT	choline acetyltransferase	胆碱乙酰转移酶
CRF	corticotropin-releasing factor	促肾上腺皮质激素释放激素
CVO	circumventricular organ	室周器官
DAG	diacylglycerol	二酯酰甘油
DEX	dexamethasone	地塞米松
ECoG	electrocorticogram	皮层电图
EMG	electromyography	肌电图
ERK	extracellular signal-regulated kinase	细胞外信号调节激酶
FOS-ir	FOS-immunoreactivity	FOS蛋白免疫活性测定
GD	gestation day	孕程天数

GH	growth hormone	生长激素
HAGT	human angiotensinogen	人血管紧张素原基因
Hb	hemoglobin	血红蛋白
HPA	hypothalamic–pituitary–adrenal	下丘脑–垂体–肾上腺轴
HV	high–voltage	高电压
i.c.v.	intracerebroventricular	侧脑室的
IGF–I	insulin–like growth factor 1	胰岛素样生长因子I
IP_3	inositol triphosphate	三磷酸肌醇
K_{ATP}	ATP–senditive potassium channel	ATP敏感的K^+通道
K_{IR}	inward rectifier potassium channel	内向整流K^+通道
K_v	voltage–dependent potassium channel	电压依赖的K^+通道
LV	low–voltage	低电压
LPBN	lateral parabrachial nucleus	臂旁侧核
mAChR	muscarinic acetylcholine receptor	毒蕈碱型ACh受体
MAP	mean arterial pressure	平均动脉压
MAPK	mitogen activated protein kinase	丝裂原激活蛋白激酶
MCA	middle cerebral artery	大脑中动脉
MEK	mitogen activated protein kinase kinase	MAPK激酶
MHC	myosin heavy chain	肌球蛋白重链
MLC	myosin light chain	肌球蛋白轻链
MLCK	myosin light chain kinase	肌球蛋白轻链激酶
MLCP	myosin light chain phosphatase	肌球蛋白轻链磷酸化酶
MnPO/MPO	median preoptic nucleus	视前正中核
NTS	nucleus of tractus solitarius	孤束核
OT	oxytocin	催产素
OVLT	organum vasculosum of the lamina terminals	终板血管器
PC	phosphatidylcholine	磷脂酰胆碱
PE	phosphatidylethanolamine	磷脂酰乙醇胺
PIP2	phosphatidylinositol diphosphate	磷脂酰肌醇4，5–二磷酸
PLA2	phospholipase A2	磷脂酶A2
PLC	phospholipase C	磷脂酶C

PLD	phospholipase D	磷脂酶D
PKA	protein kinase A	蛋白激酶A
PKG	protein kinase G	蛋白激酶G
PKC	protein kinase C	蛋白激酶C
PRL	prolactin	催乳素
PS	phosphatidylserine	磷脂酰丝氨酸
PVN	paraventricular nuclei	室旁核
Pyk2	prolin-rich tyrosine kinase 2	富含脯氨酸的酪氨酸激酶2
RAS	renin-angiotensin system	肾素—血管紧张素系统
ROCK	Rho-associated coiled-coil kinase	Rho相关螺旋激酶或Rho激酶
SFO	subfornical organ	穹隆下器
SON	supraoptic nuclei	视上核
SR	sarcoplasmic reticulum	肌浆网
TSH	thyroid stimulating hormone	促甲状腺激素
VLM	ventrolateral medulla	腹外侧核
VSMC	vascular smooth muscle cell	血管平滑肌细胞